UNA NUEVA OPORTUNIDAD

UNA
NUEVA
OPORTUNIDAD

Jen DeLuca

Traducción de Xavier Beltrán

TITANIA

Argentina • Chile • Colombia • España
Estados Unidos • México • Perú • Uruguay

Título original: *Well Played*
Editor original: Penguin Random House LLC
Traducción: Xavier Beltrán

1ª. edición Julio 2023

Copyright © 2020 *by* Jen DeLuca
All Rights Reserved
© 2023 de la traducción *by* Xavier Beltrán
© 2023 *by* Urano World Spain, S.A.U.
Plaza de los Reyes Magos, 8, piso 1.º C y D – 28007 Madrid
www.titania.org
atencion@titania.org

ISBN: 978-84-19131-21-8
E-ISBN: 978-84-19699-12-1
Depósito legal: B-9.733-2023

Fotocomposición: Ediciones Urano, S.A.U.
Impreso por Romanyà Valls, S.A. – Verdaguer, 1 – 08786 Capellades (Barcelona)

Impreso en España – *Printed in Spain*

Para Morgan,
quien me enseñó que no es necesario estar
en la misma habitación (ni siquiera en el mismo estado)
con alguien para enamorarte de esa persona.
Cuánto me alegro de que hicieses esa primera llamada.

UNO

Todo empezó con un collar.

Un colgante precioso, hecho de plata brillante con la forma de una libélula, enhebrado en un cordel de seda verde. Los ojos eran cristales diminutos que reflejaban la luz y las alas, una delicada filigrana. Lo vi el último día de la feria medieval de Willow Creek cuando Emily —o Emma, ya que todavía representábamos a nuestros respectivos personajes— y yo paseábamos por el bosque. Vestíamos nuestro atuendo habitual de tabernera con el carácter a juego: un poco más gritonas, un poco más descaradas y coquetas que en la vida real. Nos deteníamos para interactuar con los visitantes —sobre todo con los niños disfrazados de caballeros o de piratas— y fuimos a comprar unas cuantas cosas; los vendedores habían puesto productos en rebajas para quitárselos de encima, antes de guardarlo todo y pasar a la siguiente feria de la temporada. Fue entonces cuando vi la libélula, que me saludaba desde la mesa de un joyero.

—¿Qué te parece, Emma, querida? —La levanté para que las dos la viésemos. Yo llevaba el nudo celta de peltre del que me había adueñado el año anterior, pero mi conjunto necesitaba algo nuevo. Mientras la libélula rotaba lentamente al final del cordón, me miraba con los ojos y me susurraba: «Sí. Me necesitas».

—Oh, Stacey, ¡es precioso! —Emily se tapó la boca con una mano y me miró con los ojos como platos al darse cuenta de los errores. En primer lugar, me había llamado por el nombre incorrecto y, en segundo lugar, ni siquiera había intentado impostar su acento de la feria—. Perdón —dijo con una sonrisa.

—Ahora ya se ha acabado la feria, solo quedan los gritos. —La vendedora resopló—. Nadie se va a dar cuenta si os salís de vuestro personaje.

—Quería decir Beatrice, por supuesto. —En su favor debo decir que Emily se metió en el personaje en menos de lo que canta un gallo—. Porque así es como te llamas. Mereces sin duda algo nuevo. Creo que te quedaría muy bonito.

—¿Qué está pasando aquí?

Ahora mis ojos se abrieron como los de Emily cuando intercambiamos una mirada al reaccionar a la voz adusta que sonaba detrás de nosotras. Y entonces nos dimos la vuelta a la vez para encontrarnos con Simon Graham, el organizador de la feria y el novio de Emily. Seguía llevando el disfraz de pirata, el capitán Blackthorne: enfundado en cuero negro y con una sonrisa traviesa. Aunque su tono reprobador era típico de Simon, el profesor de Inglés, ya se había afeitado la barba y se había cortado el pelo como solía hacer al término de una feria medieval.

Le bufé porque un pirata y una tabernera estaban más o menos en la misma altura de la jerarquía, y allí no era mi jefe. No mientras fuésemos un personaje.

—No pasa nada, solo estamos comprando unas cosas, capitán. Seguro que no querrá negarle una satisfacción a su amada.

—Oh, yo no necesito nada. —La mano de Emily se dirigió al colgante que llevaba alrededor del cuello, un cristal azul oscuro que pendía de una cadena de plata. Simon se lo había comprado ese verano, unas semanas antes, en otro puesto de vendedores—. ¿Qué iba a necesitar si ya tengo esto? —Sus ojos prácticamente resplandecieron cuando lo miró, y supe que no se estaba refiriendo tan solo al colgante.

Simon arqueó una ceja y su expresión seria se derritió como si le costase trabajo mantenerla delante de Emily.

—De acuerdo. —Se inclinó para rozarle los labios con un beso.

Tosí y miré hacia la vendedora, que puso los ojos en blanco en mi dirección sin maldad. Seguro que teníamos la misma expresión.

—Que se vayan a una posada —masculló, y la vendedora se rio, divertida. Busqué en la riñonera el dinero que llevaba para pagarle el colgante de libélula. A mí nadie me hacía regalos, debía comprarme yo las cosas. Pero no me importaba. Así me aseguraba de que terminaba con algo que me gustase.

Simon se dirigió hacia mí y sus cejas se unieron de nuevo.

—¿Seguro que quieres ese colgante, Stacey? —Hablaba en voz baja porque había renunciado al acento y a su personaje—. Me parece un poco... elaborado para una tabernera.

Una oleada de rabia ascendió como si fuese bilis por mi garganta, y tragué saliva para contenerme. Simon tenía razón, claro; el colgante no encajaba con mi disfraz. Las taberneras no eran personajes de clase alta. Mi nudo celta de peltre era lo más elegante a lo que podía aspirar. Pero ya llevaba seis años con el mismo personaje, y empezaba a cansarme. Estaba harta de lo plano. Estaba harta de conformarme.

Cerré el puño alrededor del colgante y las alas de la libélula se me clavaron en la palma.

—Quizá haya llegado el momento de cambiar, pues, capitán —dije con voz alegre, casi provocativa, para que ninguno de los dos advirtiera mi irritación. Era una nueva revelación para mí y todavía no estaba preparada para compartirla.

—No le falta razón —terció Emily—. Las tabernas ya casi las llevan por completo los voluntarios, y sabes que me paso más tiempo con las escenas de Shakespeare con los alumnos que sirviendo cerveza. Quizá haya llegado el momento de poner fin a la labor de las taberneras y de que Stacey pueda interpretar a otro personaje el verano que viene.

—Tal vez. —Simon se removió de un pie al otro mientras recuperaba el acento de la feria. No le gustaban los cambios, sobre todo los que tenían que ver con la celebración. Pero Emily enlazó el brazo con el de él para que volviese a mirarla a ella, y la sonrisa regresó a su rostro—. Tal vez —repitió.

De nuevo en todo el esplendor de su personaje, su voz era la de un pirata, y besó a Emily en la sien—. Pero ahora debo irme hacia el tablero de ajedrez. ¿Les apetece acompañarme, señoritas?

—¿El último combate de ajedrez humano del año? Jamás me lo perdería. —La devoción de Emily era adorable, sobre todo porque la partida de ajedrez estaba tan coreografiada como el torneo de justas que acabábamos de presenciar. Dos veces al día, el capitán Blackthorne peleaba contra Marcus MacGregor, interpretado por nuestro amigo Mitch, un gigante que no llevaba más que una falda y unas botas por las pantorrillas, y que empuñaba una espada colosal. Y dos veces al día el capitán Blackthorne perdía en dicho enfrentamiento. Pero Emily seguía animándolo en cada ocasión. Era su mayor fan.

Yo no estaba de humor para asistir a la partida de ajedrez. Ya la había visto. Muchísimas veces.

—Si me disculpáis, pasearé un poco más por aquí. —Estaba demasiado alterada. Lo último que me apetecía era quedarme quieta y contemplar un espectáculo que había visto tanto que seguramente podría hacerlo yo misma.

—¿Todo bien, cariño? —Emily me miró con ojos perspicaces.

—Sí, sí. —Le resté importancia con un gesto—. Es que me gustaría disfrutar de la ambientación un poco más.

—Claro. —Me apretó el brazo para despedirse mientras Simon se quitaba el sombrero y me dedicaba una amistosa inclinación—. Nos vemos en el coro del bar.

Al oírla, me tuve que reír. Emily nunca llegaba al número de despedida del día. Pero la esperanza era lo último que se perdía.

Ya a solas, me metí el viejo colgante en la riñonera, me rodeé el cuello con el cordel de seda verde y eché a andar levantando polvo con las faldas largas; había sido un verano seco y las calles de la feria estaban formadas básicamente por caminos de tierra que atravesaban los bosques. Tomé el sendero más largo alrededor del perímetro del lugar donde todos los años organizábamos la feria.

Era media mañana y el sol seguía alto en el cielo, pero para mí ya se iba poniendo en el verano. Había algo especial en el último día de feria.

Meses de ensayos y semanas de actuación llegaban a su fin, y todo culminaba en ese día en concreto. Siempre me parecía que el sol se asomaba entre los árboles un poco más brillante, ya que era el último día que lo vería allí hasta el año siguiente. Me entraban ganas de capturarlo con las manos y aferrarme a él con fuerza.

Muchos de los espectáculos ya habían acabado, pero pasé por delante de un número de magia para niños que iba por la mitad, así que me detuve a escuchar la cháchara del mago durante unos segundos. El puesto de lanzamiento de hachas seguía lleno de gente y lo rodeé con un arco amplio. ¿En qué estábamos pensando al dejar que gente que no tenía ni idea de lo que hacía pagase unos cuantos dólares para intentar acertar en la diana con un arma mortífera? Sin embargo, el encargado no parecía demasiado preocupado y me saludó cuando pasé por delante. De los árboles colgaban banderolas multicolores, que brillaban bajo el sol y se mecían suavemente por la brisa. Un par de niños pasaron corriendo por mi lado rumbo a la parada de la limonada. El sonido de una flauta irlandesa flotaba desde algún punto cerca de allí.

Me aproximé a un puesto en que se exponían objetos de cuero hechos a mano e inhalé el aroma embriagador. En el interior, las paredes de malla de alambre estaban abarrotadas con toda clase de cosas de cuero: brazales y riñoneras, así como también accesorios modernos como cinturones y carteras.

—Todo está hecho a mano —dijo la encargada, sin molestarse en cambiar el acento. Tenía mi edad, quizá uno o dos años más que yo, pero claramente no llegaba a los treinta. Llevaba la cabellera, de color castaño oscuro, recogida en una larga trenza y vestía el conjunto propio de los campesinos de baja estofa: una falda verde y una camisola holgada, sujeta con una cincha por la cintura.

—¿Lo has hecho todo tú? —Toqué una mochila azul cielo suave de cuero que colgaba en un extremo de la parada.

—Mi marido y yo, sí. —Se agachó para alzar en brazos a un bebé con una larga camisola y los regordetes pies desnudos. Hasta los niños pequeños se vestían acorde con la feria.

—Eso también lo habéis hecho vosotros, supongo. —Señalé al bebé.

La mujer me respondió con una sonrisa y meció al pequeño mientras le revolvía el pelo enmarañado.

—Ah, sí. Aunque, entre tú y yo, trabajar con el cuero es mucho más fácil. ¿Tienes hijos?

—Uy, no. —Negué fuerte con la cabeza. No tenía ni novio. Los hijos no eran ni un plan de futuro.

—No tengas prisa, hazme caso. —Se encogió de hombros. Se volvió para saludar a otro visitante que deseaba resguardarse del sol y que se había cobijado en la fresca sombra del puesto. Al alejarse, la vendedora me miró—. Si hay algo que te gusta, dímelo. Te haré el descuento ferial: un treinta por ciento.

—Oh. Gracias. —Una cálida sensación me recorrió al oír sus palabras. No por el descuento, sino por lo que representaba. Me consideraba una de ellos. Parte del personal, como los que iban de feria en feria con ella. A pesar de que todos los veranos me esforzaba muchísimo con la feria, nunca había pensado que estuviese al mismo nivel que los artistas y los vendedores que aparecían año tras año. Contaban con su propia cultura, casi con su propio lenguaje, y yo no era más que una pueblerina que los observaba desde fuera. A partir de ese día, el bosque se vaciaría y los números y las paradas que me rodeaban se trasladarían a la siguiente feria, y eso era doloroso de presenciar. Como si la vida avanzase sin mí y me dejara atrás. A veces deseaba ser como ellos, hacer las maletas e irme de allí. A veces me cansaba de estar quieta en el mismo sitio.

Solté un largo suspiro y procuré expulsar de mí esos desconcertantes sentimientos. ¿De dónde habían salido? La feria medieval había sido el lugar en el que yo era feliz desde que tenía dieciocho años, pero no me gustaba cómo me hacía sentir últimamente. ¿Acaso la feria se me quedaba pequeña? ¿O le quedaba pequeña yo a la feria?

Después de echar un nuevo vistazo a la mochila azul, me marché de la parada. Un colgante no bastaba como terapia para mantener a raya la melancolía. Treinta por ciento de descuento... Iba a tener que volver para comprarla.

Seguí deambulando por las calles sin un destino fijo en mente e intentaba ordenar mis pensamientos cuando los pies me condujeron hasta el escenario Marlowe. El último concierto del grupo Duelo de Faldas estaba a punto de comenzar. Llegaba en el momento perfecto. Me coloqué en las últimas filas de la multitud, entre un par de vendedores disfrazados, cuando los músicos salían al escenario.

Duelo de Faldas eran tres hermanos, los MacLean, que tocaban canciones populares irlandesas mezcladas con canciones de taberna un tanto subidas de tono, todo con un tambor, una guitarra y un violín. Los instrumentos eran acústicos, las faldas les llegaban por la rodilla y eran un regalo para la vista. Mis ojos se clavaron, como de costumbre, en el guitarrista, Dex MacLean. El bombón de la feria. Su falda roja estaba salpicada de suficientes trazos verde oscuro para que no pareciese un semáforo con patas, pero seguía siendo lo bastante intensa como para llamar la atención. Como si sus fuertes piernas no consiguiesen ese efecto por sí mismas. El dobladillo estaba un poco raído, y llevaba la falda con la misma naturalidad como si fuesen un par de vaqueros. Dex caminaba como un hombre que hubiese nacido con tela escocesa alrededor de la cintura.

Su camisa de lino blanco no lograba ocultar sus hombros anchos y musculosos, y golpeaba el suelo con una bota al compás de la música que tocaba. Se apartó el pelo oscuro de los ojos al girarse hacia sus compañeros, y su sonrisa me clavó un golpe en el pecho. Dex MacLean llevaba dos veranos siendo mi parte preferida de la feria. Ese hombre tenía el cuerpo de un Hemsworth, que yo había explorado de punta a punta. Igual que él había explorado el mío. Había sido claro conmigo desde el principio, cierto. Nada de ataduras. Solo sexo. A mí me parecía bien. No estaba buscando una relación seria, y no me gustaba Dex por su conversación. Como digo, tenía el cuerpo de un Hemsworth. ¿Cómo iba a ser tan idiota como para dejar pasar la oportunidad de acostarme con él?

Después del verano anterior, ese año me apetecía mucho repetir nuestros ejercicios sexuales acrobáticos, pero las cosas no salieron como había esperado. Dex había perdido el móvil en invierno y por lo visto se había agenciado un nuevo número, así que mis primeros mensajes quedaron sin respuesta. Al final nos acostamos un par de noches, y fue tan eléctrico como siempre. Sin embargo, la urgencia no había sido la misma que el verano anterior, y no me llevé una desilusión cuando no volvió a pedirme el número de teléfono. No se lo ofrecí.

Nada de ataduras, ¿recuerdas? Ese chico no estaba hecho para tener una relación.

Así que observé a Dex tocar en el último concierto del último día de la feria con una curiosa mezcla de satisfacción, engreimiento y arrepentimiento. «Ya lo he catado», decía la parte engreída y satisfecha de mi cerebro. «Pero ¿por qué no he querido más?». Deseché este último pensamiento y opté por comerme con los ojos al hombre al que me había comido de otra manera.

A mi lado, una de las vendedoras suspiró. La reconocí; vendía cartas del tarot y cristales en un puesto con forma de carro. Se inclinó hacia la mujer que tenía a la derecha.

—Demasiada belleza en un solo escenario.

—Esas piernas deberían ser ilegales. —Su compañera asintió—. Gracias a Dios que llevan falda.

—Qué pena que sea tan mujeriego. —La vendedora de cartas del tarot suspiró de nuevo.

—¿En serio? —Se me escapó la pregunta antes de poder evitarlo, y las dos se giraron hacia mí con una sonrisa conspiratoria. Volvía a experimentar esa sensación, la de formar parte de la feria, con acceso a los mejores chismorreos.

—Uy, sí. —Se acercó más hacia mí y yo hice lo mismo, como si fuese a compartir un secreto conmigo—. Seguro que tiene a una chica en cada feria.

—Uy, sí que la tiene —respondió la otra vendedora—. Me pregunto quién será la de aquí. —Barrió el público con la mirada como si pudiese identificar al ligue de Dex en Willow Creek por una especie de símbolo secreto. Una sonrisa totalmente satisfecha, quizá. Me mordí el interior de la mejilla. Si él era lo bastante discreto como para no anunciarlo a los cuatro vientos, yo también lo sería.

—Ni idea —dije, encantada por lo indiferente que soné.

—Aunque es una afortunada. —La vendedora de cartas del tarot se puso las manos sobre la barriga, como si quisiese controlar a las mariposas que se le habían congregado allí—. Habrá tenido un verano espectacular. —Se rio, la otra vendedora se le unió y yo me obligué a hacer lo mismo, aunque mi carcajada fuera un tanto hueca.

Cuando terminó la canción, las dos mujeres se marcharon y regresaron a sus respectivas paradas. En cuanto empezó la siguiente canción, alguien me dio un golpecito en el codo.

—Buenos días, dama Beatrice.

Mi atención se desvió de Dex a otro MacLean. Daniel, el primo de Dex, era el mánager de Duelo de Faldas. Por lo general se colocaba en algún punto de las últimas filas del público, vestido con su uniforme de camiseta negra y vaqueros negros. A mí se me escapaba cómo conseguía no morir de un ataque al corazón al ponerse ropa tan oscura en pleno agosto.

—Bien hallado, buen señor. —Hice una rápida reverencia, todavía en mi papel de tabernera. Y luego renuncié al acento—. La feria ya casi ha terminado, ¿eh? Puedes llamarme Stacey ya.

La risotada de Daniel fue una breve exhalación.

—Intentaré acordarme. —Se quitó la gorra de béisbol y se revolvió el pelo, y me sorprendió de nuevo lo rojo que era. Lo bastante largo como para que le cayera sobre los ojos, casi siempre se veía más oscuro por la gorra que llevaba en todo momento—. ¿Un colgante nuevo? —Se apartó los mechones de la frente con una mano antes de volver a colocarse la gorra y eclipsar de nuevo su ardiente cabello.

—¿Eh? Ah. Sí. —Moví una mano hacia la libélula que tenía en el cuello, cuya cálida plata ahora se apoyaba en mi piel—. Lo he comprado esta misma tarde.

—Es muy bonito. —Tendió un brazo como si fuese a tocarlo, pero transformó el movimiento en un gesto con el que señaló el colgante y se metió las manos en los bolsillos delanteros de sus vaqueros—. Significa cambios.

—¿Cómo?

—La libélula. —Asintió en dirección a mi escote, donde ahora descansaba el colgante de plata—. En muchas culturas, la libélula simboliza cambios.

—Ah. —Yo no era tan profunda, y durante unos instantes me avergonzó un poco. Pero qué más daba. Me encogí de hombros—. Para mí simboliza belleza. —Se rio con una verdadera carcajada esta vez, y no pude sino recordar la punzada de descontento que me embargó cuando agarré el colgante por primera vez. «El momento de cambiar», le había dicho a Simon. Vaya. Quizá la libélula sabía de qué hablaba.

Abrí la boca para contárselo a Daniel, pero él ya se había concentrado en sus primos, que estaban en el escenario. Analicé el ADN de los MacLean por enésima vez. Dex y Daniel eran los dos altos, pero ahí era donde terminaba el parecido. Dex era fuerte, musculoso y de piel oscura, un hombre que parecía dispuesto a zarandearte el mundo de forma peligrosa. Daniel era esbelto y de piel clara, con ojos verdes que combinaban con la melena pelirroja, y tenía la complexión de un nadador más que la de un entrenador de gimnasio. Daniel no parecía dispuesto a zarandearte el mundo, sino más bien a prepararte el café y llevártelo a la cama con una agradable sonrisa. Mientras la banda actuaba en la feria, Daniel se ocupaba de la parada de *merchandising*. No parecía suficiente tarea como para andar ocupado, pero quizá Dex y los demás necesitaban mucha supervisión.

Daniel era una presencia cómoda y tranquila, pero a su alrededor siempre me ponía nerviosa, porque estaba casi segura de que sabía lo mío con Dex. Ese mismo verano, una noche me encontré con él en la máquina de hielo del hotel a las dos de la madrugada. Era imposible poner una excusa.

En fin.

—Tú... Mmm. —Daniel se aclaró la garganta y lo miré. Sus ojos seguían clavados en el escenario, pero sus labios se torcían al morderse la mejilla por dentro—. Conoces bien a Dex, ¿no?

Parpadeé.

—Bueno, lo conozco un poco, sí. —Bastante, pero seguro que no quería que le contase los detalles.

Él negó con la cabeza y recostó el hombro en un árbol, con las manos metidas todavía en los bolsillos delanteros de los vaqueros.

—Quiero decir que sabes que... —Suspiró y dirigió los ojos verdes en mi dirección—. Sabes que es un donjuán, ¿verdad?

—¿Tiene a una chica en cada feria? —Arqueé una ceja, y su carcajada de respuesta fue más bien un resoplido—. Eso he oído por ahí. —Solté un suspiro dramático y volví a mirar hacia el escenario—. Supongo que no soy tan especial como pensaba.

Lo había dicho de broma, pero Daniel no contestó. Giré la cabeza esperando ver una sonrisilla cómplice en su rostro, pero lo vi observando el suelo, ruborizado.

—Yo no he dicho... —Se aclaró la garganta y lo intentó de nuevo—. No quiero decir que... O sea, que tú no... —Al final suspiró, exasperado, y me miró a los ojos otra vez—. No quiero que te haga daño, nada más.

Ah. Eso. Moví una mano, indiferente.

—No te preocupes. Ya soy mayorcita. Me las arreglaré. —Ahora me tocaba a mí sonrojarme por lo que acababa de decir. «Mayorcita». Me coloqué las manos en la cintura, estrecha hasta la ridiculez por el corsé que llevaba como parte de mi disfraz, como si pudiese aplastarme las costillas y hacerme más pequeña todavía. No era una de esas personas que detestaban su cuerpo, pero a veces era muy consciente del hecho de que no era delgada como una modelo. Era una de las numerosas razones por las cuales me encantaba participar en la feria. Allí, mis curvas eran valiosas: mi pecho se veía increíble tan levantado y el corsé me proporcionaba una cinturilla de avispa que no conseguiría ni en sueños durante el resto del año.

Busqué otro tema del que hablar. Lo que fuese.

—Bueno. Os vais hacia la siguiente, ¿no? ¿Vais a participar en la feria medieval de Maryland? Creo que por aquí todos van hacia allí, porque empieza el fin de semana que viene.

—Sí —asintió—. Está cerca y es lo más sencillo. Y nos va muy bien. Aquí, donde hay menos público, podemos probar nuevo material, y luego darlo todo en la gran feria de después.

—Claro. —Apreté los labios. Ya lo sabía. Ya sabía que nuestra feria era insignificante comparada con la de Maryland, que era una de las más grandes del condado. No competíamos en la misma liga siquiera—. Seguro que todos los años os alegráis de iros de Willow Creek. —Clavé la mirada en el escenario mientras en el pecho me burbujeaba la rabia. Me encantaba esta feria. Me encantaba este pueblo. Pero eso no significaba que todo el mundo pensara lo mismo que yo.

—En absoluto. —Si Daniel había reparado en mi reacción, no dijo nada. Cuando dirigí los ojos hacia él, estaba contemplando el escenario, no a mí—. Es una de mis paradas preferidas. Teniendo en cuenta que viajo diez meses al año, tómatelo como un cumplido. —Se detuvo y me miró brevemente antes de concentrarse de nuevo en el escenario—. A mí me gusta estar aquí.

Y así, sin más, mi furia defensiva se esfumó y el alivio me atravesó como una brisa fría.

—Sí. A mí también.

En el escenario, Duelo de Faldas terminó el concierto y Dex alzó la barbilla en mi dirección. Yo ya había levantado una mano para saludarlo cuando vi que Daniel imitaba el gesto con la barbilla. Ah. Convertí el extraño medio saludo en una rápida comprobación del estado de mi pelo. Pues claro. Una chica en cada feria. Y Dex ya había terminado conmigo y con Willow Creek. A por la siguiente.

Me liberé del escozor de la decepción cuando empecé a caminar para dirigirme hacia el coro del bar. Era la última hora de la feria de ese año, así que iba a exprimir todos los minutos posibles. Dejando a un lado los sentimientos de frustración, esas semanas en el bosque eran mucho más divertidas, mucho más interesantes, que mi vida real.

Volví a juguetear con el colgante y recorrí las alas de la libélula con los dedos. Conque cambios, ¿eh? Buena suerte, libélula. Yo llevaba toda la vida viviendo en Willow Creek. Allí nunca cambiaba nada.

Debería haberlo sabido.

Las libélulas no se andan con chiquitas.

DOS

La temporada de la feria medieval era mi época favorita del año. Desde las pruebas a finales de primavera, cuando terminábamos de cerrar el elenco de voluntarios, hasta los ensayos de fines de semana en que aprendíamos canciones y bailes, mientras soportábamos duras clases de historia y protocolo, y practicábamos nuestro acento, pasando por los cuatro fines de semana en el bosque durante julio y agosto, inmersos en nuestros personajes, la temporada de la feria siempre hacía que me sintiese más viva. Con más energía. Era una vida a todo color, con música y risas y un calor veraniego insoportable y disfraces apretados.

Por lo tanto, era lógico que los dos primeros fines de semana después de que terminase la feria fueran los que menos me gustaban. Cuando llevaba mi ropa a la tintorería y Beatrice, la tabernera, se metía literalmente en un armario hasta el año siguiente, los colores abandonaban mi vida. En lugar de esperar los fines de semana con ganas y con un poco de dolor de pies, debía enfrentarme a otra semana en el trabajo. Había una parte buena: ser la recepcionista de un dentista no era tan llamativo como ser una tabernera medieval, pero la ropa era muchísimo más cómoda, sin duda. Nunca entendí por qué los que no éramos médicos, sino que nos ocupábamos de otros asuntos, debíamos llevar las mismas batas que los higienistas, pero lucían colores muy bonitos y era como ir a trabajar en pijama, así que no me quejaba.

Pero era muy... anodino. No hacía ni dos semanas que había recorrido el bosque disfrazada, haciendo bromas y coqueteando con los visitantes, aplaudiendo al compás de la música que solo oía una vez al año. En el karaoke de Jackson's no había canciones picantes de taberna, pero era lo único que estaba a mi alcance, así que la noche del viernes me preparé para salir, como siempre. Pero cometí el error de echar primero un vistazo a las redes sociales.

Muy felices de dar la bienvenida a Charlotte Abigail Hawthorne. 3 kilos, 250 gramos, perfecta. ¡Estamos las dos genial! Mi mejor amiga Candace tenía muy buen aspecto, la verdad. Un poco sudorosa, pero acababa de expulsar a un ser humano diminuto, así que había que perdonárselo. Charlotte estaba roja y arrugada, como una patata cascarrabias con pelo. Pero le di a «me gusta» de todos modos y añadí un comentario para felicitarla: ¡Mi mejor amiga está estupenda!, acompañado de un emoticono de una cara con corazones por ojos.

Pero ¿de verdad era mi mejor amiga? Candace Stojkovic y yo habíamos ido a la misma clase, habíamos salido juntas, nos habíamos graduado a la vez en el instituto. Pero después de la universidad perdimos el contacto; yo me quedé a vivir en Willow Creek y ella se casó con su novio de la facultad y se mudó a Colorado. Gracias a internet y a las redes sociales, estábamos al corriente de la vida de la otra, tanto como nos era posible, y nos dábamos «me gusta» a las fotos y nos dejábamos comentarios ingeniosos. Pero ciertamente ya no teníamos el estatus de «mejor amiga», ¿no? Me había convertido en una amiga de Facebook con mi mejor amiga. Y eso... era muy triste.

Basta. Había llegado el momento de salir.

Me puse el colgante de libélula en el cuello, el único fragmento de la feria que decidí conservar como parte de mi día a día. Ya preparada para irme, me tomé una foto y la subí a Instagram: Alguien me ha dicho hace poco que las libélulas implican cambios. ¡Y aquí estoy haciendo algo distinto esta noche! Nah, voy a Jackson's, como siempre. #ViernesNoche

Recibí un par de «me gusta» bastante rápido, pero examiné la imagen con ojo crítico. Las raíces del pelo necesitaban un retoque: el castaño sobresalía, casi tan oscuro como mis ojos. Las cejas dejaban claro que yo no era rubia natural, pero tampoco era necesario que lo proclamara a diestro y siniestro. Pero el colgante se veía precioso, igual que mi sonrisa. Siempre he sido famosa por mi sonrisa, ancha y franca y feliz, primero en el instituto y luego ya en la universidad. Era una parte de mí, algo que llevaba como si fuese mis vaqueros preferidos. Aunque a veces era tan falsa como un sujetador *push up*. Esa noche me pareció especialmente exagerada, pero la esbocé de todas formas. A fin de cuentas, esa era la Stacey que todo el mundo deseaba ver. La Stacey hastiada no era divertida, así que la dejé en casa.

Jackson's era nuestro local/bar, el único sitio de Willow Creek en el que ir a tomar algo, así que estaba garantizado que me toparía con algunos amigos. Al poco me encontré en un reservado con compañeros de la feria medieval, celebrando el fin de otra temporada de éxito.

—Vale. —Simon se puso la botella de cerveza sobre los labios—. Lo admito. Acortar la temporada de seis a cuatro semanas ha sido una buena idea.

—Te lo dije. —Emily estaba sentada a su lado y dio un petulante sorbo a su propia cerveza—. Hay que invertir menos horas, ahorramos dinero con los números y nos quedan esos billetes extras para el año que viene. De eso se trata, ¿recuerdas?

—He organizado la feria desde el primer día. —Las cejas de él se unieron—. Creo que sé de qué se trata.

Me quedé sin aliento. Era un tema delicado. Simon Graham había empezado la feria casi una década antes con su hermano mayor, Sean. Por desgracia, Sean murió de cáncer hacía unos años, y desde entonces Simon se volvió más y más protector con todo lo que tenía que ver con la feria. Emily le había abierto los ojos cuando se conocieron el año anterior. Y, aunque por fin había entornado la puerta a algún cambio, decir que Simon era controlador era quedarse muy corto.

Mis ojos volaron de Simon a Mitch Malone, sentado a mi lado, que me miró y me respondió poniendo los ojos en blanco. Mitch nunca había sido paciente con Simon y con su mal humor, ni siquiera cuando eran pequeños.

Simon y él no eran amigos superíntimos, aunque llevaban años colaborando para llevar a cabo la feria. De hecho, los cuatro representábamos buena parte del comité organizador de la feria.

Decidí atreverme a mediar.

—Creo que Emily se refería a...

Pero Emily salió en su propia defensa y le dio un ligero golpecito a Simon en el pecho con el dorso de la mano antes de sonreírme.

—Sabe perfectamente a qué me refería.

—Un momento. —Dejé la copa de vino (era la única que no bebía cerveza, una rebelde) y alargué el brazo por encima de la mesa para agarrar la mano de Emily. Cuando había golpeado a Simon, le había brillado un anillo de diamantes que no le había visto llevar. Un anillo de diamantes en la mano izquierda—. ¿Qué cojones es esto?

Mi voz sonó más estridente de lo que había planeado, y unas cuantas cabezas se giraron al oírme chillarle a Emily. Pero me dio igual. La fulminé con la mirada a ella, luego a Simon. Seguramente no debería fulminar con la mirada a nadie al enterarme de que dos de mis mejores amigos se habían comprometido, pero la vida es muy dura.

—¿Es lo que creo que es?

Emily tan solo respondió con una risita y la expresión seria de Simon se fundió en una sonrisa al contemplar la mano de Emily en la mía.

—Pues sí —contestó, y su sonrisa se ensanchó, algo que yo no creía que fuese físicamente posible. Simon no sonreía así cuando no era un pirata—. Emily ha aceptado casarse conmigo.

Solté un grito, y solo el hecho de que estuviese sentada en el reservado del local impidió que echase a correr para abrazarlos a ambos. La idea de abalanzarme por encima de la mesa me pasó por la cabeza, pero conseguí reprimirme.

—¡Madre mía, qué bien! ¡Es genial, chicos! —Mitch dejó la botella de cerveza y extendió el brazo por encima de la mesa para chocar el puño con Simon. Simon no era de los que chocaban el puño con la gente, pero le devolvió el gesto de todos modos.

Yo me aferré al tema de conversación.

—¿Cuándo ha sido? —Examiné el anillo. Era un diamante perfecto, bonito, no demasiado ostentoso. Muy parecido al hombre que se lo había dado.

—Mmm. —Emily se mordió el labio inferior—. El lunes por la tarde.

—¡¿El lunes?! —Mi respuesta fue casi un aullido—. ¡Hace cuatro días de eso! —Le solté la mano y me senté bien en el asiento—. ¿No teníais intención de contárselo a nadie o qué? —Era una pena que estuviese tan contenta por ellos porque en realidad quería estar enfadada por que me hubiesen ocultado la noticia a mí. A todos.

—¡Pues claro! —Emily parecía arrepentida—. De hecho, os lo íbamos a contar hoy. Es que..., bueno... —Miró hacia Simon, e hicieron lo que suelen hacer las parejas: comunicarse sin hablar, solo mediante la expresión facial y una ceja levantada. Ya parecían un matrimonio.

—Queríamos pediros a los dos un favor enorme. —Simon se aclaró la garganta, y Emily recogió el testigo de la conversación.

—Queremos que sea una boda íntima, y mi hermana mayor April será mi dama de honor. Pero, Stacey, has sido mi mejor amiga casi desde el día en que me mudé a Willow Creek. ¿Quieres ser mi otra dama de honor?

—¡Claro que sí! —Me tapé la boca con las manos y vi lágrimas en sus ojos cuando nuestra alegría se retroalimentó—. Ay, Em, ¡nada me haría más feliz! ¡Será maravilloso!

—Y... Mmm. —Simon se aclaró la garganta de nuevo y miró hacia la barra, luego al techo y finalmente a Mitch, que estaba sentado delante de él en el reservado—. Bueno, como sabes, Mitch, yo ya no tengo hermanos... —Se le quebró la voz y Emily le puso una mano sobre la suya para entrelazarle los dedos. La caricia pareció darle fuerzas, aunque su sonrisa se había reducido—. Quería preguntarte si te gustaría ser el padrino de nuestra boda.

—Venga ya. —Mitch abrió los ojos como platos—. ¿Estás de broma? —Fue lo único que dijo al principio, y Simon se desinfló un poco en el silencio que le siguió.

—No, o sea, no estoy de broma. Pero...

—Simon. —Volvió a tender la mano, pero en lugar de un puño para que se lo chocase, era la mano abierta. Simon se la agarró y los dos la estrecharon; al poco, Mitch puso la otra mano encima de las dos unidas—. Pues claro que sí —dijo al fin con voz sorprendentemente seria para ser él—. Será un auténtico honor.

Los dos se sonrieron, y a mí me entraron ganas de viajar en el tiempo hasta nuestros días en el instituto. Mitch siempre había sido un atleta rubio e imponente, un físico que le servía de gran ayuda en verano con la falda y la espada escocesa. Simon era el intelectual, el más bajo y enclenque, con el pelo oscuro y mirada sagaz. Era un hombre tranquilo y sereno que dejaba que su lado pirata saliese a divertirse durante la feria, en que se transformaba en un canalla vestido de cuero negro, atrevido y sociable, que nunca aparecía en la vida real. En el instituto, no habían sido amigos. Si pudiese decirles a las versiones adolescentes de Simon y Mitch que ese día estarían manteniendo esa conversación, que compartirían una cerveza y hablarían de que uno sería el padrino de boda del otro... En fin. Ninguno de los dos me habría creído, y tampoco la Stacey adolescente con su uniforme de animadora universitaria y esa larga cola de caballo rubia que le rebotaba por los hombros.

Me retorcí un mechón de pelo —seguía siendo rubio, pero ya no llevaba coleta— con los dedos y me concentré de nuevo en Emily.

—Bueno —dije—, y ¿ya tenéis fecha? ¿El verano que viene, quizá? Podríamos organizar la boda en la feria.

—¡Sí! —Los ojos de Emily se iluminaron.

—No. —Simon negó con la cabeza.

Emily lo miró y una sorprendida carcajada brotó entre sus labios.

—¿No? Creía que una boda con ambientación medieval era innegociable. ¿No quieres...?

—No. —Negó con la cabeza con más énfasis todavía—. No quiero casarme contigo siendo un personaje. No se trata de una broma. No es...

—Ey. —Ella le tapó la mano con la suya—. No, no se trata de una broma.

—Y no tiene por qué ser con vuestros personajes —añadió Mitch.

—Eso. —Me sumé a sus pensamientos—. Podemos pasar de los disfraces. Pero el terreno del ajedrez sería un lugar fantástico para organizar una boda. En el bosque, sería..., no sé, bonito. Pintoresco. —Agité una mano; las palabras no eran lo mío.

—Pastoral —terció Mitch, y tres pares de ojos sorprendidos se giraron hacia él. Se encogió de hombros y bebió otro trago de cerveza—. ¿Qué pasa? Tengo vocabulario.

—Eso parece. —Una sonrisa bailoteó en los labios de Simon, pero inclinó su botella hacia Mitch para brindar con él—. No tiene mala pinta lo que decís. Y la verdad es que hemos hablado de buscar un sitio al aire libre.

—Por no mencionar que sería un lugar gratis —dijo Emily—. Lo gratis está genial. Las encargadas de librería no somos precisamente millonarias.

—Los profesores de Inglés tampoco. —El asentimiento de Simon fue solemne.

—Pero voy a casarme contigo de todos modos. —Lo besó, y la sonrisa de ella se contagió en la cara de él.

—¡Sí! —Ya me iba emocionando con la idea—. Podría ser al atardecer. Así empezaríamos a prepararla después del último combate de ajedrez. La recepción tendría lugar durante la puesta de sol. Sería precioso.

—Salvo por los mosquitos. —Simon levantó las cejas.

—Para eso están las velas de citronela. —Lo deseché con un gesto.

—Y deberíais casaros un domingo por la noche —comentó Mitch—. Así podremos alargar hasta más tarde y no tendremos que organizar la feria con resaca.

—Prioridades. —Emily se rio—. Lo tendré en cuenta.

—Si te puedo ayudar con algo, avísame —me ofrecí.

—Bueno, ahora que lo dices, ¿te va bien quedar el domingo para hacer un *brunch*? Vendrá April. ¿Qué tal suenan unos gofres, unas mimosas y un número absurdo de fotos de vestidos de novia?

—Ya has buscado álbumes en Pinterest, ¿verdad? —Me tuve que reír.

—Culpable. —Pero su sonrisa dejaba claro que sentía de todo menos culpabilidad. Y ¿a quién le sorprendería? Yo seguro que estaría igual de emocionada si fuese a casarme.

La conversación cambió de tercio y empezamos a hablar del inminente curso escolar (Simon y Mitch eran profesores en el instituto de Willow Creek, así que era un tema recurrente) y de otros chismorreos (vivíamos en un pueblo pequeño, así que chismorreábamos, sí). Pero de tanto en tanto Emily movía la mano y el diamante resplandecía. Y cada vez mi corazón se llenaba de amor por ambos, lo cual tenía todo el sentido del mundo. ¿Quién no se alegraba por sus amigos cuando encontraban el amor?

Pero lo que no tenía tanto sentido era el pensamiento que prendió en mi mente: «Voy a echarla de menos». No había motivos para que una oleada de pánico me atenazara el corazón y me lo acelerase. Emily estaba ahí, en la mesa, delante de mí. No pensaba irse a ninguna parte. De hecho, al casarse con Simon se instalaba definitivamente en Willow Creek. No habría razón alguna para echarla de menos.

Pero mi corazón seguía desbocado cuando volví a casa y aparqué en el camino de entrada, en el mismo camino en el que había estacionado desde el día que me saqué el carné de conducir. Mis padres vivían en una casa de dos plantas con cuatro dormitorios que era demasiado grande para los tres. Bueno, para ellos dos, ahora que yo ya no vivía con ellos. Técnicamente.

Mi pisito era un nido agradable. Abarcaba el largo y el ancho del garaje de dos plazas sobre el que se construyó, con una pequeña cocina instalada en un rincón y un cuarto de baño con plato de ducha (nada de baños de espuma para una servidora) en otro. Mi ropa vivía en armarios abiertos y mi cama *queen size* estaba colocada debajo del alero. Colgué guirnaldas luminosas en la pared junto a la cama, cuyo débil resplandor me hacía pensar que dormía dentro de un fuerte con mantas. En la cocina, un par de claraboyas dejaban entrar mucha luz natural, y cuando llovía me encantaba quedarme dormida oyendo el traqueteo de la lluvia en el cristal.

Era un piso pequeño y estupendo, y era mío. Me encantaba. Me lo repetía a menudo, y casi siempre me lo creía y todo.

Apenas había cerrado la puerta tras de mí y dejado las llaves en un platito junto a la puerta cuando me sonó el teléfono. No el móvil, que estaba en silencio en mi mochila, sino el anticuado que estaba clavado en la pared de la cocina. No contaba con identificador de llamada, pero sabía quién era. En mi vida solo había una persona que supiese ese número.

—Hola, mamá.

—Hola, cariño. He oído tu coche. ¿Has cenado? Acabamos de terminar, pero si quieres te preparo algo.

—No. No, gracias. He cenado fuera. —Me quité la mochilita de cuero de los hombros, la azul claro que había comprado cuando la feria había terminado (lo de la terapia iba en serio), y la lancé sobre la mesa de la cocina—. Estoy cansada, ha sido un día muy largo. Creo que veré un poco la televisión y me iré a dormir.

¿Ves? Semiindependencia. Mi madre no me llamaba todas las noches, pero sí las suficientes como para recordarme que en cierta manera —en casi todo— seguía viviendo con mis padres. Los quería, pero había pasado mucho tiempo. Joder, me iba haciendo vieja. Ya casi tenía veintisiete años, por el amor de Dios.

Esa sensación de hacerse mayor sin que de verdad la dejasen a una madurar se quedó junto a mí y se sumó a la visión del anillo de compromiso de Emily. «Voy a echarla de menos». Ahora ese pensamiento aleatorio sí que tenía sentido. Se casaba, se convertía en una esposa. Y ¿qué hacía yo? Salía a Jackson's todos los viernes por la noche y subía las mismas fotos a Instagram.

Necesitaba una vida.

Necesitaba otra copa de vino.

Diez minutos más tarde, me había puesto el pijama y me había repantingado en mi viejo y cómodo sofá con una segunda copa de vino. Encendí el ordenador y no había entrado ni siquiera en Facebook cuando Benedick ronroneó en mi regazo.

Benedick. Mi macho. Mi verdadero amor. Lo que más nos gustaba hacer un aburrido domingo era acurrucarnos y ver una película. Las de superhéroe eran sus preferidas, pero toleraba las comedias románticas porque en casa era yo la que abría las latas.

Y no, eso no me convertía en la loca de los gatos. Había que tener por lo menos tres para llegar al estatus de loca, y yo era una mujer de un solo gato desde el día que lo encontré en el aparcamiento de la feria, tres veranos atrás. Le puse Benedick por el protagonista de *Mucho ruido y pocas nueces* de Shakespeare, y yo era su Beatrice. ¿Te das cuenta? ¿Quién necesitaba un anillo de diamantes? ¿O a un hombre que te mirase embelesado por encima de palitos de *mozzarella* bajo la iluminación cutre de Jackson's?

—Ay, cállate —me dije, lo bastante alto como para despertar a Benedick, que me miró con ojos reprobadores. Le rasqué detrás de las orejas para pedirle disculpas mientras cotilleaba en Facebook. Pero, cuanto más cotilleaba, más se profundizaba mi mal humor. Dos de mis amigas de la universidad se habían casado en los últimos seis meses y tres chicas con las que había ido a la escuela habían sido madres. ¿Cómo había podido suceder? Todas habíamos vivido la misma cantidad de años y ellas habían aprovechado ese tiempo y se habían construido una vida. Una familia. Mientras tanto, yo vivía en el desván de mis padres, tenía un empleo en el que me podrían sustituir al cabo de cinco minutos si me atropellaba un autobús y no tenía nada más que un gato gordo (lo siento, Benedick) y media botella de vino. El anillo de diamantes de Emily se encendió en mi mente como si fuese un faro, y me encontré jugueteando nuevamente con el colgante de la libélula. Cambios. Bah—. Que te den, libélula. —Desaté el cordón y lancé el collar en la mesa de centro cuando me levanté para ir a llenarme la copa de vino. Por lo visto, los cambios le sucedían a todo el mundo menos a mí. ¿Cuándo había sido la última vez en que algo había cambiado en mi vida? Sin lugar a dudas, no desde la facultad, y no me apetecía pensar en el tiempo que había transcurrido desde entonces.

Ya de nuevo en el sofá, di un buen trago de vino y abrí nuestro grupo privado de la feria, repleto de fotografías no solo de la feria que acababa de terminar, sino también de las de los años anteriores. Un cálido brillo me llenó el pecho, que solo era en parte consecuencia del vino. Las pocas semanas de feria al año eran lo mejor de vivir en Willow Creek. Hacía poco que había guardado el disfraz para el invierno y ya me moría de ganas de volver a ponérmelo.

En uno de los álbumes de imágenes, Emily y yo sonreíamos a la cámara en una instantánea tomada el verano anterior, rodeándonos con los brazos por encima de los vestidos de tabernera. Ella había sido una de las recién llegadas, pero había estado tan dispuesta que a finales de verano ya se había convertido en una buena amiga. «Voy a echarla de menos».

—Déjalo —me reprendí—. No se irá a ninguna parte.

Un par de clics más y acabé en una fotografía de Duelo de Faldas, una que obviamente se había tomado durante el coro del bar; Dex estaba enmarcado por el sol de última hora de la tarde, que atravesaba los árboles. Dios, qué sexi era. Lo echaba de menos.

Ese pensamiento me detuvo en seco. ¿De veras lo echaba de menos? ¿O lo que echaba de menos era la situación de «amigos con derecho a roce»? Aunque no podía ser eso... No éramos amigos. Habíamos salido en lo que, si eras generoso, podrías llamar una cita unas cuantas veces en los dos últimos veranos y nos habíamos acostado unas cuantas veces más, pero no éramos amigos. Ese verano apenas habíamos hablado. ¿Conocidos con derecho a roce? Debería interesarme por un chico que quisiese hablar conmigo de verdad. Que quisiese conocerme. Alguien con quien tener una relación. Dex era antiadherente, como una sartén de teflón.

Además, tenía a una chica en cada feria. A saber si en ese preciso instante no estaba ya con la siguiente. Observé la pantalla del portátil, la foto que había ampliado. Dex tocaba la guitarra y sonreía a algo que no estaba ante la cámara; sus ojos oscuros se arrugaban en las comisuras en un gesto que resultaba ridículamente atractivo en un hombre. A mí me había sonreído así y en cada ocasión me había perdido. Amigos, conocidos, comoquierasllamarlo con derecho a roce, era la clase de chico que te prestaba toda la atención del mundo cuando estabas con él. Nunca le había pedido nada más, pero... ¿y si lo hiciese? ¿Sobresaldría yo entre las demás? Al fin y al cabo, en Willow Creek sí que había sobresalido lo suficiente para él.

Fue culpa de la foto. De la sonrisa. De esas arruguitas junto a los ojos. ¿De qué se reía? Me había acostado con él y no tenía ni idea de qué lo hacía reír. Y de pronto me apetecía mucho, muchísimo, saberlo.

Bueno, solo había una manera de averiguarlo.

En la foto estaba etiquetado él, así que solo tardé un par de clics en abrir una pantalla de mensaje privado. Dejé la copa de vino y empecé a escribir.

Sí. Era muy buena idea.

TRES

A la mañana siguiente, me desperté con la cabeza medio llena de martillos y me tapé con la sábana. Por lo general, era bastante madrugadora, y, aunque las claraboyas eran estupendas para permitir la entrada de luz natural, eran una mierda para la resaca. Me tumbé sobre las almohadas —lo mejor que pude, ya que Benedick ocupaba casi todo el sitio— y deseé que me dejara de retumbar la cabeza. La noche anterior había bebido demasiado vino.

Al final salí de la cama a rastras y preparé un poco de café. Todo brillaba muchísimo. Entorné los ojos contra el sol de buena mañana que atravesaba la claraboya que quedaba encima de mi mesa encalada de la cocina y casi fui a buscar las gafas de sol. Benedick abandonó mis almohadas para enroscarse entre mis piernas y recordarme que le diese de comer.

Alimentado el gato y tomada una aspirina, llevé la taza de café hacia el sofá antes de apartar la botella de vino casi vacía que había dejado sobre la mesita de centro. Por lo menos la Stacey del pasado se había acordado de ponerle el tapón. Sobre todo porque había dejado el portátil abierto al lado, y a Benedick le encantaba merodear de noche. Una botella de vino vertida sobre un ordenador sería un desastre...

El ordenador.

El desenlace de la noche de pronto se volvió mucho más claro. La tercera, ¿o cuarta?, copa de vino. Un mensaje privado en la pantalla.

«Ay, no».

Prácticamente me desplomé en el sofá y encendí mi portátil lo más deprisa posible.

—No. Nononononono... —La palabra era una oración entre dientes mientras la pantalla cobraba vida. Quizá en mi estado de embriaguez había olvidado darle a «enviar». Quizá mi wifi había fallado y el mensaje no se había mandado. Quizá él no lo había visto todavía y podría eliminarlo antes de que lo leyese.

No hubo suerte. La pantalla se encendió, y ahí lo tenía. Wifi conectado a tope, mensaje enviado. Y lo que era peor aún: estaba marcado como leído. Mierda. ¿Quién habría dicho que Dex se levantaba tan pronto? Yo no, obviamente; las noches que pasamos juntos nunca dieron pie a que se quedase a dormir.

Acerqué la taza y le di un largo sorbo al café. Apenas noté el calor, me había quedado totalmente entumecida. No quería moverme, no quería ni siquiera parpadear. Lo único que podía hacer era leer el mensaje que le había enviado a mi ligue del año, borracha como una cuba.

¡Hola!

Soy Stacey Lindholm. Bueno, es evidente que ya lo ves porque te sale mi nombre aquí. ¿Sabías cómo me apellidaba? Bueno, ahora ya lo sabes. Por eso precisamente te escribo. No por mi apellido, a quién le importa eso. Pero es que me he dado cuenta de que no te conozco. O sea, claro que te conozco, te conozco desde hace unos cuantos años, ¿verdad? Y supongo que sé más cosas de ti que tú de mí, porque tú acabas de descubrir cuál es mi apellido y yo ya sabía el tuyo.

Empecemos por lo básico.

¿Qué te hace reír?

¿Cómo te gusta el café?

¿Te gustan los gatos?

¿Me echas de menos?

Debería eliminar la última. Pero la voy a dejar, porque con el merlot uno dice la verdad.

Y aquí tienes la verdad. Te echo de menos. Sé que no debería, sé que no tengo motivos. Pero ya tengo ganas de volver a verte el año que viene, y para eso faltan once meses. No espero que hagas nada con esta información, solo que lo sepas. Que sepas que te echo de menos y que me gustaría que tuviésemos algo más que esos pocos fines de semana al año que pasamos juntos.

Espero que te diviertas mucho en la feria medieval de Maryland y en el resto de la temporada. Viajas una barbaridad, ¿eh? ¿Te gusta viajar tanto? Ves, es otra cosa que me gustaría saber de ti.

Cuídate,
Stacey

Gruñí y me recosté en los cojines del sofá. Era espantoso, pero después de todo el vino ingerido podría haber sido muchísimo peor. Pensé en mandarle otro mensaje. Tal vez podría pedirle disculpas por la Stacey del pasado. Por la Stacey borracha. Pero no. Eso no haría sino agravar la situación. Opté por cerrar el ordenador y terminarme el café. No había nada más que hacer que esperar a que me contestase.

Pero, claro, hasta al día siguiente no se me ocurrió que a lo mejor no me respondía.

Entre el sábado por la mañana y prepararme para ir al *brunch* con Emily y April el domingo, miré el móvil unas cien veces. Habían pasado más de veinticuatro horas desde que había mandado ese desafortunado mensaje, y Dex no me había contestado. El alivio se mezcló con la decepción, y no pude decidir qué emoción era más fuerte. No recibir respuesta significaba no tener que asumir la responsabilidad de mi verborrea etílica, y habría dado cualquier cosa por no ser responsable de mis actos. Pero no recibir respuesta también significaba que él no estaba interesado, lo cual, aceptémoslo, era una puta mierda.

Solté un largo suspiro, me recogí el pelo y me puse un poco de brillo en los labios. A fin de cuentas, tampoco era que me hubiese roto el corazón. No era nada que un *brunch* no pudiese curar.

Cómo me gustaba a mí un *brunch*. Era una comida relajada que había que disfrutar durante una o dos horas, saboreando las bebidas y el café y los carbohidratos en todas sus formas. Pero un *brunch* con Emily Parker era algo totalmente distinto. Ya había llenado un organizador con impresos y folletos, y su tableta mostraba su página de Pinterest con vestidos de boda, a la que echamos un vistazo mientras esperábamos a que nos sirvieran los gofres y los huevos.

—¿Seguro que no queréis casaros disfrazados? —April se vertió un sobre de azúcar en el café antes de mezclarlo con la leche—. Estarías guapísima como esposa de un pirata.

—Simon lo vetó casi de inmediato. —Emily negó con la cabeza sin levantar la vista de la tableta.

—Qué pena. —April suspiró con dramatismo—. Porque entonces Stacey y yo habríamos sido tus... —le tembló la voz y, cuando la miré, vi que le estaba costando componer una expresión seria— damas de deshonor. —En cuanto lo pronunció, se echó a reír, y mi propia carcajada se unió a las suyas antes de poder evitarlo.

Emily se rio también, pero negó con la cabeza de nuevo.

—Sois lo peor —dijo con una sonrisa—. ¿Podemos echar un ojo a los vestidos, porfa?

—Llevas una semana comprometida —musité, perpleja—. ¿Cómo has podido recabar tanta información ya?

—Soy muy aplicada. —Emily pasó imágenes con la tableta antes de entregársela a April, su hermana mayor—. ¡Este!

—Eres demasiado bajita para este. —April frunció el ceño.

Di un sorbo al café para ocultar la risa, y Emily chasqueó la lengua.

—¡No es verdad! Enséñaselo a Stacey, seguro que ella me apoya.

April me dio la tableta, y me tocó a mí fruncir el ceño ante la fotografía. Era un vestido de novia relativamente tradicional, pero April llevaba razón. La modelo era por lo menos un palmo más alta que Emily, si no más. Mucho encaje, cola larga y mangas vaporosas... Em se perdería en un vestido como ese.

—Lo siento, Em. Tengo que estar de acuerdo con April. —Por suerte, el camarero llegó con las mimosas para atenuar el golpe, y yo señalé a April con mi copa—. Lo digo en serio. Es precioso, pero si te lo pones parecerá que te estés ahogando en el armario de lino de tu abuela. Te quedaría mejor... —Me imaginaba perfectamente el tipo de vestido que debería ponerse, pero ninguna de sus opciones encajaba con la visión de mi cabeza. Dejé la copa para zambullirme en el universo de Pinterest, clicando y pasando fotos hasta que encontré uno que se le parecía bastante—. Algo así. —Le devolví la tableta. Observó mi propuesta, con su hermana sobre el hombro, y me mordí el labio inferior al intentar interpretar su expresión.

El rostro de Emily se endureció al principio, y se me cayó el alma a los pies. Pero luego ladeó la cabeza, y, cuanto más contemplaba la imagen, más se le suavizaba la cara.

—¿Tú crees? ¿No te parece demasiado...? No sé, ¿informal?

—No. —Me opuse sin vacilar—. Piénsalo. Os vais a casar al aire libre, así que no vas a querer algo que se arrastre por el suelo. Por no hablar de la época. ¿Julio?, ¿agosto? Cuando hace más calor. No vas a querer tantísimas capas de tela.

—Me gusta la falda. —April hizo un gesto de arriba abajo en zigzag—. Queda mejor con el encaje que el otro vestido.

—Me gusta el encaje. —Emily se mordió el labio—. Y la falda es muy bonita, sí.

—Exacto —me animé—. Los pliegues de la falda resaltan el encaje, y como solo son un par de capas dejará que el aire haga frufrú.

—¿Frufrú? —Em me miró con los ojos brillantes—. ¿Es un tecnicismo?

—Pues sí. —Le devolví la sonrisa por encima de mi copa de mimosa.

—Sí, creo que Stacey tiene razón —intervino April—. Pero quizá algo con un cuello *halter*, y bastante ceñido. Así parecerá un vestido... —Se encogió de hombros—. No sé, como de cuento de hadas. Ya que os vais a casar el verano que viene en la feria medieval, no es una mala idea que emular, ¿no?

—Y tendrás que ponerte flores en el pelo —tercié—. Una corona de flores. O quizá una diadema sería aún mejor.

—Me gustan las flores. —Los labios de Emily esbozaron una sonrisa—. Buena idea. —Cuando llegaron algunos platos, observó de nuevo la imagen. Se la guardó en el álbum, y yo sentí una oleada de triunfo.

—Se te da bien esto —dijo April. Me miraba fijamente mientras daba otro sorbo a su mimosa—. Eres una de esas personas que llevan desde los cuatro años planeando su propia boda, ¿verdad?

—Para nada. —Me reí. Las bodas no eran lo mío. Pero la ropa sí. Y sabía qué les quedaba bien a los demás. Para mí era algo automático. Un vistazo a alguien y sabía si debería llevar un vestido con escote de bailarina o palabra de honor, una falda hasta las rodillas o hasta los pies. En mi cabeza se formaba una imagen, entera y repentina, como un chispazo. Era un talento que esos días no exprimía demasiado, así que, cuando se me presentaba la oportunidad, la aprovechaba.

—Pero sí que se te da bien —insistió Emily—. El año pasado, escogiste mi vestido cuando participé en la feria por primera vez. A lo mejor deberías vestirme todos los días.

Me encogí de hombros e intenté aparentar calma, pero la sensación de triunfo tan solo se incrementó, como si en mi cerebro sonaran trompetas de la victoria.

—Me dedico a eso. Bueno, me quería dedicar a eso. —En la universidad. Cuando había tenido un futuro. Emergieron malos recuerdos y la débil oleada de triunfo chisporroteó y desapareció.

—Pues espero que me quieras echar una mano —dijo Emily—. Tenemos que decidir vuestros vestidos de dama de honor. Y, además, para el verano que viene necesitaremos nuevos conjuntos, ¿recuerdas? Sabes que voy a necesitar tu ayuda para eso. Sin ti, seguiré diciendo que un corpiño es un corsé. Y luego escogeré algo que sea inverosímil con la época por diez años y seguro que Simon acaba cancelando la boda como represalia.

Ni siquiera intenté contener la risa. Simon era muy perfeccionista en lo que se refería a la feria medieval.

—No te preocupes —la tranquilicé cuando llegó el resto de la comida—. Te echaré una mano.

—Gracias a Dios. —Emily dio un bocado a la tortilla antes de pinchar unas cuantas patatas fritas con el tenedor—. Vale. Ahora, a por las flores. Stacey, ¿has podido hablar con tu madre...?

—Sí, y me ha anotado los nombres de los floristas que le gustan para ti. —Agarré mi mochilita, que colgaba del respaldo de la silla. Saqué un trozo de papel y lo dejé sobre la mesa—. También me ha apuntado empresas de *catering*. No tiene ni idea de qué clase de comida queréis para la recepción, claro, así que creo que es solo una lista de sus restaurantes preferidos, pero es un comienzo.

—Genial. —Emily asintió—. La semana que viene empezaré a hacer llamadas. Estaba pensando en...

—Por el amor de Dios. —April dejó el tenedor—. No hace falta que organicemos toda la boda en un solo día, ¿no? Seguro que será el tema del que hablaremos más en el próximo año, así que ¿por qué no lo dejamos en pausa un rato y disfrutamos de la mañana?

Emily miró a su hermana, un tanto sorprendida, y yo me limité a sonreír junto a mi mimosa. Obviamente, April era la más directa de las dos hermanas. No la conocía tanto, pero su brusquedad me resultaba refrescante. Había demasiada gente que se andaba por las ramas, yo incluida.

Para mi sorpresa, Emily no protestó.

—Tienes razón. Perdona. —Levantó la copa en nuestra dirección—. Prometo esforzarme para no convertirme en una loca de la boda.

—Brindo por ello. —Entrechoqué mi copa con la suya.

—Yo también. —April dio un buen trago a su mimosa.

—Vale, pues ya está. Cambiemos de tema. —Emily comió otro bocado y se giró hacia mí—. Stace, ¿alguna novedad?

—Nada. —La palabra salió con más aspereza de la que pretendía, y me concentré en cortar los gofres. «Nada» lo resumía todo bastante bien, ¿no? El mensaje de Facebook sin responder atravesó mi mente, además del triste recordatorio de que no estaba haciendo nada emocionante con mi vida.

—¿Nada? —repitió Emily. Seguía sonriendo, pero me miraba con escepticismo—. No puede ser. Sales un montón. Siempre te pasan muchas cosas.

Durante medio segundo, me imaginé contándoselo. Contándoles a ambas cómo había descarrilado mi vida. Diciéndoles: «Necesito aclararme las ideas. Llevo los últimos años tan solo existiendo, trabajando en un empleo cero interesante y yendo a beber y al karaoke como si fuese todo lo que quiero de la vida. Porque es lo único que tengo». Me imaginé hablándoles de la Stacey borracha y de lo que hizo un par de noches atrás con el ordenador, pero no sabía si lo encontrarían divertido u horrible.

Pero no estaba preparada para contarles nada de eso. Era demasiado lioso, demasiado complicado, ponerles al día con un solo *brunch*. Así pues, decidí recuperar la sonrisa. Me la grabé a fuego para ocultarme detrás de ella. Esa era la Stacey a la que habían invitado al *brunch*.

—Esa soy yo —dije mientras pinchaba un trozo de gofre—. Siempre con algo entre manos.

—Detecto cierto sarcasmo —comentó April.

—Porque tú eres la maestra del sarcasmo —se rio Emily.

April fingió ofenderse, pero se limitó a sonreír ante su copa.

—Quizá un poco —confesé. Mi sonrisa se tambaleó un poco, pero la volví a recuperar en todo su esplendor—. Creo que todavía estoy con el bajón posferia, ¿sabéis? Faltan once meses para que vuelva a empezar.

—¿Ya estás contando los días? —Emily puso los ojos en blanco con una sonrisa—. Estás tan mal como Simon.

—Cuando has crecido organizándola, al final la esperas con muchas ganas, ¿sabes? —Me encogí de hombros.

—Ya lo veo. —Asintió y mordisqueó su tostada—. Por no hablar de ese chico. Seguro que a él también lo esperas con muchas ganas, ¿eh? —Levantó las cejas hacia mí, provocadora.

—¿Qué chico? —Sentí un culpable hormigueo en la nuca. Pensaba que Dex y yo habíamos sido más discretos.

—El chico con el que has quedado durante el verano. Y también el verano pasado. —Frunció el ceño—. ¿Es el mismo? No has dejado de escabullirte para verlo. Es de la feria, ¿verdad?

—Uuuh. —April se inclinó hacia delante con mirada ansiosa—. ¿Quién es?

—Creía que no te gustaban los cotilleos. —Emily señaló a su hermana con un trozo de beicon.

—Es que no son cotilleos —dijo sin más—. Estamos hablando de chicos. Es muy diferente. —Se giró hacia mí—. Bueno, ¿quién es?

Comí otro bocado de gofre para ganar tiempo.

—No sé qué... ¿A quién te refieres? —El corazón me retumbaba en la garganta y me dificultaba tragar. ¿Cómo lo sabía?

—Stacey. —Emily dejó el tenedor y me miró directamente a los ojos—. Conmigo no te hagas la tonta. Me mandaste mensajitos. Con emoticonos de fuego. Y otra cosa... Berenjenas o algo así.

—Ah —murmuré. Mi corazón se tranquilizó—. Sí. —Lo había olvidado. Había sido una noche especialmente larga y especialmente... creativa con Dex. Y Emily estaba pasando por un mal momento, por lo que decidí mandarle unos cuantos emoticonos subidos de tono para animarla. Fui considerada con ella. Y ahora la consideración regresaba para darme una patada en el culo.

—Sí —repitió Emily con ojos astutos—. Y si crees que no me he dado cuenta de que a veces sales disparada de la feria cuando termina el día y vuelves a la mañana siguiente un poco cansada pero contenta... —Su voz se fue apagando. Era evidente que se había olvidado del principio de una frase tan larga—. Bueno, pues sí que me he dado cuenta —dijo al fin.

—Vale. —Fingí que me había refrescado la memoria, como si Dex y nuestros encuentros esporádicos no hubiesen monopolizado mi mente durante los últimos días—. No era nada —dije—. Por lo menos, nada que durase. —Detesté el dejo de arrepentimiento que teñía esas palabras. No iba a ver a Dex hasta al cabo de once meses, y, como no me había respondido al mensaje, me parecía poco probable que lo retomásemos donde lo habíamos dejado. Debería escribirle para aclararle esa cuestión de una vez por todas.

—¿Te habría gustado que durase? —Los ojos de Emily buscaron los míos con un destello de empatía en ellos.

—No. —No quería su empatía. La Stacey sonriente había regresado, pero en ese momento no me pareció tanto una máscara. El resquemor había empezado a sustituir al rechazo, y quizá al cabo de uno o dos días me olvidaría de haberlo enviado. Podría borrar mi intento de conversación monologada y fingir que no había ocurrido nunca. Vale, quizá sería un poco incómodo cuando llegase la feria del verano siguiente. Ya me daba pena perder la promesa de un ligue de verano. Pero seguramente era lo mejor. La Stacey borracha se lo había sacado todo del pecho, y ahora podría tachar a Dex de forma definitiva. Tampoco era que me hubiese prometido nada.

Nuestra mimosa no bastaba para desenmarañar todos esos sentimientos contradictorios, pero seguí sonriendo y no pedí una segunda. A fin de cuentas, el alcohol me había metido en aquel lío. La moderación sería el mejor camino a partir de entonces.

Acababa de aparcar en el camino de entrada después del *brunch*, con la barriga llena de gofres y el cerebro lleno de pensamientos que daban vueltas, cuando me sonó el móvil en la mochila. Lo saqué mientras cerraba la puerta del coche con la cadera. Antes de marcharnos del restaurante, April me había invitado al club de lectura de su barrio, pero había olvidado decirme qué libro iban a leer. Emily había prometido mandarme un mensaje con el título cuando abriese la librería después del *brunch*.

Antes de que pudiese leer el mensaje de Emily, mi móvil se iluminó con una segunda notificación, y me quedé paralizada a tres escalones de la puerta.

El mensaje de Emily estaba ahí, pero no me fijé. Toda mi atención se clavó en el icono de mensaje instantáneo que estaba debajo del otro y en las primeras palabras: *Antes de nada, tengo que decir que recibir tu mensaje la otra noche fue una sorpresa. Pero…*

La madre que te parió, móvil. ¿Por ahí es por donde vas a cortar la previsualización? A pesar del calor de principios de la tarde, me quedé helada. Varios escalofríos me recorrieron la nuca y los brazos, y me erizaron el vello, mientras toda mi conciencia se fijaba en esa palabrita de la pantalla de mi teléfono. «Pero».

Me había resignado a que no me contestase. No recibir una respuesta era un rechazo, sí, pero era un rechazo pasivo. Ese mensaje, con ese «pero», iba a ser un rechazo muchísimo más activo, y no sabía si podría gestionarlo. Ay, Dios, no me apetecía leer un mensaje de Dex en que enumerase todos mis defectos, pero ahí lo tenía. La había cagado a lo grande.

No quería abrir el mensaje, pero, si lo ignoraba, el pequeño icono en forma de 1 me iba a perseguir durante el resto de mi vida. Valoré la posibilidad de deshacerme del móvil. De conseguir un nuevo número. Quizá una nueva identidad, ya que estaba. La gente lo hacía en las películas. ¿Sería muy complicado?

Al final, me desplomé en las escaleras que conducían a mi piso, consciente de que las piernas no me llevarían arriba del todo hasta que me arrancase la tirita y abriera el mensaje. Solté un largo y lento suspiro e hice clic en el mensaje antes de que cambiase de opinión.

> Antes de nada, tengo que decir que recibir tu mensaje la otra noche fue una sorpresa. Pero seguramente ha sido la sorpresa más inesperada y agradable que me han dado desde que tengo memoria.

—Madre mía. —Me apoyé en la barandilla y dejé que el alivio me inundase. Al final, era un «pero» positivo. Me apreté una mano contra el pecho para intentar calmar mi acelerado corazón y seguí leyendo.

> En primer lugar, me alegro mucho de que por fin me hayas dicho tu nombre completo. Hace tanto que nos conocemos que

supongo que pensabas que ya lo sabría. Supongo que nunca salió el tema, ¿no?

Pasemos a asuntos más importantes:

Muchas cosas me hacen reír. Mi primo al hacer alguna tontería, algo que ocurre casi a diario, así que para mí es estupendo. Los vídeos de gatos japoneses. Los perros que llevan jersey. No sé por qué esto último. Suelen estar tan desconcertados ante la idea de llevar ropa que me hacen reír.

Sin azúcar, pero con una buena cantidad de leche. O sea, una BUENA cantidad. Mucha. Tanta que casi tengo que volver a meter el café en el microondas para calentarlo otra vez.

Me encantan los gatos. Ya he mencionado los vídeos de gatos japoneses. Nunca he tenido uno, pero siempre me han fascinado. Son los depredadores perfectos, pero los dejamos aovillarse en nuestro regazo como si no fuesen a devorarnos la cara si muriésemos por la noche. Mmm, eso ha sido un poco macabro. También son muy blanditos, y he oído decir que a veces te dejan acariciarles la barriga. Eso me gusta.

Y sí que te echo de menos, Stacey. Más de lo que debería. Más de lo que debería siendo alguien que en realidad no forma parte de tu vida. A pesar de todo el tiempo que pasamos viajando (y para responder a tu pregunta, es mucho; viajamos más de lo que estamos en casa, que en realidad solo es uno o dos meses, durante las vacaciones de Navidad), te aseguro aquí y ahora que tu sonrisa es algo que espero ver todos los veranos con muchas ganas. Y ahora espero verla con más ganas aún.

Ahora mismo estoy entre dos espectáculos distintos, así que me tengo que ir. No tengo tiempo para escribir preguntas, pero bueno: cuéntame algo. Algo que no sepa de ti. Que, seamos sinceros, es casi todo.

Emití otro largo y lento suspiro al leer las palabras de Dex. Releí el mensaje un par de veces, y la fría sensación que me había embargado enseguida se calentó. Me ardían las mejillas y me llevé una mano a la cara para intentar enfriármelas.

Él también me echaba de menos. Vaya. Eso cambiaba las cosas. No dudé, ni siquiera esperé a subir todas las escaleras. Mis pulgares volaron por el teclado de mi teléfono móvil para escribir un rápido mensaje de respuesta.

Dex:

Te debo una disculpa. Durante los últimos veranos, dijimos que entre nosotros no había nada más que lo que hacíamos en la cama (QUE CONSTE QUE NO ME QUEJO DE NADA). Pensaba que no estabas interesado en conocerme. Pensaba que solo buscabas…, en fin, lo que ya hacíamos.

Y resulta que nos echamos de menos los dos. Supongo que es lo que me he ganado por no haberte escrito antes. Pero tú también podrías haberme escrito, ¿eh? Aunque supongo que acabas de hacerlo.

Espero que el concierto de hoy vaya genial. O los conciertos. Todavía es pronto.

Algo que no sepas de mí: te he dicho mi apellido, pero sigues sin conocer mi nombre de pila. Te voy a dar una pista: no es Stacey.

Stacey (¿o no?)

Antes de que la valentía me abandonase, le di a «enviar». Siempre hay que dejarlos con ganas de más, ¿verdad?

Me temblaron un poco las piernas cuando me levanté y subí las escaleras hasta mi piso. Dex me echaba de menos. Le encantaba mi sonrisa. Acaricié las alas del colgante de la libélula con una mano mientras abría la puerta de casa.

—Cambios —susurré. A fin de cuentas, era lo que andaba buscando. Quizá esos mensajes eran el primer paso hacia esos cambios. Hacia algo que me hiciese pasar página y tener por fin una vida.

CUATRO

El que espera desespera, y el que espera un mensaje... no lo recibe. Algo así. Nunca se me dieron bien las frases hechas. La cuestión es que Dex no me respondió enseguida, y estaba casi enfadada conmigo misma por pensar que me escribiría pronto. Había dicho que estaba entre dos espectáculos distintos, ¿o no? Más me valía calmarme un poco.

Me ensimismé tanto esperando a que Dex me contestase que tardé una buena hora y media en recordar que Emily también me había escrito. Tengo ejemplares de sobra del libro del club de lectura de April, ¡por si quieres venir a por uno! La había visto en el *brunch,* pero lo único que me quedaba hacer ese día era recoger la colada, y no corría prisa. Además, ver a Em me distraería del móvil con la pantalla bloqueada y de su falta de notificaciones, así que agarré las llaves y me dirigí hacia Lee & Calla, la librería que llevaba Emily.

—Lo siento —me dijo al darme el libro por encima del mostrador—. Por lo visto, sus amigas están en una fase deprimente en que quieren leer sobre la Segunda Guerra Mundial.

—No pasa nada, solo he aceptado por el tentempié. April me dijo que habría algo de picar, ¿no? —Fruncí el ceño al ver el libro. ¿Cuánto iba a pagar por un libro que, admitámoslo, solo iba a fingir que disfrutaba leer?

—Te cuesta la mitad, por cierto. —Emily asintió hacia el ejemplar—. Es de segunda mano.

Vale, eso lo volvía menos doloroso.

—Supongo que no podré convencerlas para que lean algo divertido, ¿no? —Busqué la cartera en la mochila y le di mi tarjeta de débito.

—Probablemente no. Diría que están decididas a leer libros «importantes». —Emily se encogió de hombros—. Pero no te falta razón. Pronto empezaré a buscar libros para el club de lectura de la librería. Tendré en mente escoger... —Se quedó reflexionando unos instantes—. En fin, libros que sean menos deprimentes que este.

—Así me gusta. —Vi cómo Emily pasaba mi tarjeta—. ¿Has seguido pensando en el vestido de novia? —Acababa de verla un par de horas atrás, pero ¿a quién pensaba engañar? Pues claro que había seguido pensando.

—Sí, pero, como he prometido no ser una loca de la boda, no te lo voy a comentar. —Me sonrió y me devolvió la tarjeta y el recibo—. Me conformaré con una vez a la semana.

—No te lo crees ni tú. —Me reí.

—Vale, quizá un par de veces.

—Mmm. —Metí el recibo entre las páginas del libro deprimente sobre la Segunda Guerra Mundial—. ¿Qué te parece si me añades a tu perfil de Pinterest? Así recibiré una notificación cuando veas algo chulo. Y lo hablamos.

—Hecho. Siempre y cuando tú también contribuyas. Tienes mejor ojo que yo.

Agaché la cabeza para guardar el libro en la mochila, pero no pude dejar de sonreír. Aunque no fuera un piropo superefusivo, me animó un poco que me diese las gracias. Que me tuviese en cuenta.

—Pues claro. Envíame tus ideas para los vestidos de las damas de honor y me pondré a ello.

De camino a casa, tuve que pararme en el autoservicio del Starbucks. La temporada del Pumpkin Spice Latte había empezado pronto ese año, y era mi perdición. En cuanto llegué a casa, dejé el vaso de Starbucks en mi mesita de centro, aparté dos veces a Benedick y le eché una foto. Ya casi no quedaba café, y el poco que quedaba estaba frío y demasiado dulce, pero eso no importaba para la foto. Y entonces la subí a Instagram y a Facebook porque en lo que a redes sociales se refería podía hacer más de dos cosas al mismo tiempo:

¡Primer #PSL de la temporada! ¿Alguien se atreve a adivinar cuántos beberé este año? El año pasado fueron 15, que creo que fue un nuevo récord. ¡Dejadme vuestras opiniones! El ganador no se llevará nada en absoluto, pero yo me llevaré un montón de café, canela, calabaza y nuez moscada. ¡Feliz otoño!

Feliz otoño, ja. Apenas había empezado septiembre y seguía haciendo el mismo calor que en pleno verano. Pero si era la temporada de los PSL, oficialmente había comenzado el otoño. Lancé el móvil al sofá y fui a encargarme de la colada. La lavadora y la secadora se encontraban en el garaje, así que las compartía con mis padres. Mi madre solía hacer la colada durante la semana, y los fines de semana era mi turno.

Mi publicación con el PSL era una absurda tradición que repetía todos los años, y a mis amigos les gustaba tanto intentar adivinar cuántas veces me detendría en el Starbucks en los próximos dos meses como burlarse de mí por eso. Las mofas no me molestaban, eran parte de la diversión.

Al regresar a mi piso, vi que mi móvil estaba iluminado como un árbol de Navidad. Me obligué a guardar la ropa limpia antes de sentarme en el sofá con el teléfono para ver todas las notificaciones.

¡Trece!

En serio, ¿cómo te puedes beber eso? Qué asco.

Stacey (¡¡¡que por lo visto no es ni tu nombre!!!), hablemos por privado, ¿vale? Prefiero...

¡Treinta y siete!

Veinticinco y diabetes.

Un momento. Volví atrás. El tercer mensaje no era un comentario en mi publicación del café. Abrí la notificación y apareció mi aplicación de mensajería instantánea.

Stacey (¡¡¡que por lo visto no es ni tu nombre!!!), hablemos por privado, ¿vale? Prefiero comunicarme contigo por otro sitio, no por la página pública. Vía correos o mensajes, me da igual. Pero, sea como sea, escríbeme cuanto antes y dime cómo te llamas de verdad. Llevas siendo Stacey en mi cabeza una temporada ya. Tengo que ponerme las pilas. -D

¿Página pública?

Oh, no.

Por primera vez, busqué el perfil desde el que me escribía Dex. No le había prestado atención antes porque Stacey la borracha lo había iniciado. Stacey la borracha había hecho clic en la fotografía etiquetada y le había escrito a Dex sin pensárselo dos veces. Esa segunda vez quizá le habría permitido darse cuenta de que no había enviado el mensaje a un perfil privado. No. Había escrito a la página de seguidores de Duelo de Faldas.

Por Dios. Cualquiera podría haber visto ese mensaje. Sus hermanos podrían haberlo visto. Daniel podría haberlo visto. Eso sumado a cuando nos encontramos frente a la máquina de hielo del hotel...

Buf, me había librado de una buena. El alivio me había provocado un pequeño mareo, e hice clic en el mensaje, donde él me había dejado su correo electrónico y su número de móvil. En fin. Era una buena señal, ¿no? Lo añadí a mis contactos antes de pasar al ordenador portátil. La explicación de mi nombre iba a requerir el uso de un teclado grande. Decidí mandarle un correo. Era demasiado pronto en la relación, o comoquiera que desees llamar a lo nuestro, y un mensaje de texto me parecía demasiado privado.

Para: Dex MacLean
De: Stacey Lindholm
Fecha: 3 de septiembre, 16:47 h
Asunto: Mi nombre de verdad

Verás.

Soy lo que podrías considerar una bebé milagro. Mis padres quisieron tener hijos desde el momento mismo en que se casaron, pero les costó concebir. Probaron todos los trucos de las abuelas para quedarse embarazados, pero no hubo suerte, y una intervención médica era demasiado cara para ellos. Decidieron ser padres adoptivos y se apuntaron a una lista de espera. Mientras esperaban, recibieron una carta de mi abuela. La tía abuela de mi madre, una mujer a quien mi madre apenas llegó a conocer, había muerto y les había dejado a mis padres una considerable cantidad de dinero, pero con el propósito de que probaran la fecundación *in vitro*. Le hicieron caso, y al final llegué yo. Mi madre pensó que debía ponerme el nombre de su benefactora, aunque fuese un familiar lejano que casi no conoció. Un bonito gesto, ¿verdad?

Pues deja que te diga que Anastasia no es el nombre más divertido con el que estudiar en la escuela. Desde que tengo seis años, para todo el mundo soy Stacey. Así que para ti también lo seré.

Ahí lo tienes. Ahora es tu turno. Cuéntame algo sobre ti.

Su respuesta llegó antes de lo que esperaba. No estaba acostumbrada a consultar la bandeja de entrada del correo tanto como las notificaciones que recibía en el móvil, así que no fue hasta casi irme a dormir cuando entré en el correo y vi que me había respondido al cabo de unas pocas horas. Me tumbé en la cama, con las guirnaldas encendidas, y leí.

Para: Stacey Lindholm
De: Dex MacLean
Fecha: 3 de septiembre, 19:56 h
Asunto: Re: Mi nombre de verdad

Que te cuente algo sobre mí. No estoy demasiado acostumbrado a hablar de mí. La gente no suele preguntarme nada. A ver, lo más interesante sobre mí es lo que ya sabes: a qué me dedico. Me encanta. Viajar, conocer gente nueva, y sobre todo vivir con tan solo un par de bolsas de lona y una mochila. Pero es una de esas situaciones en que es una suerte y una desgracia a la vez. A veces echo de menos mi casa. Y lo más raro es que no sé exactamente dónde está mi casa. O sea, está la casa de mis padres, donde me instalo en el sótano los dos meses al año que regresamos. Pero no es MI casa. Es la casa de mi yo de la infancia. De la adolescencia, incluso. Pero ¿de mi yo adulto? Me siento un invitado en la casa en la que crecí, y esa es una sensación muy rara. Empiezo a sospechar que no tengo casa, y no sé cómo me hace sentir eso.

A veces me pregunto durante cuánto tiempo voy a poder seguir haciendo esto. Lo de estar siempre de gira. No me malinterpretes, me encanta. Hay algo emocionante en el hecho de no tener una dirección física y de no estar atado a cosas como una hipoteca o las letras del coche. Pero a veces conocer gente nueva es una mierda. Soy un tipo sociable, ese no es el problema. Pero echo de menos la familiaridad. Echo de menos a gente que me conozca durante más de un par de semanas como mucho.

Pero, claro, luego esos dos meses que paso en casa, en Michigan, estoy nervioso. Inquieto. Y al poco hago y deshago las maletas, me pregunto si en la siguiente temporada de ferias podré viajar más ligero. Así que a lo mejor no deseo tanto asentarme como creo.

¿Estoy equivocado, Anastasia? Debe de haber una razón por la que te quedases en un pueblecito como Willow Creek. Dime qué me estoy perdiendo al no vivir en un pueblecito. Además de a ti. Que, seamos sinceros, podría ser suficiente motivo para convencerme.

Vaya.

Mi corazón martilleó al leer las dos últimas frases. No me lo podía creer. Dex MacLean, que se acostaba con una chica distinta en cada feria, me echaba de menos a mí. Creía que yo sería suficiente motivo para quedarse en un pueblo. Regresé a la fotografía etiquetada en que aparecía en nuestra feria, que me había descargado en el portátil. Me tomé mi tiempo para saborearlo. Su sonrisa, franca y amplia y un pelín pícara. La fuerte columna de su cuello y ese inicio de pectorales que desaparecían dentro de la holgada camisa de lino. Fuertes antebrazos embutidos en pana, dedos largos y hábiles que arrancaban música a su guitarra.

Examiné su rostro con la nueva información del correo que acababa de recibir, y sentí una punzada de culpabilidad. Lo había juzgado muy pero que muy mal al pensar que era solo un trozo de carne con el que pasárselo bien durante unas pocas semanas. No, Dex era el *pack* completo: atractivo hasta rabiar, pero inteligente y sensible al mismo tiempo. ¿Por qué no me había mostrado esa parte de él cuando estábamos juntos?

Quizá había sido culpa mía. Quizá no le había abierto mi corazón hasta que le mandé aquel primer mensaje. Pero claramente me hacía saber que no había llegado demasiado tarde.

Muy bien hecho, Stacey la borracha. A lo mejor después de todo no la había cagado tanto.

CINCO

Para: Dex MacLean
De: Stacey Lindholm
Fecha: 4 de septiembre, 19:37 h
Asunto: Re: Re: Mi nombre de verdad

No me quedé en Willow Creek por decisión mía. Algunos deciden instalarse en pueblecitos pequeños; a otros se nos impone instalarnos en pueblecitos pequeños.

Deja que eche hacia atrás.

Cuando me licencié en la universidad con una carrera de *merchandising* de moda, estaba muy emocionada. Tenía un futuro. Un empleo: gracias a una carta de recomendación muy entusiasta, mi tutora me había ayudado a conseguir trabajo en Nueva York, en uno de los centros comerciales más grandes. Un lugar en el que vivir: vale, con tres compañeras de piso, y estaba bastante segura de que mi futuro dormitorio antes había sido un armario, pero era Nueva York. Me dirigía a lo que siempre había querido. Independencia. Emoción. Mi vida iba a comenzar.

Solo me quedaba un último viaje en coche para terminar la mudanza a Nueva York cuando mi madre tuvo el primer ataque al corazón.

Ni siquiera llegué a presentarme en el trabajo. Les di largas, y durante unas pocas semanas incluso me trataron bien. Pero cuando mi madre tuvo que pasar por el quirófano —una operación de las aterradoras, con palabras como «baipás» y «cuádruple»—, esas semanas se convirtieron en meses. No me imaginaba intentando empezar una nueva vida y un nuevo empleo lejos de casa mientras me preocupaba por mi madre y por su recuperación. La oferta de empleo se desintegró. Mis nuevas compañeras de piso de Nueva York encontraron a otra para dormir en su armario. Recibí el mensaje: no te vas a ninguna parte.

No está tan mal, pero creo que si a ti te parece interesante es porque para ti es una novedad. Algo que no experimentas a diario. Porque si vivieras aquí, si hubieses nacido y crecido en un pueblo dejado de la mano de Dios como Willow Creek, pensarías muy muy diferente.

Admito que es agradable vivir en un sitio donde todo el mundo te conoce. Pero al mismo tiempo todo el mundo te conoce. ¿Tú pasaste por una fase de rebeldía cuando eras adolescente? Seguro que sí, tienes pinta. Yo no. Imagina intentar hacer alguna travesura cuando no solo te arriesgas a que te detengan, sino que te arriesgas a que tu madre se entere antes incluso que la policía. Créeme, las madres sobreprotectoras dan mucho más miedo que la idea de que te detengan.

Por cierto, no sé cómo me siento si me llamas Anastasia. Nadie me llama así. Salvo los profesores el primer día de clase, y de eso ya hace un tiempo.

—¿Qué haces, cariño?

—Nada —respondí automáticamente, y cerré el ordenador para que no viese la pantalla. Levanté la vista cuando mi madre entró en la cocina y de inmediato me puse en modo diagnóstico. Los últimos años, en lo que se refería a mi madre y a su salud, me había vuelto muy observadora. Me había parecido que estaba bien cuando bajé a la casa para cenar con mis padres (su pastel de carne era delicioso). Pero ahora sus ojos parecían cansados, y caminaba de una forma apagada que no me gustó lo más mínimo—. ¿Estás bien? Pareces cansada.

—Gracias. —Arqueó las cejas—. Es lo que a cualquier mujer le gusta oír.

—Ya sabes a qué me refiero, mamá. —Le chasqueé la lengua—. ¿Te has excedido hoy?

—He pasado un par de noches malas. —Se agachó en la despensa y salió con una bolsa de palomitas para el microondas—. Nada de lo que preocuparse.

—¿Noches malas? —La voz me salió más estridente de lo que esperaba, pero no era algo que hubiese que tomarse a la ligera—. ¿Y eso?

—Pues que he sufrido un poco de insomnio, nada más. Déjalo. No seas como tu padre. —Después de meter la bolsa en el microondas, se me acercó y me dio un beso en la coronilla como si yo tuviese siete años (que para ella seguro que los seguía teniendo). Asintió hacia el portátil cerrado—. ¿Qué estabas haciendo?

—Nada. Solo... escribía un correo. —Noté cómo me ardieron las mejillas por la culpa, como si en cierto modo mi madre hubiese sabido que estaba escribiendo sobre ella. Intenté pensar en algo, en lo que fuese, para cambiar de tema—. Mañana iré al supermercado después del trabajo. ¿Necesitas algo?

—Ya que vas, un poco más de leche, si no te importa.

—Vale. —Detrás de mí, empezaron a sonar pequeñas explosiones en el microondas, seguidas enseguida por el olor a sal caliente y a saborizante de mantequilla. Recorrí el contorno del portátil con el índice, me moría por abrirlo y terminar el correo, pero no podría hacerlo con mi madre en la cocina. Cuando levanté la vista de nuevo, estaba hurgando en su bolso, sobre la encimera de la cocina, y luego me tendió un billete de veinte dólares.

—Toma —dijo—. Para la leche.

—¿Estás de broma? —Negué con la cabeza—. Vale, en primer lugar, la leche no cuesta veinte dólares. En segundo lugar, acabo de robaros la cena. Creo que estamos en paz.

—Acéptalos, anda. Sé que estás intentando ahorrar dinero, Stacey. Todavía estás pagando préstamos académicos, por no hablar del alquiler y del coche...

—El coche ya he terminado de pagarlo, y apenas me cobráis alquiler.
—Y había tenido que insistir para pagarles alquiler al tomar la decisión de quedarme. Fue cuando la movilidad de mi madre había estado limitada y vi a mi padre perdido. Mi madre era su brújula, y no sabía cómo arreglárselas sin ella. El alquiler era simbólico, pero conseguía que pensase un poco menos que seguía viviendo con mis padres.

El microondas pitó y mi madre abrió la puerta.

—¿Te importa pasarme el cuenco?

No tuve que preguntarle cuál. El cuenco de las palomitas se encontraba encima de la nevera. Me puse de puntillas, lo agarré y se lo di. Mi madre me sonrió, y tuve que admitir que sí que parecía encontrarse bien. Me estaba preocupando en exceso. Pero siempre que la miraba, no podía dejar de recordar cómo la vi en el hospital: pequeña y pálida, enchufada a máquinas que zumbaban y que la mantenían con vida. Siempre que me preguntaba en qué estaba pensando, en por qué me había quedado tanto tiempo allí, recordaba lo pequeñita que la vi en la cama del hospital y no, no me arrepentía de haberme quedado. Aunque eso implicase mandar al traste mi oportunidad de salir del pueblo y empezar una vida por mi cuenta.

—Quería preguntarte —dijo mi madre— si le habías dado las listas a tu amiga.

—Sí, y dice que gracias. Ya ha empezado a organizar unas cuantas cosas. —Con eso me quedaba corta, y puse los ojos en blanco con mi patentada sonrisa de nuevo en la cara.

—Hay mucho que planear, Stacey. —Mi madre me chasqueó la lengua—. Ya lo verás algún día.

Sí, quizá, si casarme con mi gato algún día era legal.

—Seguro que sí —me limité a decir en voz alta—. Pero sin presión, ¿verdad, mamá?

—Sí, cariño. Sin presión. Encontrarás al chico adecuado cuando sea el momento adecuado. —Un silencio un tanto extraño siguió a sus palabras, porque, sinceramente, ¿cuándo sería el momento adecuado? Desde que había tomado la decisión de quedarme en casa, mis padres adoptaron el mantra de «tómate tu tiempo». Era agradable que quisiesen que estuviese por allí y que no tuviesen prisa por que volase del nido. Pero de vez en cuando me preguntaba si no se estaba alargando demasiado ese tiempo que debía tomarme.

Al final, mi madre se aclaró la garganta y me señaló con el cuenco de las palomitas.

—¿Te apetece ver una película antes de irte a dormir?

Sí. Sí que me apetecía, pero negué con la cabeza.

—Me he apuntado a un club de lectura, y tengo que leer esto antes del jueves que viene. —Saqué de la bolsa el libro deprimente sobre la Segunda Guerra Mundial y se lo enseñé.

Mi madre me lo arrebató de las manos y frunció el ceño al ver la cubierta.

—Mmm. —Le dio la vuelta y leyó la contracubierta antes de devolvérmelo—. Deberías apuntarte a un club de lectura mejor. Parece deprimente.

—No te falta razón. —Suspiré—. Emily dice que va a escoger libros más divertidos para el club de lectura de la librería. Quizá debería apuntarme a ese.

—O podrías hacer los dos, ¿eh? —Mi madre se encogió de hombros—. Pero avísame si te animas con el divertido. Puede que me apunte.

—Perfecto. —Volví a mirar hacia el libro, y luego hacia el cuenco de palomitas que mi madre seguía sosteniendo. Lancé el libro sobre la mesa—. A la mierda. Vamos a ver una peli. —¿Quién necesitaba una vida cuando podías pasarte las noches viendo comedias románticas con tu madre?

Ay, Dios, necesitaba una vida.

Después de la película, salí por la cocina hacia el garaje y hacia las escaleras que llevaban a mi piso, y me detuve para agarrar el portátil y la mochila, que había dejado encima de la mesa. Ya arriba y en la cama, abrí el portátil y el billete de veinte dólares de mi madre salió volando.

—Jolín, mamá. —Suspiré. Aunque doblé el billete y lo puse debajo del móvil. Empecé a releer el correo que había escrito en la mesa de la cocina de mis padres, pero me hormigueó la piel. ¿Debería contarle todo eso? Sabía por propia experiencia que la gente no quiere oír esa clase de cosas. Quieren a la Stacey divertida. La animadora, la que comentaba con emojis con ojos de corazones en las fotos de tus hijos, la que estaba encantada de ayudarte a escoger vestidos de dama de honor. Por aquel entonces, me sentía más cómoda compartiendo una canción en el karaoke de Jackson's que compartiendo mis pensamientos más íntimos. Y se me daba muy mal cantar.

Pero me había preguntado él, ¿verdad? Le di a «enviar» antes de cambiar de opinión. Tal vez era contarle demasiada información y no le gustaba esa Stacey. Pero solo había una manera de descubrirlo.

Resultó que Dex era de los que hablaban mucho.

Me preparé para meterme en la cama y, cuando agarré el portátil para apartarlo, la pantalla se encendió, y había un correo electrónico esperándome.

Para: Stacey Lindholm
De: Dex MacLean
Fecha: 4 de septiembre, 21:52 h
Asunto: Re: Re: Re: Mi nombre de verdad

Siento mucho que hayas tenido que pasar por eso con tu madre, pero si te sirve de consuelo yo habría hecho lo mismo. O sea, estás hablando con un tipo que viaja con su familia durante buena parte del año. La familia es importante y, cuando vienen mal dadas, haría cualquier cosa por la mía. Parece que tú eres igual.

Dicho esto, tienes razón con lo de los pueblecitos pequeños y las madres sobreprotectoras. Supongo que no puedo culparte. Pero tampoco puedo culpar a tu madre. ¿Y tú? No es que esté de su parte, pero lo has dicho tú misma: bebé milagro. Entiendo que también eres hija única, ¿no?

Eso empeora las cosas, creo. Cuando tienes hermanos, tienes a alguien a quien culpar de tus mierdas.

Ah, y es una pena, Anastasia. No puedes darme un nombre que suena a música en mis labios y no esperar que lo utilice. Te queda genial.

Cerré el ordenador de golpe y lo aparté como si me hubiese quemado las manos. Tomé una bocanada de aire, que me supo a un dulce alivio; ¿acaso me había olvidado de respirar en esos instantes en que leía que mi nombre era musical? ¿Quién era ese chico? ¿Cómo era posible que fuese la misma persona que ni siquiera se había despedido de mí cuando terminó la última feria medieval?

Benedick se subió a mi regazo y amasó con las patas delanteras la manta que el ordenador portátil había calentado. Le acaricié el lomo una y otra vez para absorber sus ronroneos y que me calmasen. Cuando cerré los ojos, esas palabras se quedaron grabadas a fuego en el interior de mis párpados: «Un nombre que suena a música en mis labios»... Cuanto más se me acurrucaba Benedick y más le rascaba yo detrás de las orejas, más fácil me resultaba respirar.

—Bueno —le dije al fin al gato—. Afirmé que necesitaba una vida. Quizá sea lo que me está sucediendo ahora.

A la mañana siguiente, me desperté otra vez con esa frase en la cabeza —«un nombre que suena a música en mis labios»— y reprimí un delicioso estremecimiento. Por la noche, mis pensamientos dedicados a Dex habían conseguido desenmarañarse por sí mismos, y no pude dejar de esbozar una sonrisa boba mientras me preparaba para ir al trabajo.

Por lo menos en la clínica no iba a sentir la tentación de echar un vistazo al móvil cada quince segundos; los teléfonos personales estaban prohibidos, así que dejé el mío guardado en mi mochila durante el día. Me moría por hablar con alguien sobre eso, sobre el chico increíblemente sexi que me echaba de menos, pero, por bien que me llevase con mis compañeros, no era amiga de ninguno de ellos en un nivel personal. Éramos amigos de los que van a comer juntos. De los que van a tomar algo, como mucho. No de los que se cuentan todos los detalles de una nueva y posible relación sentimental.

La mañana transcurrió lenta y a las diez ya estaba repasando el menú del sitio de comida para llevar, preguntándome si era demasiado pronto para pedir el almuerzo. El sándwich de ternera del menú me hizo pensar en Emily; era su preferido. Seguramente, fuese lo más parecido a una mejor amiga que tenía en esos momentos, una mejor amiga de verdad. Me había pedido que fuese su dama de honor, ¿no? Por lo tanto, Emily me veía como algo más que a una chica con la que salir a tomar algo y una amiga de la feria medieval. Quizá quería que le contase las novedades. ¿Un par de correos que te hacían hormiguear contaban como vida sentimental que valía la pena compartir con tu mejor amiga?

Ya lo averiguaría más tarde. Por el momento, pedí un panini de pavo y queso *brie*, y también el sándwich favorito de Emily. La tienda se encontraba en la misma calle que la librería, y me iría bien un rato entre chicas.

Cuando llegué a Lee & Calla con las bolsas llenas de bocadillos y de patatas fritas, Emily estaba detrás del mostrador observando la pantalla del ordenador con el ceño fruncido. La campanita de la puerta sonó cuando la abrí, y levantó la vista, sobresaltada. Su gesto se transformó en una sonrisa.

—¿Me has traído mi sándwich preferido?

—Pues claro. —Le di una de las bolsas y ella me dio una botella de agua antes de que nos sentáramos a una de las mesas del fondo de la librería, donde Emily y Chris, la propietaria, habían dispuesto una pequeña cafetería. Emily preparaba un estupendo café con leche y vainilla, y los pastelillos de limón de Chris eran de otro mundo, así que ese espacio estaba muy bien aprovechado.

—¿Qué te trae por aquí? —Emily desenvolvió el sándwich con la felicidad de un niño la mañana de Navidad; cómo le gustaba ese bocadillo.

Abrí la boca para responder, pero al final opté por darle un bocado a mi emparedado para ganar tiempo.

—¿Qué pasa? ¿No te puedo traer un sándwich sin motivo? —Mi voz sonaba ligera, jovial. Qué típico de mí: volvía a acobardarme—. Quizá es que me gusta la compañía.

—Mmm. —Entornó los ojos y me miró mientras masticaba, pero no insistió. Se le iluminaron los ojos y fue a buscar su bolso—. ¿Sabes? Esta noche iba a enviarte un correo. He encontrado un par de ideas muy interesantes para una tarta que creo que...

—Mi madre y yo nos vamos a apuntar a tu club de lectura. —Sabía que había sido de mala educación, de muy mala educación, interrumpir a Emily. Pero hablar de la boda me hacía pensar en la feria, que a su vez me hacía pensar en el correo electrónico de Dex que había recibido la noche anterior. Y, aunque deseaba contárselo todo, una parte de mí quería guardar esa nueva faceta de él toda para mí. Así que ¿qué había mejor que un tema totalmente nuevo, que me había sacado de la puta manga?

—¿Mi club? —Emily meneó la cabeza—. Pero si te acabas de apuntar a otro.

—Sí, y ese libro ya me está deprimiendo una barbaridad. Prometiste buscar libros más divertidos, ¿no?

—Bueno, sí... —Pero Emily seguía un tanto escéptica—. Entonces, ¿vas a dejar el club de lectura de April? Creo que se emocionó cuando te animaste.

—Puedo leer dos libros en un mes, ¿eh? —Entorné los ojos. ¿Me tenía por tonta o qué?

Pero la expresión de Emily se suavizó y me chasqueó la lengua.

—Pues claro que sí. No me refería a eso. ¿Tu madre también se quiere apuntar?

—Eso me ha dicho. —Me encogí de hombros.

—Genial. Os añadiré a la lista cuando vaya al mostrador de la librería. Esta semana voy a enviar un correo con la selección de libros para el mes que viene. ¿Os va bien el tercer jueves del mes?

—Perfecto. —Yo no tenía planes y mi madre nunca salía por la noche, así que seguramente estaba libre.

—Excelente. —Volvió a concentrarse en su querido sándwich—. Nos va bien tener gente, así que me alegro de que os animéis vosotras. Chris regresará en breve a Florida sin ningún tipo de preocupación.

—Lo he oído. —Chris, la propietaria de la tienda y nuestra propia reina Isabel en la feria medieval, apareció por la trastienda, pero no parecía especialmente molesta. Nos miró a las dos con una sonrisa tolerante. Una parte de ella seguía siendo la reina y nosotras, sus queridas súbditas.

—Ya sabes a qué me refiero. —Emily se giró en la silla para ver cómo Chris sacaba su propio almuerzo de la nevera de la cafetería—. No es que tengamos a un millón de personas interesadas en el club de lectura. Cuando tu hija vuelva a las clases y tú te marches a Florida, habrá una importante caída en los miembros del club.

—Hay suficientes actividades para que estés bien ocupada. —Chris se acercó a nuestra mesita, y nos apartamos para hacerle sitio—. El taller de escritura sigue reuniéndose dos veces al mes, y debes vigilarlos para que no monten demasiado alboroto. Por no hablar de tus noches de lectura de Shakespeare con los alumnos del instituto. ¿Sigues con eso?

—Supongo. —Emily reflexionó sobre la pregunta mientras mordisqueaba el bocadillo—. Debería escoger una obra y ver si a los chicos les sigue apeteciendo.

—Ah, claro —dije—. Lo había olvidado. —Emily era una friki declarada de Shakespeare, y había empezado una lectura de algunas de sus obras a la que asistieron los alumnos de secundaria que hacían de voluntarios en la feria medieval. La mayoría, de hecho, eran alumnos de bachillerato de Simon. Emily y él eran tan perfectos el uno para el otro que resultaba hasta absurdo.

—Lo que yo decía. Estarás bien ocupada. —Chris levantó la tapa del táper y empezó a remover la ensalada con el tenedor. Por más que Chris hubiese regentado la librería durante muchos años, parecía felicísima de pasarle las riendas a Emily. Y ¿por qué no? A Em se le daba muy bien. Y Chris tenía cosas más importantes de las que preocuparse.

—¿Cómo se encuentra tu madre? ¿Mejor? —No sabía demasiado de apoplejías, pero sí sabía que a veces costaba recuperarse de una.

—Está bien. —La sonrisa de Chris era tranquilizadora—. Por lo menos, tan bien como cabría esperar. Ni mejor ni peor. Pero creo que le ayuda que esté con ella. —Se encogió de hombros—. Es mejor eso que vivir conectada a máquinas.

No se me ocurrió nada positivo que decir, así que me limité a asentir y me metí el último trocito de sándwich en la boca.

Pero la cabeza de Emily seguía absorta en la tienda cuando se giró hacia mí.

—Vale. Como tu madre y tú os uniréis al club de lectura, quizá podáis ayudarme a hacer una lluvia de ideas de títulos, ya que Chris se irá a Florida en octubre.

—Solo queda un mes para que vuelva a la tierra de los mosquitos y de los caimanes. —Chris resopló. Llevaba un par de años viviendo unos meses en Maryland y en invierno en Florida, cuidando de su madre en ambos estados. Parecía un sacrificio gigantesco, pero yo probablemente habría hecho lo mismo.

—Y de los huracanes. —Asentí, solemne, mientras echaba un vistazo a la hora en el móvil. Mi pausa para comer ya casi había terminado; iba a tener que ir pensando en regresar al trabajo.

Chris se rio cuando me puse en pie y guardé la basura del almuerzo en una de las bolsas que había traído.

—La temporada de los huracanes casi ha terminado cuando llego allí. Esa es la mejor parte de Florida, por lo menos: los inviernos. No tengo que preocuparme por que me caiga una nevada.

—No empieces —gruñó Emily—. El invierno pasado, tus correos ya eran lo bastante irritantes porque te burlabas de nosotras, que nos congelábamos por aquí.

Me despedí de ambas por encima del hombro y me dirigí hacia la clínica. Volví a mirar el móvil, pero mis notificaciones seguían vacías. Solo un par de comentarios sobre una foto de Benedick que había subido en Instagram durante el fin de semana. Se puso muy mono al estornudar bajo un rayo de sol, y debería haber recibido más atención, la verdad. Pero era imposible saber qué le gustaría a la gente en internet. Con el ceño fruncido, me metí el móvil en la mochila. Esperaba haber recibido otro mensaje de Dex; ahora que nos escribíamos y que nuestras conversaciones se iban volviendo más profundas, quería más de él.

No fue hasta que había pasado media tarde cuando me di cuenta de que había sido él el último en mandar un correo electrónico. Me tocaba a mí escribir. Casi me di una palmada en la frente mientras programaba una limpieza anual, pero enseguida retomé la tarea y rellené la tarjeta recordatoria. Luego conté los minutos con impaciencia hasta que llegó el final de la jornada. Después de salir, me detuve a por otro café con leche del Starbucks (el cuarto PSL de la temporada hasta el momento) y me senté a una mesa con el móvil para releer su último correo antes de responderle.

Para: Dex MacLean
De: Stacey Lindholm
Fecha: 5 de septiembre, 17:44 h
Asunto: Re: Re: Re: Re: Mi nombre de verdad

Ah, sí, soy hija única. Sé que he mencionado lo de la *in vitro*, pero no creo haberte dicho que mi madre casi tenía cuarenta años cuando nací. Es la otra parte de ser una bebé milagro. Creo que también fue su última oportunidad. No tuvieron más hijos después de mí, así que pudieron volcar tooooodos sus traumas paternales conmigo. Muy divertido.

Es broma, fue estupendo. Mis padres son maravillosos y me apoyan tanto que es hasta ridículo. Y yo haría cualquier cosa por ellos. Y esa es una de las razones por las cuales sigo viviendo en Willow Creek. Siempre hemos sido un equipo de tres, y así quiero que siga siendo.

Por cierto, te equivocas. Anastasia fue una elegante princesa rusa que tuvo un final espantoso. No hay nada en ella que encaje con una chica de un pueblo pequeño como yo.

Sin venir a cuento, se me llenaron los ojos de lágrimas al teclear esa última frase. ¿Qué cojones estaba haciendo? Mis amigos hacían planes reales y tangibles con sus vidas, mientras que yo estaba atrapada en una rara fantasía formada por palabras y píxeles en una pantalla. Se suponía que iba a conseguir tener una vida, algo verdadero, y había terminado obsesionada con un flirteo cibernético, permitiendo que me llenase la cabeza y el corazón.

Le di a «enviar» y cerré la aplicación del correo antes de pensármelo mejor. Ya bastaba de aquella distracción. Había llegado el momento de ir a casa y darle de comer a mi gato. Había llegado el momento de dirigir mi atención a mi vida real, en lugar de al juego al que Dex y yo estábamos jugando —fuera el que fuese—. Debía despejarme. Debía dejar de vivir una vida por internet.

El problema era que mi vida por internet era mucho más emocionante que mi vida real, claro. Iba a tener que hacer algo para cambiarlo.

SEIS

Como resultó evidente, no soy de piedra, y la tentación de mi vida ciber-nética era demasiado grande como para ignorarla. Aquella noche, antes de irme a la cama, me esperaba un correo electrónico en la bandeja de entrada, y, cada vez que le escribía, Dex me contestaba rápido. A pesar de mis reticencias iniciales, mi corazón se emocionaba cada vez que llegaba un nuevo mensaje. Era mi dosis personal de dopamina, contaba los mi-nutos, y él nunca me decepcionaba.

Después de un par de semanas, empecé a darme cuenta de su rutina. Solía escribirme a altas horas de la noche, cuando los conciertos del día habían terminado. Pensé en su reputación, en que tenía a una chica en cada feria, y me contuve para no preguntarle al respecto. ¿Seguía ligando en cada parada? ¿Se acostaba con alguna y luego me escribía a mí cuando se quedaba a solas? ¿O, peor aún, cuando ellas se quedaban dormidas? Imaginé a mujeres atractivas, satisfechas y felices, como un tronco en su cama mientras el rostro de Dex se iluminaba con la luz azul de su portátil o de su móvil y me escribía otro correo.

Pero no se lo pregunté. Quizá podría haberlo hecho al principio, pe-ro cuando los días pasaron a ser semanas, Chris se marchó a Florida con su madre y la temporada de los Pumpkin Spice Lattes dio paso a los *mochas* de menta, me pareció más y más difícil comentárselo. ¿Cómo iba a hacerlo? ¿Acaso se suponía que, en medio de conversaciones profundas sobre los miedos que teníamos cuando éramos pequeños, iba a soltarle: «Oye, he olvidado preguntarte, es que no sé si sigues follando por todo el país»?

Por lo tanto, enterré esa importante pregunta, cuya respuesta me daba miedo, y me concentré en asuntos más pertinentes.

Para: Dex MacLean
De: Stacey Lindholm
Fecha: 15 de noviembre, 22:47 h
Asunto: ¡Recuento de PSL!

Catorce. Este año me he bebido catorce Pumpkin Spice Lattes. Monica, una amiga de la universidad, dijo trece, así que le he mandado una tarjeta regalo de Starbucks como premio. En mi cabeza sigue teniendo diecinueve años; bueno, yo también, y nos teñimos el pelo de rosa para concienciar sobre el cáncer de mama. Ahora es psiquiatra, oficialmente mucho más inteligente que yo. ¿Cómo ha podido pasar?

A veces me da por pensar en el tiempo y en lo que hacemos con él. El mes pasado cumplí veintisiete, así que me acerco a los treinta, y ¿qué estoy haciendo con mi vida? Veo a mis amigas en Facebook. Amigas del instituto que han madurado y se han mudado. Amigas de la universidad que han construido carreras brillantes. Hubo un día en que todas estábamos en el mismo lugar; en teoría, en la vida todas partimos de la misma casilla de salida. Me fijo en lo que han logrado. Y luego me fijo en mí. Una parte de mí cree que la cagué muchísimo al quedarme aquí. Pero cuando mi madre enfermó todas mis prioridades cambiaron.

Y hay algo que no le voy a decir a mi madre. Fue como si el primer ataque al corazón la catapultase a la vejez. Qué horrible pensar eso, ¿verdad? O sea, mis padres siempre han sido viejos. Por lo menos, más viejos que yo. Mi madre tenía treinta y ocho años cuando nací. Cuarenta y pico cuando empecé la escuela, mientras que las madres de todas mis amigas eran mucho más jóvenes. Es algo a lo que estoy acostumbrada.

Pero cuando tuvo el ataque al corazón, no imaginas lo… vieja que pareció en esa cama de hospital. Fue entonces cuando lo supe. Mi madre, que siempre había sido la persona más fuerte a la que había conocido, la persona a la que recurría con todos los problemas que me sobrevenían en la vida, de pronto era un ser frágil y pequeño al que me entraban ganas de envolver con papel burbuja.

Ahora que está mejor podría retomar mi vida, por supuesto. Empezar la carrera de *merchandising* de moda que tenía pensada. Pero hacer prácticas en Nueva York a los veintisiete es mucho más diferente que hacer prácticas a los veintidós. Los contactos que tenía desaparecieron hace tiempo, y no tengo ni idea de cómo hacer nuevos. Por no hablar de que, siempre que pienso en irme, recuerdo a mi madre en el hospital y lo indefensa que me pareció. ¿Y si le vuelve a suceder? O, lo que es peor, ¿y si yo no estoy aquí? Vale, sí, mi padre está aquí, y ya ha cuidado superbién de ella en el pasado. Pero él tampoco va a volverse más joven. Y creo que debería quedarme cerca. Los quiero muchísimo y ellos me quieren a mí.

¿Sabes? Las canciones de amor dicen chorradas como que «el amor te hará libre», pero últimamente me parece que el amor es más bien una jaula. La jaula más bonita, con adornos dorados y diamantes en los barrotes, pero una jaula al fin y al cabo.

Para: Stacey Lindholm
De: Dex MacLean
Fecha: 16 de noviembre, 01:30 h
Asunto: Re: ¡Recuento de PSL!

Durante los fines de semana en que hay feria, no suelo comprobar la bandeja de entrada del correo. Hay tantas cosas que hacer que mirar el correo es algo que hago entre semana. Pero debo decir que me gusta esta nueva costumbre de escribirte antes de irme a dormir. Es la manera perfecta de terminar el día.

Catorce son muchos Pumpkin Spice Lattes. A lo mejor hay algún grupo de apoyo al que podrías apuntarte.

He tenido que meditar durante un minuto en lo que has dicho: el amor es una jaula. Creo que no te falta razón, pero al mismo tiempo esa idea me entristece. Algo tan maravilloso y poderoso como el amor no debería hacer que te sintieras enjaulada. Me pregunto si lo que interpretas como una jaula son las obligaciones, en lugar del amor. A veces son cosas idénticas, sobre todo en lo que tiene que ver con la familia. Es difícil liberarse de eso, y hay gente que no lo consigue nunca. Dice el chico que recorre el país con su familia de feria medieval en feria medieval para ganarse la vida.

Por lo que dices, te sientes atrapada, y es totalmente comprensible. Creo que yo estoy igual. Y no solo porque esta parada de ahora sea una feria mucho más pequeña y no nos aloja en un hotel. Y no pasa nada: tenemos una autocaravana en la que podemos acampar, y a malas puedo dormir en la parte trasera de mi camioneta. Pero esta zona de Carolina del Norte ha sufrido un temporal inesperadamente frío, así que acampar no es tan agradable como antes. Aunque es el último fin de semana que pasamos aquí antes de dirigirnos hacia el sur, así que sobreviviré.

Pero ¿durante cuánto tiempo? Como tú, últimamente he pensado más y más en el paso del tiempo. Y me pregunto durante cuánto tiempo voy a poder seguir llevando este estilo de vida. Ya no tengo veintiún años, cuando viajar por el país y dormir en la parte trasera de una camioneta era una aventura. Ahora que tengo treinta y uno (por cierto, llegar a los treinta no es tan doloroso como me imaginaba, no te preocupes demasiado) es más probable que me levante con dolor de espalda y que exija contratos en festivales que incluyan habitaciones de hotel. Se acabaron los enclaves chiquititos que quieren que actuemos por una propina. Llevamos demasiados años en el negocio para eso.

Y entonces mi mente regresa a la misma pregunta: ¿durante cuánto tiempo? Conozco a gente, artistas del circuito de ferias, que llevan haciendo el mismo espectáculo desde hace años. Décadas. ¿Así es como vamos a terminar? ¿Todos vamos a querer seguir en esto durante tanto tiempo? A ver, en algún punto vamos a tener que buscar un trabajo de verdad, ¿no? Por lo menos uno de nosotros se va a casar y querrá dejar de viajar. Y tampoco es que tengamos un seguro médico ni ningún tipo de ahorros para cuando nos retiremos. Ni un techo que no sea de nuestra familia. Esta vida nómada es estupenda, pero a veces creo que estoy corriendo hacia un acantilado que se va acercando cada día más. A veces deseo tener una red de seguridad.

Mmm. Me he puesto muy profundo y un poco triste, y no es así como me quiero sentir cuando te escribo. Ahora depende de ti, Anastasia. Anímame. Cuéntame qué vas a hacer este domingo tan aburrido.

Para: Dex MacLean
De: Stacey Lindholm
Fecha: 16 de noviembre, 13:43 h
Asunto: Re: Re: ¡Recuento de PSL!

Los domingos aburridos son lo que más me gusta en el mundo, de hecho. Ahora mismo estoy escribiendo con el portátil en el salón de mis padres, a punto de empezar a ver una película con mi madre. Tiene debilidad por las comedias románticas. Si es una consecuencia de estar dentro de esa jaula, ya no me importa tanto.

Cierra el pico sobre los PSL. Me hacen feliz. No necesito ningún grupo de apoyo, muchas gracias.

Conque obligaciones, ¿eh? Puede que hayas dado en el blanco.
Tienes razón, con la familia es complicado. A veces me gustaría

—¿Stacey?

Di un brinco al oír la voz de mi madre y cerré el portátil.

—Dime, mamá. —Dejé el ordenador en la mesa de centro y me levanté del sofá del salón—. ¿Necesitas que baje el cuenco de las palomitas?

—Cómo me conoces. Ven aquí, grandullona.

Tuve que echarme a reír. Había superado a mi madre por un par de centímetros cuando empecé segundo de secundaria, pero al poco dejé de crecer y me quedé en el metro sesenta y cinco. Obviamente, no era ninguna grandullona.

Pero fui hasta la cocina de todos modos.

—Podrías dejar el cuenco en otro sitio, ¿eh? —Me puse de puntillas para tocar el borde hasta que lo moví lo suficiente como para desplazarlo de la nevera y que me cayera en las manos—. En un sitio al que llegues.

—¿Por qué iba a hacerlo si te tengo a ti? —Se encogió de hombros y sacó la bolsa de palomitas del microondas.

—Cierto. —Asentí lentamente e intenté componer una expresión neutra. Me lo había dicho. Sus palabras no tenían un significado oculto. No estaba al corriente de la conversación por correo que estaba manteniendo yo. Aun así, me pareció que me golpeaba contra los barrotes de la jaula dorada—. Pero quizá no siempre me tengas a mí.

—¿A qué te refieres? —Mi madre arqueó las cejas—. ¿Te vas a alguna parte?

Me había pillado.

—No... —Detesté cómo se me hundió el corazón en el pecho al responder—. Pero podría, ¿sabes? —Era un gesto pequeño, el más diminuto de los empujones contra los barrotes dorados. Por lo menos era un inicio.

—Pues claro. Pero no tengas prisa, cariño. Tómate tu tiempo. Y, hasta entonces, podrás seguir bajándome el cuenco. —Me dio una palmada en la mejilla, un gesto típico y propio de una madre, y me arrebató el cuenco de las manos.

«Tómate tu tiempo». En fin. ¿Qué había esperado que me dijera?

De regreso al salón, aparté el portátil de la mesa de centro cuando mi madre agarró el mando a distancia.

—¿Algo importante del trabajo? —Asintió hacia mi ordenador mientras apuntaba hacia el televisor con el mando.

—¿Eh? No. —Observé mi portátil—. Cosas de la boda de Emily. —La mentira salió de mi boca con suma facilidad, y se me desbocó el corazón. A mi madre no le mentía. Nunca le había mentido. Pero ¿qué iba a decirle si no? ¿«Le estoy hablando (mal) de ti al chico con el que me he acostado y que ahora es un amigo por correspondencia al que le cuento mis secretos»?

Si se dio cuenta de que era mentira, no dijo nada.

—Esa chica está en todo, ¿eh? —Se recostó en el sofá a mi lado buscando una película en la televisión—. Lleva el club de lectura con mano de hierro.

Pensar en Emily me distrajo de la ansiedad y hasta me hizo reír.

—Y te quedas corta. Creo que en sus listas hay listas.

Agarré las palomitas y puse el cuenco en el sofá, entre las dos. Ya terminaría el correo más tarde.

SIETE

Los pájaros volaban hacia el sur en invierno, y al parecer los artistas de las ferias medievales también. Nunca había prestado atención al circuito de las ferias como si fuese una entidad; era algo que hacía todos los veranos en mi pueblo natal. Pero desde que Dex y yo empezamos a…, en fin, como quieras llamar a lo que estábamos haciendo —yo no estaba segura de querer ponerle una etiqueta—, a menudo le echaba un vistazo al calendario de la página de Duelo de Faldas, y resultó evidente que nuestra feria era una sola parada entre otras muchas. Un puntito minúsculo en un camino que serpenteaba por el este de los Estados Unidos y que atravesaba varios estados, y que a veces se desplazaba un poco hacia el oeste antes de regresar a la Costa Este de nuevo. Y conforme el clima se volvía frío y se acercaban las fiestas de Navidad, ese camino se extendía más y más al sur hasta culminar en Florida justo antes del Día de Acción de Gracias. Después de eso, volvían a casa, a Michigan, hasta Año Nuevo, y a continuación rumbo a Florida, donde se invertía el orden: las ferias por el sur a medida que el sendero iba hacia el norte y empezaba a mejorar el tiempo.

Seguir su avance por Florida, además de recibir correos electrónicos de Dex sobre su día a día, tan distinto del mío, prendió un fuego en mi mente. No era un fuego ardiente. Ni siquiera uno especialmente intenso ni apremiante. Más bien una llama de vela que titilaba, pero combinada con la extraña sensación de que me había dejado atrás cuando había terminado nuestra feria el verano anterior. Todo junto, esa llama parpadeante y esa sensación de deseo, me hizo anhelar algo nuevo. Una vida nómada. Una vida en otro lugar.

Pero, como de costumbre, dejé que esa llama y esos sentimientos se extinguieran, y el lunes regresé al trabajo como si nunca hubiesen existido.

Después de que Dex y el resto de la banda volviese a casa por Navidad, sus correos fueron menos seguidos, e intenté no tomármelo como algo personal. Al fin y al cabo, estaba con sus amigos y con su familia; seguro que no necesitaba tanto a su amiga por correspondencia cibernética como cuando estaba de viaje. Pero cuando Navidad dio paso a Nochevieja, la falta de correos me demostró cuánto los había incorporado yo a mi vida. Cuánto había incorporado a Dex a mi vida. Y me pregunté si había sido un error. Si era otra persona que iba a continuar sin mí.

Pero disfracé mis emociones y le mandé un correo antes de salir para la fiesta de Nochevieja. Para honrar el espíritu de la Navidad y todo eso.

Para: Dex MacLean
De: Stacey Lindholm
Fecha: 31 de diciembre, 21:32 h
Asunto: Feliz Año Nuevo

Siempre he pensado que Nochevieja tiene una energía especial. Por el hecho de despedirse del año que termina y dar la bienvenida a las ilusiones que promete el nuevo que comienza. Como si te metieras en una cama con sábanas limpias, acabadas de cambiar. No es una energía que dure. En febrero casi todo el mundo ha olvidado los propósitos de año nuevo. Yo ya he dejado de escribirlos; detesto la sensación de no cumplir ninguna de mis expectativas.

Voy a ir a una fiesta de Nochevieja en Jackson's con unos cuantos amigos. Es una noche fría, pero no creo que nieve. Espero que estés bien y calentito esta Nochevieja y espero que tengas un feliz Año Nuevo. Me alegro de haberte conocido mejor en estos últimos meses.

Ya estaba. Amigable, pero sin pasarse. Si realmente él iba a cortar nuestra pequeña relación por internet, no quería parecer demasiado desesperada. Me guardé el móvil en el bolso de camino hacia la puerta, pero cuando llegué a Jackson's intenté con todas mis fuerzas no echarle un vistazo. Y eso significa que actualicé la aplicación del correo cada cinco minutos o así. Fruncí el ceño ante mi bandeja de entrada, vacía de nuevos mensajes, hasta que Mitch me quitó el teléfono de las manos y me lo cambió por un chupito.

—Oye, devuélvemelo. —Hice un débil intento por recuperar mi móvil, pero Mitch era casi el doble de alto que yo y lo sostuvo por encima de la cabeza. No iba a recuperarlo hasta que él estuviese preparado para dármelo.

—No. No hasta que te hayas tomado un chupito conmigo. Y luego un chupito con Park, que está ahí. —Asintió hacia Emily, recostada sobre la barra. Nos vio mirándola y nos saludó con una gran sonrisa en la cara.

—¿Cuándo ha llegado? —Me bebí el chupito; era de vodka, así que no iba acompañado de sal ni de limón para suavizar el alcohol. Tan solo tosí un poco al tragármelo, y el líquido me calentó por dentro.

—Hace tres vistazos tuyos al móvil. —Agarró el vaso de chupito vacío y me pasó una botella de cerveza. Su cara se oscureció ligeramente, lo cual era extraño en el tipo más alegre del mundo—. ¿Te han dado plantón o algo?

—No. Nada de eso. —No estaba dispuesta a explicar mi extraña relación cibernética en medio de un bar abarrotado en lo que en teoría debía ser la noche más festiva del año.

—Mmm. —Mitch me miró con escepticismo y me devolvió el teléfono—. Venga, vamos. El chupito era de calentamiento. Ven conmigo a la fiesta. Pero dime a quién le tengo que patear el culo luego, ¿vale?

—Hecho. —Apagué el móvil y lo guardé de nuevo en el bolso. A la mierda. Dex no iba a escribirme esa noche. Seguro que estaba celebrando Nochevieja, igual que yo. Aunque él no iba a pasarse toda la noche observando su móvil.

Suficiente. Le di un sorbo a la cerveza y me aferré a la camisa de Mitch, que nos guio entre la multitud. Qué curioso me parecía que en el instituto Mitch me hubiese gustado tanto. Pero en esta época daba gracias por que ya no me gustase y por experimentar una suerte de relación de hermano mayor. Creía de verdad que, si alguien me hacía daño, Mitch iba a perseguir a ese tío y a conseguir que lo lamentase. Y luego me emborracharía para que lo olvidase. Por supuesto, lo haría a base de cerveza y tequila, sin acordarse de que a mí me gustaba más el vino, pero la intención era lo que contaba.

Cuando llegamos junto a Emily en la otra punta de la barra, su hermana April estaba a su lado, alineando vasos de chupito y rodajas de limón.

—No demasiados —observó Emily—. El tequila no es amigo mío.

—El tequila no es amigo de nadie —dijo April mientras nos entregaba a todos una rodaja de limón—. De eso se trata.

—Es solo un chupito —resopló Mitch—. Nada más.

—¿Desde cuándo contigo es solo un chupito? —Emily lo miró con los ojos entornados.

—No le falta razón. —Simon apareció al otro lado de Emily con dos botellas de cerveza en las manos. Le dio una a su prometida y se quedó la otra—. Creo que nunca te he visto parar después de tomarte solo uno.

—¡Es Nochevieja! —protestó Mitch—. Si no puedes soltarte en Nochevieja, decidme cuándo.

—Estoy de acuerdo con Mitch —dije, con mi habitual sonrisa radiante en su sitio. Acompañé mi opinión con uno de los vasitos de tequila, el salero y el limón. Bebí, lamí, mordí—. No pasa nada por despedirse del año viejo.

—Exacto. —Emily me siguió y sumó un trago de cerveza al licor—. Después de todo, ha sido un año bastante bueno. Merece irse por todo lo alto. —Jugueteó con el anillo de diamantes que llevaba en la mano izquierda y le lanzó una mirada a su prometido. Intercambiaron una sonrisa tan íntima que me sentí como una intrusa al verla.

Bah. Me terminé la botella de cerveza y fui a por otro chupito de tequila. Qué más daba que no hubiese nadie que me besara a medianoche. No era la única. April y yo brindamos con los vasitos antes de bebérnoslos de golpe.

—Por cierto... —April se inclinó sobre la barra en mi dirección, y respondí acercándome porque empezaba a haber un buen alboroto—. Me alegro mucho de que te apuntaras al club de lectura. Pero siento que los libros sean tan deprimentes.

—No te preocupes. —Agité una mano en el aire—. Soy de las que piensan que la historia no hay que olvidarla.

—Ah, yo también. —April asintió con entusiasmo, quizá con demasiado entusiasmo, pero a esas alturas ya habíamos bebido varios chupitos—. Claro. Pero también soy de las que piensan que hay que leer algo divertido después de un largo día en el trabajo.

—Bueno, pues entonces deberías apuntarte al club de lectura de Emily. —Señalé entre mi amiga y yo—. Leemos libros divertidos. ¿No te lo ha dicho?

April se quedó reflexionando y bamboleó la cabeza a derecha y a izquierda. Al final el bamboleo se transformó en un asentimiento, seguido de una negativa.

—No sé. ¿Crees que este pueblo es lo bastante grande como para tener dos clubes de lectura?

Era una pregunta legítima, teniendo en cuenta que el club de lectura de Emily no contaba con demasiados miembros. Pero el tequila me había vuelto optimista.

—De momento está siendo genial. Que se queden ellas con los libros importantes y deprimentes. Nosotras leemos libros divertidos con escenas de cama.

Una carcajada brotó entre los labios de April, una risotada estruendosa que jamás habría esperado de ella. Se tapó la boca con una mano para contener el escándalo, pero sus ojos me sonrieron.

—Eso es... —Su voz se fue apagando—. Es algo que me interesa. O sea, si es la única forma de vivir una de esas escenas, me apunto.

—Así me gusta. —Le sonreí, con más intensidad de la necesaria, pero era por el tequila—. Ve a la librería. Emily te dará el libro que toca.

—No me puedo creer que no me lo haya contado. Em, ¿por qué no me has hablado del club de lectura sexi? —Miró hacia atrás y yo reprimí una risilla. Los brazos de Emily rodeaban el cuello de Simon y él la tenía apoyada contra la barra, con las manos sobre sus caderas. Ella jugueteaba con el pelo de su novio, y estaba claro que no tenían ojos para nadie más. Era imposible que Emily estuviese pensando en clubes de lectura, fueran sexis o no.

Mi reacción instintiva fue apartar los ojos; la sensación de ser una intrusa en la felicidad de otra gente regresaba con toda su fuerza.

Obviamente, April no experimentaba lo mismo que yo. Se limitó a darle un golpecito a su hermana en el brazo.

—¡Idos a un hotel, parejita! Sabéis que estáis en público, ¿verdad?

Simon dio un paso atrás y el rubor le cubrió la cara mientras se pasaba una mano por el pelo. Por lo menos tuvo la decencia de parecer avergonzado, pero Emily tan solo puso los ojos en blanco y le devolvió el golpe a April con una sonrisa.

—No veo qué tiene de malo que bese a mi prometido a medianoche —dijo.

—No es medianoche aún. —Le pasé otro vaso de chupito.

—Es verdad, son las once y cuarenta y siete, así que no te bajes las bragas hasta dentro de trece minutos. —Pero April la reprendía con una sonrisa, y las tres bebimos otro chupito por si acaso.

Buf. Ya llevaba muchos chupitos en poco tiempo, y supe, por cómo me hormigueaban los dedos de las manos y de los pies, que los efectos aparecían bastante deprisa. Pedí un vaso de agua y estrujé un par de limones. El alcohol se había adueñado de mí y notaba los músculos flojos. Di lentos sorbos al agua hasta que el local dejó de dar vueltas a mi alrededor. Una pizca de tontería. Un mucho de felicidad. Feliz Año Nuevo.

Había ido hasta el bar con un Uber y pedí otro para volver a casa. Muy bien planeado, Stacey del pasado. Después de otro vaso de agua con un par de aspirinas para suavizar la resaca del día siguiente, me metí en la cama y encendí las guirnaldas para ver lo suficiente como para trastear con el móvil. Cuando se encendió, tenía una notificación. Un correo electrónico.

Para: Stacey Lindholm
De: Dex MacLean
Fecha: 1 de enero, 00:32 h
Asunto: Re: Feliz Año Nuevo

Espero que no hayas pasado demasiado frío y que no haya nevado mientras estabas fuera. Me gusta pensar que estás tan calentita y bien como querías que estuviese yo. Y lo estoy. Siempre hay muchos bares y fiestas a las que asistir, pero esta noche he terminado en casa. Hablar largo y tendido con mi familia ha acabado siendo una buena forma de despedir al año viejo.

Y ahora te mando este correo para saludar al año nuevo. Empiézalo como quieras seguirlo. Espero que te lo hayas pasado genial con tus amigos y que haya habido alguien para darte un beso a medianoche, ya que no puedo ser yo.

Pensé en ir a por el ordenador, pero estaba en la otra punta del piso y me había metido en la cama, con Benedick ronroneando en mi regazo. Al final opté por responderle con el móvil.

Para: Dex MacLean
De: Stacey Lindholm
Fecha: 1 de enero, 01:13 h
Asunto: Re: Re: Feliz Año Nuevo

Ha sido una noche estupenda, gracias. Con un pelín de tequila de más, pero es lo que tienen estas noches. No había nadie en el bar a quien valiese la pena besar, pero le he dado un besito a Benedick y creo que no le ha importado.

Recibí una respuesta casi de inmediato.

Para: Stacey Lindholm
De: Dex MacLean
Fecha: 1 de enero, 01:16 h
Asunto: Re: Re: Re: Feliz Año Nuevo

Lo retiro. No sé si quiero que nadie te dé un beso. ¿Quién cojones es Benedick y por qué su madre le puso el nombre de un personaje de Shakespeare? No me lo puedo creer. Tú estás por ahí, besándote con otro, mientras yo he estado hablando con mi tío Morty en la cocina.

Un cálido destello me nació debajo de la piel, casi tan intenso como el tequila, que media hora atrás había dejado de hacer efecto. Dex estaba celoso. Qué maravilla.

Abrí la cámara del móvil y levanté a un Benedick adormilado. Apenas se movió mientras yo tomaba una foto de los dos y le besaba la mullida cabecita. Llevaba suficiente tiempo viviendo conmigo como para estar acostumbrado a que le echase fotos; a veces incluso parecía disfrutar de sus efímeros momentos de fama en Instagram. Si es que los gatos sabían qué era Instagram. Lo dejé de nuevo sobre mi regazo, donde ronroneó y me amasó la barriga mientras yo editaba la foto y le subía el brillo, porque las guirnaldas eran un poco oscuras. Regresé al correo, pero, después de dudar unos instantes, cerré la aplicación y abrí la lista de contactos. No le había mandado ningún mensaje de texto a Dex porque me había parecido demasiado íntimo. No sabía si era por el tequila, por la hora o por el sorprendente descubrimiento de que alguien con el físico de Dex estaba verdaderamente molesto al pensar que otro me había dado un beso. Fuera lo que fuese, me pareció adecuado. Además, las fotos de los móviles quedaban mejor en un mensaje de texto que en un correo electrónico. Abrí su número y pegué la imagen a un mensaje.

> Te presento a Benedick. Besa superbién. Bueno, se deja besar, más bien.

Contuve el aliento al darle a «enviar». ¿Estaría él cerca de su móvil? Quizá me había escrito desde un ordenador portátil. Quizá no lo recibía hasta al día siguiente. Pero no: el mensaje pasó a «leído» casi de inmediato, seguido por los puntitos que indicaban que estaba respondiendo.

> Claro. Benedick y tú, Beatrice. De acuerdo, os doy permiso.

Una lenta sonrisa se abrió paso en mi cara, y el cálido destello se intensificó. Se acordaba de mi nombre de la feria. Tal vez para él no era solo una de sus numerosas chicas de los pueblos.

Me envió otro mensaje: Es mucho más bonito que mi cita, seguido de una foto de una alta jarra de cerveza. Algo oscuro.

Yo también apruebo tu cita, le respondí. Aunque yo también tengo motivos para ponerme celosa, ¿sabes?

¿Ah, sí? ¿Y eso?

Boquiabierta, me di cuenta de lo que le acababa de mandar. Me había referido a la jarra de cerveza. A sus labios en el borde, a la punta de su lengua lamiéndose la espuma de los labios. Y me había puesto celosa. De una jarra de cerveza. Quizá la cosa estaba poniéndose demasiado íntima. Pero qué más daba ya.

Me habría gustado besarte a medianoche. ¿Está mal que lo desee? Mis dedos teclearon con indecisión y tardé tres intentos en mandar el mensaje. ¿Era demasiado? No debería; por el amor de Dios, me había acostado con él. Pero los correos de los últimos meses eran más íntimos que nada que hubiésemos hecho en la cama. Estaba empezando a descubrir al hombre de dentro, y no solo cómo le gustaba hacer el amor. A través de los mensajes, me dio la impresión de que lo conocía de nuevo desde el principio. Pero, aunque nos hubiésemos confiado los secretos del corazón, no habíamos hablado de atracción, de nuestros encuentros pasados ni de la nueva intimidad que florecía entre ambos. Besarlo ahora sería como besarlo por primera vez, y me moría de ganas.

Mi último mensaje fue enviado, y luego leído. Y acto seguido mi teléfono se quedó en silencio, y el miedo me revoloteó en la boca del estómago. Había ido demasiado lejos. Me lo había cargado. Pero entonces regresaron los puntitos.

No.

¿No? Arrugué la nariz al leer esa palabra. ¿Qué cojones significaba? Pero no había terminado. Más puntitos.

Es un deseo perfecto. Porque a mí también me gustaría. Más que nada.

Me quedé sin aire. Ay, gracias a Dios.

Siguió escribiéndome. En momentos como ahora, sobre todo a altas horas de la noche, pienso en ti más de lo que seguramente debería. Pienso en cómo sería acariciarte el pelo con los dedos. Pienso en cómo sabrán tus labios. Tu boca. Son las cosas en las que pienso cuando es tan tarde, cuando mi mente se vuelve loca con esas preguntas y ese deseo.

Me llevé las manos a las mejillas, de repente muy calientes, y meneé las piernas debajo de las sábanas, con lo que asusté al gato. ¿Desde cuándo hacía tanto calor en mi habitación? Pero si él podía confesar esas cosas, yo también. Desenterré el móvil de debajo de las sábanas y vi que Dex no había terminado. Perdona. Quizá no debería haberte escrito eso. A lo mejor he bebido más cerveza de la cuenta.

Me reí mientras tecleaba con los pulgares. Y yo más chupitos de tequila de la cuenta, pero no pasa nada. Te entiendo. Estaba pensando en que conocerte así está siendo algo nuevo. Y en lo mucho que me apetece que me beses de nuevo por primera vez.

Hubo una pausa más larga antes de que me contestara. Yo también lo quiero. Más de lo que imaginas. Buenas noches, Anastasia. Feliz Año Nuevo.

Feliz Año Nuevo, Dex.

Me fui a dormir con una sonrisa en la cara y un gato que ronroneaba aovillado junto a mi cabeza. Ese año nuevo estaba empezando de puta madre.

OCHO

El mes de enero trajo tanta nieve que algunos días para ir al trabajo tuve que salir quince minutos antes a fin de poder quitarla raspando y calentar un poco el coche. Esos días, no tenía tiempo para que mi madre me llamase al salir por la puerta. Y era, cómo no, el momento exacto en que sonaba el teléfono de mi piso, la línea directa con mi madre cuando le apetecía hablar conmigo.

—¡Ay, mamá! —Intenté soltar toda la frustración en un solo gruñido entre dientes antes de responder y que no me oyese irritada. Mi madre sabía cuál era mi horario y que no era un buen momento para hablar. Expulsé toda la negatividad y agarré el teléfono—. Hola, mamá. —Mucho mejor. Mi voz era agradable y ligera y relajada. La Stacey de siempre—. Estoy de camino al trabajo, ahora no puedo hablar. ¿Me paso esta noche por casa?

—Hola, princesa. —Me quedé paralizada al oír la voz de mi padre. Él no me llamaba nunca, no era un gran amante del teléfono. Por lo general, para comunicarnos le decía a mi madre que me dijese algo y yo le decía a mi madre qué debía responderle. Que la línea la ocupase su voz fue la primera alarma que se me activó en la cabeza. La segunda fue su voz cansada y titubeante. Solo había pronunciado dos palabras, pero había sonado como el día en que me llamó del hospital, cuando mi madre tuvo...

—¿Papá? ¿Qué pasa? ¿Ha ocurrido algo? —Formar palabras era más difícil que de costumbre. Por lo visto, mi boca no quería funcionar como era debido.

—Todo bien. Estamos en el hospital...

Lancé la mochila al suelo, y tuve suerte de no soltar el teléfono también.

—Si estáis en el hospital, no va todo bien. ¿Es por mamá?

—Sí, pero no te preocupes. Anoche no se encontraba demasiado bien, así que vinimos a Urgencias. La ingresaron y...

—¿Anoche? —grité—. ¿Y me llamas ahora? —Mentalmente empecé a repasar la agenda del trabajo. ¿Era un día intenso? ¿Cuánto les fastidiaría que les dijese que no podía ir y cuánto me importaba a mí? No demasiado, decidí, y nada en absoluto.

—Ya conoces a tu madre. —La voz de mi padre interrumpió mis pensamientos dispersos—. No me ha dejado llamarte hasta esta mañana. No quería preocuparte.

—Vale, pero ahora ya estoy preocupada. Mira, deja que llame al trabajo superrápido, y estaré en el hospital dentro de unos quince minutos.

—No, no. No lo hagas, tu madre me matará. No debería haberte llamado hasta que hayan terminado de hacerle pruebas. Ve a trabajar y ten cerca el móvil si puedes, ¿vale? Ya sé que no te dejan...

—Ah, a la mierda con eso —dije—. Me guardaré el móvil en el bolsillo, y que me despidan si no les gusta. Llámame en cuanto sepas algo, ¿vale?

Apenas reparé en el trayecto en coche hasta el trabajo. Mi mente había retrocedido cinco años en el pasado y había reproducido esa primera llamada de mi padre desde Urgencias. Había intentado restar importancia al estado de mi madre y a lo preocupado que estaba, pero esa vez no me impidió que me ausentase del trabajo y fuese con él al hospital. Eso fue lo que me hizo ir a trabajar ese día. Mi madre no quería que me preocupase, pero a mi padre le costaba soportar esas cosas solo. Habíamos pasado un montón de horas juntos, lado a lado, en las salas de espera. En cuanto mi madre se recuperó, volvimos a hablar a través de ella, pero durante una crisis él me necesitaba.

De ahí que el hecho de que ese día no me necesitase era positivo. Pero aun así saqué el móvil de la mochila al entrar en el trabajo y lo puse en modo vibración. Iba a guardármelo en el bolsillo, pero lo desbloqueé. Antes de pensarlo demasiado, le mandé un mensaje a Dex. Mi madre está en el hospital. No supe por qué se lo mandé; generalmente, no nos escribíamos durante el día. Lo nuestro era por la noche. Pero tuve la sensación de que debía contárselo a alguien, y nadie más de mi círculo inmediato conocía mi relación con la salud de mi madre. No con todos los detalles que le había referido a Dex. Por eso le mandé ese mensaje y luego me guardé el móvil en el bolsillo.

Me vibró casi de inmediato y lo saqué esperando que fuese mi padre con alguna novedad. Para mi sorpresa, se trataba de Dex. Mierda. ¿Está bien?

Todavía no lo sé, respondí. Mi padre me escribirá en cuanto sepa algo. Estoy trabajando. Puse una mueca y le di a «enviar». Al decirlo así, parecí una auténtica imbécil. ¿Por qué había ido a trabajar? Debería haberme ido con mis padres.

Pero la respuesta de Dex no me juzgó. Seguro que te escribe con novedades muy pronto. Te diría que no te preocuparas, pero claro que te vas a preocupar. Avísame si necesitas alguna distracción.

Sí que necesito que me distraigas. Pero nada de fotopollas, ¿vale?

¡Ja, ja! No es mi estilo, no.

Parpadeé al leerlo. Las fotopollas eran cien por cien el estilo de Dex. De hecho, me sorprendía muchísimo que nunca me hubiese mandado una. Ni ninguna foto de él o de algunas otras partes lamibles de su cuerpo. Ahora que habíamos adoptado los mensajes de texto como nuestro principal canal de comunicación, pensé que era cuestión de tiempo. A fin de cuentas, era el chico que me había mandado más de un T apetece? el primer verano en que nos acostamos. Quizá sí que había cambiado.

Metí la mochila en el cajón y, antes de abrir la clínica, me fui a ver a la jefa de personal. Lindsay y yo habíamos sido animadoras en el instituto de Willow Creek, y, aunque no habíamos sido mejores amigas, fue la que me recomendó ese trabajo cuando necesité uno. Y sí, en cierto modo era raro que una vieja compañera de clase del instituto fuese mi jefa. Pero también era una amiga, y en días como aquel sabía que podía contar con ella.

Como siempre, había sido la primera en llegar, así que no me sorprendió encontrarla ya detrás del ordenador, observando la pantalla con el ceño fruncido.

—Hola. —Hablé en voz baja para no sobresaltarla y que no diese un brinco, y le dediqué una sonrisa débil cuando levantó la vista—. Solo es un segundo. Hoy necesito tener el móvil conmigo. —Me lo saqué del bolsillo y lo agité en su dirección—. Mi madre... Eh, está en... —Para mi sorpresa, no podía decirlo en alto. Podía ponerlo en un mensaje de texto, pero pronunciarlo lo volvía mucho más real.

Resultó que no tuve que añadir nada más.

—Oh. Sí, claro, por Dios. —Frunció más el ceño, preocupada—. ¿Está...? ¿Se va a poner bien? —Era lo bueno de los pueblos pequeños. No era necesario que se lo explicara. Todo el mundo lo sabía.

Ya se había puesto en pie con su rostro de preocupación, que me hizo recuperar mi sonrisa de siempre. La que aseguraba: «¡No pasa nada! ¡Todo va genial! ¡Aquí no hay nada que ver!».

—Ah, se va a poner bien —dije con la voz más alegre que pude—. Solo estoy esperando a que me llame mi padre, y se inquieta si no puede localizarme enseguida, ¿sabes?

Lindsay asintió lentamente y se sentó de nuevo.

—Bueno, pues tú tranquila. Si el doctor Cochran dice algo, yo me ocupo. Y cuando te llame tu padre, si necesitas algo de privacidad, ven aquí sin problemas. Creo que soy la única con una puerta que se cierra.

Y así ella sería la primera en enterarse de lo que sucedía. Pero ese era el trato, ¿verdad?

Fui a abrir la puerta principal de la clínica y esperé pasarme la mañana entre clips y papeleo mientras aguardaba a que me llamase mi padre.

Supe que tardaría un rato en recibir su llamada —los hospitales eran famosos por su lentitud—, pero eso era bueno, ¿no? Si mi madre tuviese algo muy grave, se moverían más deprisa y mi padre ya me habría llamado. Estaba muy bien que mi madre no quisiese que me preocupara, pero ya habíamos dejado atrás ese escenario.

Me vibró el móvil a los quince minutos de haber abierto la clínica. El corazón me dio un vuelco al notar la vibración junto a la cadera, pero solo lo hizo una vez, así que era un mensaje de texto, no una llamada. Si a mi padre ya le costaba llamar por teléfono, en la vida me habría mandado un mensaje. Cuando en la recepción reinó la calma, me saqué el móvil del bolsillo y vi una imagen de una bebida de Starbucks, algo helado y tan pálido que me pregunté si llevaba algo de café.

No es el tuyo de calabaza especiada, decía el texto que la acompañaba, pero ya te dije que lo tomo con muchísima leche.

La foto y el mensaje me hicieron sonreír. No me digas, le respondí. ¿Seguro que no has pedido un vaso de leche con un poco de hielo? Me respondió con un emoticono que se encogía de hombros, y cuando no me llegó nada más me guardé el móvil y me concentré en la madre y en la hija que habían ido a una revisión anual.

Me volvió a vibrar el móvil al cabo de veinte minutos. Otro mensaje. Otra fotografía, esta vez de un poni disfrazado de unicornio. ¡Quería mandártelo este fin de semana! He conocido a este unicornio en la feria en la que estamos ahora. Dice que quiere ir pronto a Willow Creek.

Solté un suspiro de emoción porque, si bien por fuera tenía veintisiete años y era madura, por dentro seguía siendo una niña de nueve años que chillaba al ver un puto unicornio. A Simon le encantaría, contesté. Pásame el número del unicornio y ¡le pondré en contacto con alguien que pueda traerlo!

Seguro que tendrás que hablar con seres humanos, no con el unicornio. Los unicornios no tienen pulgares, y les cuesta escribir con un *smartphone*.

Bueno, pues que su gente contacte con la mía. Sonreí al hacer clic en «enviar» y volví a guardar el móvil.

El resto de la mañana transcurrió así, con un mensaje de texto cada media hora más o menos con un pensamiento al azar o un meme que Dex había sacado de internet. Al cabo del cuarto o quinto mensaje, reparé en que no me había preguntado ni una sola vez si mi padre me había llamado ni cómo se encontraba mi madre. Me estaba distrayendo, como me había prometido. También estaba haciendo que me acostumbrase a la sensación de que me vibrase el teléfono en el bolsillo, así que, cuando mi padre me llamó por fin, un poco antes de la hora de comer, no di un salto como me habría ocurrido de haber tenido el móvil en silencio durante toda la mañana.

—Está bien —dijo sin preámbulos—. Una indigestión, ¿te lo puedes creer?

—¿Estás de broma? —Lindsay ya se había ido a comer, así que entré a hurtadillas en su despacho y dejé la puerta entornada para poder echar un vistazo a la recepción. Ya había activado el contestador; cinco minutos antes de lo habitual, pero nadie se daría cuenta.

—Tu madre me ha dicho lo mismo. Pero es verdad. Le han recetado un antiácido y dentro de unos días tenemos cita con un especialista para que valore el estado de su garganta, nariz y oídos. No tiene nada que ver con el corazón. Se encuentra bien.

Tardé varios erráticos latidos en asimilar sus palabras y, mientras lo hacía, tomé asiento en una de las pequeñas sillas delante de la mesa de Lindsay, ya que me temblaban demasiado las piernas como para estar de pie.

—Está bien —repetí.

—Bueno, está refunfuñando como una loca y la llevaré a casa a que se eche un rato. Pero por lo demás sí, está bien.

Solté un largo suspiro de alivio, y se me relajaron los hombros por primera vez desde que había recibido su llamada por la mañana.

—Gracias, papá. Estaba... muy... —Se me cerró la garganta y tuve que toser con fuerza antes de poder hablar—. Se ha parecido mucho a la otra vez. Cuando...

—Ya lo sé. —Su voz sonaba tan alicaída como la mía—. Lo sé, princesa. Pero está bien. No se parece en nada a la otra vez.

—Vale. —Unos cuantos suspiros más y empecé a respirar con normalidad—. ¿Qué te parece si voy a buscar algo para cenar hoy? Estaré en casa sobre las seis más o menos.

—Oh, sería estupendo. Gracias, cariño.

Conseguí no perder la compostura hasta que colgamos el teléfono, y entonces la adrenalina restante me atravesó y me hizo sacudirme y empezar a sollozar de forma apenas perceptible. Estaba bien. Mi madre estaba bien. Pero mi mente estaba llena de recuerdos de aquel primer e histérico trayecto al hospital, donde encontré a mi padre en la sala de espera y vi a mi madre enchufada a varias máquinas...

Pero eso había sido antes, no ahora. Y ahora ella se encontraba bien.

Me levanté y abrí la puerta del despacho del todo. Era la hora de comer, pero no sabía si podría comer algo. Mis emociones habían estado subidas en una montaña rusa durante toda la mañana, y notaba la barriga un tanto revuelta. Pero agarré la mochila del cajón y cerré la puerta principal tras de mí antes de irme. Salir de la clínica me haría bien.

Saqué el móvil del bolsillo y dejé que los pies me guiaran a ciegas por la acera hacia el local de comida preparada. Me quedaba un último mensaje que mandar.

> Todo bien con mi madre. Gracias por haberme hecho compañía esta mañana. Me ha ayudado más de lo que te imaginas.

No tardó demasiado en responder. Me alegro de haber podido estar ahí. Bueno, AHÍ no. Pero ya me entiendes.

Una sonrisa me baileoteó sobre los labios. Había sido una mañana dura, pero había sonreído más de lo que esperaba. Y había sido gracias al hombre al que le estaba escribiendo. Ha sido la segunda mejor posibilidad. De haber estado todo el día sola, habría sido un día mucho más duro.

Nunca estarás sola. No si depende de mí.

Quise llevarme el móvil al pecho y abrazarlo, pero hasta yo sabía que sería un poco extraño. Me limité a metérmelo en la mochila cuando volvió a sonar. Espera. ¿He parecido un acosador o algo? Te prometo que no soy un bicho raro.

Me reí. Está claro que no eres un bicho raro. Te lo pasaré por alto.

Gracias a Dios. Y siguió escribiendo. Tengo que volver al trabajo, pero me alegro de que tu madre se encuentre bien.

Yo también, le contesté. Me guardé el teléfono en la mochila y abrí la puerta del local de comida para llevar. En ese momento no tenía hambre, pero más tarde seguro que sí. Y mis padres también. Hice un pedido de tres sándwiches grandes y un cuenco de sopa de pollo que recoger de camino a casa. Cuando salí del trabajo por la tarde, parecía un día normal y corriente. Esa noche vería a mis padres, como todas las noches, y nadie estaría enchufado a ninguna máquina. Todo había vuelto a la normalidad. Estaba aliviada.

Pero también estaba frustrada. Fruncí el ceño al darme cuenta de eso. Y de que los mensajes que había intercambiado con Dex durante la mañana, por tontos que fuesen, habían sido lo mejor del día. Habían sido un vistazo a otra vida y, ahora que habían desaparecido, mi vida adoptaba los tonos grises de siempre. Noté cómo las barras de la jaula dorada se cerraban a mi alrededor. Otra vez.

No podía culpar a nadie más que a mí misma. ¿Acaso no había elegido yo esa jaula? ¿Acaso no había entrado a sabiendas y había cerrado la puerta tras de mí? No sabía lo que iba a tener que hacer para liberarme al fin.

Pero no valía la pena pensar en eso. No después de un día como aquel. Mis padres me necesitaban, así que no saldría de la jaula dorada. Por lo menos durante una temporada.

NUEVE

Ahora que Dex y yo habíamos añadido los mensajes de texto a nuestra comunicación, nuestra relación dio un paso más. Todas las notificaciones eran una oleada de adrenalina en mi sistema. Todos los pitidos de mi móvil eran como un beso.

Conforme el invierno se fundía en la primavera, intenté decirme que no era para tanto. La relación seguía estando formada por palabras en una pantalla, daba igual el formato. No me proporcionaba alguien con quien salir los viernes por la noche ni alguien a quien besar el día de San Valentín. En realidad, ¿cuál era el impacto de esas conversaciones en mi vida?

Esos pensamientos más racionales no consiguieron desengancharme del móvil, al que me aferraba como si fuese un salvavidas; mi corazón se emocionaba con cada notificación de mensaje de texto. Pero no era un problema. Ponía el móvil en silencio y me lo guardaba en la mochilita mientras trabajaba, porque en la clínica me aburría tanto que la tentación sería demasiado grande. Fuera del trabajo, fui discreta. No echaba vistazos al teléfono demasiado a menudo y casi nadie se dio cuenta.

O, por lo menos, eso era lo que creía.

En la tienda de vestidos de novia, mientras April y yo esperábamos a que Emily se probara otro, saqué el móvil de la mochila, aunque eran las diez y media de la mañana y ya había leído el correo electrónico que me había enviado Dex la madrugada anterior. Las noches eran para los correos —más largos y más introspectivos, a veces un poco picantes—, mientras que el día era para los rápidos mensajes de texto. Ese día todavía no me había mandado ninguno, y, aunque a veces me escribía entre conciertos, los fines de semana era cuando estaba más ocupado, así que por lo general no me llegaba ningún mensaje suyo hasta la noche. Pero no pasaba nada por comprobarlo deprisa para asegurarme...

—Vale, se acabó. —April me arrancó el móvil de la mano.

—Devuélvemelo. —Quise recuperarlo, pero se recostó en la silla y apartó el brazo de mí tanto como le fue posible.

—No. Tienes que desintoxicarte.

—No tengo que desintoxicarme. —Fruncí el ceño y crucé los brazos por encima del pecho—. Tengo que recuperar mi móvil. —Ya notaba las manos vacías, como si me faltasen un par de dedos. La tensión me hormigueaba la piel de la nuca. ¿Y si recibía un mensaje? ¿Y si acababa de escribirme y el texto aparecía en ese momento en la pantalla y yo no podía leerlo? Quería que April me devolviese el móvil. Necesitaba que me devolviese el móvil.

Uy. Quizá April tenía razón.

Resoplé y me ajusté el pañuelo alrededor de la cola de caballo. Ese día no me había peinado con demasiado éxito. Mientras me preparaba, me había puesto tan nerviosa que todos los mechones que metía en el rizador caían en el ángulo incorrecto. Al final me había recogido el pelo en una cola baja y me había atado un pañuelo vaporoso alrededor, así que parecía que el peinado había sido deliberado.

Los nervios no hicieron más que incrementarse cuando llegamos a la tienda. Emily había seleccionado algunos vestidos, tanto para ella como para nosotras, y habíamos acudido a ver los finalistas de su vestido de novia. El establecimiento nos había acorralado: estábamos en un reservado privado, sentadas en sillas cómodas, bebiendo agua con gas y con rodajas de limón mientras Emily se preparaba en el probador. Superrelajante. Aunque yo me sentía como una maraña de cables electrificados.

De ahí que mirase el móvil como una histérica. Saber que Dex estaba por ahí pensando en mí lograba que me sintiese mejor. Más centrada.

Pero no iba a escribirme en el futuro inmediato. Los sábados eran días de conciertos, y, además, yo tenía cosas más importantes en las que pensar.

—Vale. —Abrí la mochila y se la tendí—. Considérame desintoxicada. No más móvil, te lo prometo. —April metió el teléfono en mi mochila y la cerré.

—¿Todo bien? —Me miró con ojos preocupados.

—No lo sé. —Solté un suspiro y contemplé el probador—. No me ha enamorado ninguno de los vestidos que Em nos ha enseñado, así que me preocupa un poco...

—No, me refiero a si está todo bien contigo. —April ladeó la cabeza—. Es que... últimamente estás muy pendiente del móvil. Me he dado cuenta en el club de lectura, y también ahora. Incluso durante Nochevieja. ¿Pasa algo? ¿Tiene que ver con tu madre? Sé que se ha encontrado mal...

Quizá no había sido tan discreta como me había parecido.

—No —dije—. Mi madre está bien. Todo va bien. Son las redes sociales, ya sabes. —Moví una mano en lo que esperé que fuese un gesto despreocupado con mi radiante sonrisa de nuevo en la cara—. No puedo dejar de prestar atención a las notificaciones. Es un no parar.

—Buf. Los jóvenes y vuestro Instagram. —Bebió un sorbo de agua con gas y me lanzó una sonrisa torcida y relajada, feliz de estar libre de toda culpa.

En ese momento, Emily salió con el vestido número tres.

El primero que nos había mostrado la hacía parecer una bailarina de una caja de música infantil, y no en el buen sentido. El tul la engullía y el conjunto era demasiado. El segundo había sido el extremo opuesto: liso y entallado. Le quedaba genial, pero no parecía una novia. Parecía una mujer de camino a una reunión de trabajo extremadamente formal.

Pero el vestido número tres, como en el caso de Ricitos de Oro y de la silla del osito bebé, era el perfecto.

Recordé el primer día que Emily, April y yo hablamos sobre vestidos. Nos fuimos pasando la tableta de Emily en el *brunch* y seleccionamos fotos de ideas. El vestido que se acababa de poner Emily era la perfecta mezcla de nuestros pensamientos de aquella mañana regada con mimosas. El cuello era *halter*, ceñido y bordado con lentejuelas transparentes que reflejaban la luz a la perfección. La falda estaba hecha con capas de tul y encaje, pero ella no desaparecía entre la tela, como había ocurrido con el primer vestido. La falda era lo bastante vaporosa y caía en suaves ondas sobre sus piernas, dándole la apariencia de un vestido hasta los pies sin el peso del tejido ni el volumen que por lo general provocarían tantísimas capas. Estaba perfecta para ser una novia al aire libre en una feria medieval.

Obviamente, April estuvo de acuerdo conmigo.

—¡Sí! —Se levantó de la silla con el vaso de agua con gas todavía en la mano—. Ay, sí, sí. ¡Es este! —Rodeó a su hermana en un lento círculo, y las cejas de Emily se alzaron para conocer mi opinión con April a su espalda.

—¿Tú crees? —Su pregunta era una respuesta a su hermana, pero había dirigido las palabras en mi dirección.

—¡Pues claro! —exclamé—. Me encanta. De hecho, ahora estoy casi convencida de que nos has tomado el pelo con los dos primeros vestidos.

—Eso, eso, Emily. Esos dos eran feos. Feísimos.

Emily se echó a reír.

—No, venga, Stacey. Dime lo que opinas de verdad. —Me lanzó una mirada de ojos como platos, pero tuve que contradecirla.

—Lo siento, Em. Pero en este caso estoy de acuerdo con tu hermana. Es evidente que este es el ganador. Los otros dos eran horribles.

—Vale. —Levantó los brazos e intentó aparentar irritación, pero la sonrisa de oreja a oreja la delató. Se pasó las manos por el corpiño del vestido hasta la cintura, donde se alisó el tul de la falda. Cuando me miró de nuevo, en sus ojos leí cierta inquietud—. Este me gusta mucho. ¿Crees que a Simon le...?

—Simon se va a caer de culo cuando te vea así vestida. —Asentí, solemne.

—Sin duda —me respaldó April.

Emily se puso colorada; cuando su sonrisa se volvió un tanto pícara, supe que ya estaba pensando más allá del día de la boda. Quizá en la noche de bodas. No. Yo no iba a adentrarme en ese terreno.

Dio una nueva vuelta a nuestro alrededor y regresó al probador, del que salió al cabo de unos minutos con sus vaqueros y su camiseta. Por lo visto, el desfile de moda había terminado.

—¡Siguiente! —Aplaudió con las manos mientras, detrás de ella, la ayudante que nos había asignado la tienda se llevó los vestidos de novia rechazados del probador—. April, tu vestido está ahí. Es el verde. Stacey, tú vas detrás de April.

Seguí sonriendo, aunque mi ansiedad empezó a crecer. Era precisamente lo que me ponía nerviosa. No me cohibía demasiado mi propio cuerpo. Era el mío y estaba sana, aunque fuese un poquito más rolliza de lo que debía ser según las revistas femeninas. Sabía cómo vestirme y sabía qué me quedaba bien.

Pero eso no significaba que Emily lo supiese. Ella estaba delgada. Era bajita. Con su vestido de novia, en cuanto le pusiésemos una corona de flores en la cabeza, parecería una princesa de las hadas. Su hermana era casi idéntica, así que a Emily no le costaría encontrar algo que le quedase bien. Pero ¿en mi cuerpo, totalmente distinto al suyo? Sería un desastre. Vale, yo le había dado ideas sobre vestidos —nuestro álbum compartido en Pinterest era impresionante—, pero no había visto ninguna de sus opciones hasta ese día. Los dos primeros vestidos de novia habían sido una mierda, así que ya no me fiaba de su criterio. ¿Qué nos iba a hacer llevar?

Al cabo de unos minutos, April salió del probador como si fuera una modelo. Bueno, una modelo que fuese un palmo demasiado bajita como para desfilar, sin zapatos y con la gorra de béisbol que había llevado hasta la tienda.

—¿En serio? —Emily le arrancó la gorra a su hermana, y April la recuperó.

—No me la pienso poner para la boda, tranquila. —Se la colocó de nuevo y se pasó el pelo por el agujero de detrás antes de alisarse el vestido con las manos—. Es una buena opción. O sea, habrá que estrecharlo un poco, pero lo harán sin problemas, ¿no?

«Estrecharlo». Yo nunca había tenido ese problema. Intenté no poner los ojos en blanco mientras inspeccionaba el vestido de April. Luego fruncí los labios y me giré hacia Emily.

—Nos estabas tomando el pelo con los dos primeros vestidos. Lo sabía. —El vestido de April era una suerte de copia del de Emily: con líneas más sencillas y de un verde pastel, pero con el mismo dobladillo de encaje, esta vez con un corpiño sin mangas y de cuello alto que hacía resaltar los brazos bien bronceados de April.

—Vale, quizá un poco. —Emily sonrió—. Pero quería asegurarme, ¿sabes? —Me señaló—. Tu vestido también está ahí. Es el rosa. Pruébatelo, me muero de ganas de verlo.

No me apetecía. El vestido de April le quedaba como un guante, pero si yo me lo ponía parecería una salchicha demasiado embutida. Mis pechos deformarían el encaje y el escote de cuello alto sin mangas resaltaría mis brazos, pálidos como los de un fantasma. Pero me dirigí de todos modos hacia el probador porque era lo que había que hacer por una mejor amiga. Te ponías un vestido espantoso y esbozabas una sonrisa radiante mientras se casaba.

El vestido me esperaba en el interior. Un tono rosado suave y perfecto, pero colgado en la percha no me daba pistas de qué forma tendría. Me lo puse y me lo subí por las caderas. No me iba ceñido, y solté un suspiro de alivio. Un problema menos. Solo quedaba uno: conseguir abrocharlo.

Cuando metí los brazos por los agujeros de las mangas, me di cuenta de que contenía demasiada tela como para ser un vestido de cuello alto como el de April o de cuello *halter* como el de Emily. Me coloqué el vestido sobre los hombros y eché el brazo atrás para correr la cremallera. La subí un poco más de la mitad, pero me detuve debajo de las escápulas. Ni siquiera dando saltos por el probador ni levantando los brazos pude abrocharlo del todo. Al final me rendí y me giré hacia el espejo de cuerpo entero.

Estaba espectacular. Bueno, seguía habiendo el problema de que la cremallera no llegaba hasta arriba, así que deformaba un poco la parte de delante, pero por lo demás parecía hecho para mí. El escote era insinuante y discreto al mismo tiempo, y el vestido llevaba volantes sobre los hombros. El rosa pálido era el tono perfecto: cálido sobre mi piel, me hacía brillar y todo, igual que un buen rubor te proporciona dimensión en las mejillas. Mi vestido era diferente de los demás, pero también se les parecía: todos lucían el mismo tipo de dobladillo de capas. Modernos vestidos con detalles casi históricos. Apropiados.

Me enamoré del vestido. Ojalá me quedase bien. Muy emocionada, me reuní con ellas fuera del probador, donde Emily y April se pusieron a elogiar mi vestido sin parar.

—Pero la cremallera no cierra. —Me giré para enseñarles cómo solo me lo había podido abrochar a medias.

—Será que no llegas. A ver... —April se me acercó por la espalda para agarrar la cremallera, que subió un par de centímetros más. La vergüenza me atravesó con una oleada cálida, y las entrañas se me contrajeron en una especie de mohín corporal. Abrí la boca para disculparme, pero Emily le restó importancia con un gesto impaciente.

—Las tallas de los vestidos de novia son una mierda. Pediremos una talla más y habrá que ajustarlo en la cintura.

—Exacto —terció April—. El mío también lo van a tener que ajustar, así que no pasa nada.

Mi vergüenza desapareció no solo al oír sus palabras, sino al presenciar su actitud desenfadada. Como la niebla desaparecía cuando salía el sol, mi incomodidad se disipó. Tenían razón. Siempre había que arreglar los vestidos. No era embarazoso pedir una talla más y después ajustarlo. Yo estaba tan acostumbrada a la molestia de tener una talla grande que disculparme por ello era natural en mí. Pero, como había dicho April, no pasaba nada. Había sido yo la que le había dado demasiada importancia, y era cosa mía.

Me giré hacia el espejo y nos observé a las tres. Emily con su ropa de calle, April con su vestido de dama de honor y con la gorra de béisbol, y yo con un vestido que no me iba del todo bien. Sin embargo, dejé a un lado esos detalles y vi que April y yo íbamos conjuntadas. Visualicé el vestido de Emily junto a nosotras. Las tres al aire libre, en el bosque en pleno crepúsculo. Pareceríamos un árbol de mayo. Pareceríamos un día de verano. Iba a ser una boda maravillosa.

Tenía práctica en el arte de sacarme un selfi. Y «arte» era la palabra adecuada para describirlo. Había una técnica específica de sujetar el móvil para quedar totalmente enmarcada sin tapar nada importante del fondo. De no mirar a la cámara con el ceño fruncido ni con una expresión interrogante. Había que estar relajada, sonreír con confianza al espejo y borrar y echar otra foto si la anterior no había quedado bien. Había borrado un montón de imágenes cuando empecé a echarme fotos. Pero ahora, dejando a un lado mi adicción a Instagram, me había vuelto una artista en sacarme selfis frente al espejo.

De regreso al probador, antes de quitarme el vestido, me eché un par de fotos, y cuando volví a casa se me ocurrió la posibilidad de publicarlas en Instagram. Hacía tiempo que no subía una foto mía, y quizá la gente que me seguía agradecía un descanso de los retratos de mi gato. Pero ¿y si estropeaba la sorpresa? ¿Y si Simon acababa viendo la foto? Le daría una pista del aspecto de Emily, y eso no sería nada positivo. No, no podía subir la foto a las redes sociales.

Pero ¿de qué servía hacerte un selfi si no se lo enseñabas a nadie? Además, solo había una persona cuya reacción me importase. Abrí la conversación con Dex y le mandé la foto.

Vi su respuesta al cabo de media hora, después de que me hubiese preparado una ensalada para cenar. Bonito vestido. ¿Un nuevo uniforme para el trabajo?

Ja, ja, le contesté, aunque parpadeé decepcionada al escribirle. Quería que perdiese la cabeza al verme con ese vestido, como imaginaba que le ocurriría a Simon cuando viese a Emily. Un vestido de dama de honor para este verano.

¿Seguro que quieres llevar eso?

Se me cayó el alma a los pies. Volví a contemplar la imagen. Me había esforzado para arreglar el cuello y que la tela cayese perfecta, como se vería cuando fuese de mi talla y la cremallera llegase hasta arriba del todo. Me encantaba ese vestido. Me quedaba genial. O me quedaría genial cuando me lo ajustasen bien. ¿Qué le pasa?

Que me parece de mala educación eclipsar a la novia. Nada más.

La madre que lo...

Antes de que pudiese responderle, me mandó otro mensaje. Debe de ser el año de las bodas. Mi antiguo compañero de piso de la universidad se va a casar en junio. Poco antes de que volvamos a tu pueblo.

Pues este verano vas a asistir a dos bodas, contesté. Si quieres, claro. Esta tendrá lugar en la feria.

Pues claro que quiero. ¿Crees que me perdería verte así en persona?

Una sonrisa se dibujó en mis labios, y me llevé una mano a la mejilla, que me había empezado a arder muchísimo.

Me volvió a escribir. No sabes lo que daría por poder bailar contigo en ese vestido.

Mi sonrisa se torció un poco. Era un sentimiento muy bonito, pero parecía demasiado... pesimista. Como si creyese que era poco probable que pudiese bailar conmigo. ¿Crees que te rechazaría? Ya deberías saber que aquí me tienes siempre.

Tardó bastante en contestar. Más de lo que habría debido. JA, JA, claro.

No añadió nada más, y no se lo pedí. Había algo en su «JA, JA» que me sonó falso. No supe por qué lo detecté a través de un correo, pero así fue.

Dex nunca me había escrito un «JA, JA», por lo que leérselo fue como si me mandase a paseo.

Siempre había sabido que, cuando organizásemos de nuevo la feria y nos viésemos cara a cara otra vez, las cosas cambiarían un poco, claro. Nos conocíamos mucho mejor que el verano anterior, pero no habíamos hablado en persona. No nos habíamos tocado. Tendríamos que aceptar todo lo que nos habíamos dicho a través de los correos electrónicos y de los mensajes de texto sin vernos la cara. ¿Todo aquel coqueteo se traduciría en una relación de verdad cuando llegase al pueblo? ¿O el Dex intelectual y sensible que había conocido a lo largo de los últimos meses se vería sustituido por el chico sexi y fanfarrón con el que me había acostado los dos veranos anteriores? Incluso después de todo ese tiempo me costaba creer que fueran la misma persona.

Mi dedo revoloteó sobre su número, y valoré llamarlo por enésima vez. Sería muy fácil. Un toque y oiría su voz. Pero no lo llamé. Nunca había dado ese paso, y él tampoco. Seguíamos manteniendo ese último tramo de distancia entre ambos, por más íntimas que se hubiesen vuelto nuestras conversaciones.

Por lo tanto, bloqueé el móvil sin llamarlo. Ya casi era verano. Ya casi era el momento de apuntarse a la feria y hacer las pruebas para volver a organizar el festival medieval de Willow Creek. Antes de que me diese cuenta, llegaría el mes de julio. La feria abriría sus puertas y Emily y Simon se casarían.

Y yo vería nuevamente a Dex. Para bien o para mal.

DIEZ

En abril, un martes por la noche me sonó el móvil con un mensaje mientras descargaba el lavavajillas, y lo agarré con un ansia vergonzosa. Me llevé una decepción al ver que era un mensaje de Simon Graham y no de Dex, y luego me llevé una decepción por haberme llevado una decepción.

> El sábado a las 10, las pruebas de la feria. ¿Puedo contar contigo para echar una mano, como siempre?

Pues claro, contesté de inmediato. ¡No me lo perdería por nada del mundo!

> Gracias. Se te da genial reclutar a adultos.

Ya lo sé. No pude evitar sonreír al teclear la respuesta. A fin de cuentas, hace un par de años convencí a Emily. Fui yo quien le puso un formulario en las manos y quien le informó con amabilidad de que, si su sobrina Caitlin quería participar en la feria, ella también se vería obligada. Era una norma que casi nunca se hacía cumplir, pero para mi sorpresa Emily no se desapuntó, como sí hicieron la mayoría de los bienintencionados padres. Se entregó por completo y, después de chocar unas cuantas veces con la personalidad de Simon, al final también se entregó a él por completo.

Es verdad, me contestó Simon. Hubo una pausa antes de que volviese a escribir. No te he dado las gracias aún por eso.

Sonreí al leer la pantalla. Simon no era demasiado efusivo; para él, aquello era como un aullido de alegría. Nos vemos el sábado por la mañana. Llegaré una hora antes.

Fui fiel a mi palabra. Aquel sábado por la mañana, a primera hora, me encontré con Simon en el instituto de Willow Creek —donde habíamos estudiado ambos y donde trabajaba él—. Abrió la puerta y encendió las luces del auditorio, y yo ordené los formularios, que luego pegué a carpetas. Al poco empezó a entrar una marea de chicos para hacer las pruebas.

Pruebas. *Castings*. Inscripciones. Ese proceso era un poco de todo, y por eso nunca lo describíamos de una sola forma. Nuestro elenco estaba compuesto en su mayoría por alumnos del instituto, y les dábamos el visto bueno en función del talento que tuviesen, lo cual significaba escuchar un montón de madrigales cantados bastante mal. Nuestra coreógrafa era una voluntaria de la escuela de *ballet* del pueblo; les enseñaba a los aspirantes a bailarines algunos números sencillos y luego comunicaba a Simon qué jóvenes eran prometedores. Los estudiantes que habían participado en el pasado tenían sus papeles garantizados si al año siguiente querían encarnar a los mismos personajes. Los adultos que querían participar lo tenían mucho más fácil; siempre queríamos a más voluntarios adultos, así que, si eras capaz de rellenar un formulario y estabas medianamente dispuesto a aprender a impostar un acento, estabas dentro.

Me coloqué en la entrada del auditorio para entregar formularios a los jóvenes y a los adultos por igual a medida que se acercaban. Emily se me unió a las diez y poco.

—Ya era hora —le dije—. Pensaba que vendrías con Simon.

—No. —Negó con la cabeza—. He pasado a buscar a Cait. —Señaló hacia la tarima del auditorio, donde enseguida localicé a Caitlin gracias a su melena castaña y rizada (tan parecida a la de Emily que de inmediato sabías que eran familia). Estaba inclinada en el extremo del escenario hablando con Simon. Emily zarandeó la cabeza—. Es una pelota.

—¿A qué te refieres?

—Creo que le gusta un poco Simon (perdona, el señor G.), pero no lo quiere admitir.

—Vaya, ¿en serio?

—Quizá me equivoque. —Se encogió de hombros—. Tal vez no es que le guste, sino que lo ve como un medio para conseguir entrar en una mejor universidad. Lleva un año informándose mucho sobre facultades y demás.

—Ya, pero eso es bueno, ¿no? Pronto acabará el bachillerato y tendrá que empezar a matricularse en universidades.

—Ah, claro que sí. Pero voy a tener que soltarle la bomba de que el año que viene no estará en la clase de Simon.

—¿No? —Simon era profesor de Inglés para alumnos aventajados—. Creía que sus notas eran buenas.

—Son estupendas. Es muy lista. Como su madre.

—Y como su tía. —Le di un golpecito en el hombro, y Emily sonrió para agradecerme el cumplido.

—Pero cuando Simon y yo nos casemos en verano, será parte de la familia. Y él no quiere que nadie piense que cederá a ningún tipo de favoritismo con ella.

—Aaaah. —Exhalé la palabra como si fuese un suspiro—. Pues menuda mierda.

—Sí. —Se encogió de hombros—. Solo quiero que vea que hay una parte positiva en que Simon forme parte de la familia. Me imagino un montón de tutorías privadas durante la cena.

Me quedé reflexionando al respecto.

—Bueno, si de verdad le gusta, seguro que prefiere esas clases particulares.

—Supongo. Lleva hablando de la clase de Inglés de Simon desde..., no sé, desde el día que lo conocí. Hace dos años.

—Cuando creías que era un imbécil. —Si Emily creía que no iba a aprovechar para meterme con ella por eso, estaba muy equivocada.

—Es que sí que era un poco imbécil. —Asintió con una sonrisa triste en los labios.

—Ajá. —Entregué formularios a más chicos que cruzaron la puerta, le ofrecí uno a una madre que levantó las manos a la defensiva y que negó con la cabeza antes de sentarse en una de las últimas filas del auditorio—. Cuánta gente ha venido este año. —Todavía me acordaba de los días en que los chicos se oponían con todas sus fuerzas a participar en la feria; el hermano mayor de Simon era quien estaba al mando, y se le había dado especialmente bien suplicar. En esos momentos, teníamos a más voluntarios adolescentes de los que necesitábamos; de hecho, en los dos años anteriores habíamos empezado a rechazar a algunos. Increíble. Sean estaría muy orgulloso. Me lo apunté mentalmente para comentárselo más tarde a Simon.

Emily escrutó la multitud de alumnos.

—Caitlin este año quiere cantar, así que ha practicado. —Me lanzó una mirada de reojo—. ¿Tú no cantabas? Antes de ser una tabernera, digo.

—Pues sí. Me pasé muchos veranos entonando madrigales. —Sonreí ante aquel recuerdo. Había sido muy activa en el coro del instituto, así que fue de cajón que optase por aquel camino. Me había pasado los primeros veranos de la feria cantando en un quinteto armónico con otras cuatro chicas. Las Azucenas Doradas, nos llamábamos, y las cinco llevábamos el mismo vestido amarillo, como una especie de familia Von Trapp con motivos medievales. Conforme las demás fueron creciendo y abandonando la feria, otras más jóvenes ocupaban su lugar. Me pasé a tabernera en algún punto durante la universidad, y para entonces las cuatro chicas del grupo original ya se habían marchado del pueblo. Pero las Azucenas siguieron en pie. Año tras año, las cantantes eran más jóvenes, o quizá era yo la que me iba haciendo mayor. Los vestidos, sin embargo, seguían siendo amarillos y seguían sin quedarle bien a nadie.

Miré hacia Caitlin. A ella le sentaría bien el amarillo.

—Debería intentarlo. —Sería el tercer año de Caitlin en la feria y ya era una veterana. No iba a tener que preocuparse por si la rechazaban. Y, a fin de cuentas, a esas alturas también era de la familia. Simon quizá no quisiese mostrar favoritismos en clase, pero en lo que respectaba a la feria no tenía esos escrúpulos.

En general, las inscripciones fueron estupendamente bien. Se presentaron muchos jóvenes, y hasta pude convencer a unos cuantos padres nuevos para que se apuntaran. Tendríamos un elenco listo y, cuando se terminase el curso en junio, empezarían los ensayos en serio. Al cabo de poco, nos pasaríamos los sábados en el instituto para los ensayos anuales como voluntarios de la feria medieval. Para los miembros recurrentes, esas sesiones eran principalmente una forma de refrescar la memoria, pero para los recién llegados sería un curso intensivo sobre historia isabelina.

Pero, claro, yo estaba emocionada con la feria por una razón distinta. Me intercambiaba mensajes de texto con Dex ya casi todas las noches, y, cuanto más se acercaba el verano, más inadecuados se volvían. Hubo más de una noche en que estuve a punto de pulsar el botón de «Llamar» en el móvil, desesperada por oír su voz. Algo me impedía hacerlo, pero saber que la feria se avecinaba ya, y que pronto lo vería, me hacía anhelar su regreso como un niño que espera a Papá Noel. Pero con más besos.

Mientras tanto, los preparativos para la boda de Simon y Emily también empezaron a acelerarse. Había muchas cosas en marcha, y cada vez nos reuníamos con mayor asiduidad, un par de noches a la semana en casa de April, que se convirtió en el centro de mando para la organización tanto de la boda como de la feria. April había protestado al principio arguyendo que no tenía nada que ver con la feria, pero no se opuso con demasiada rotundidad y seguimos acudiendo a su casa de todos modos. No debió de importarle tanto porque al final esas noches nos aguardaba una cena estilo familiar: una bandeja enorme de pasta gratinada y una ensalada o pastel de cordero y patata. Caitlin se nos unía algunas noches en la gran mesa del comedor de su madre, a menudo atestada de cuadernos y libros de texto, ya que sus exámenes finales estaban a la vuelta de la esquina, pero también aprovechaba para proporcionarnos una perspectiva única y adolescente acerca de los cotilleos del instituto, sobre todo en lo que concernía a los alumnos que iban a participar en la feria. La vigilé con atención, en especial cuando le pedía a Simon que la ayudase con los deberes, pero no detecté ningún indicio real de que le gustase. Su interés en su futuro tío se debía tan solo al ámbito académico, lo cual tuvo que ser un alivio para Emily.

Una noche, Caitlin me miró desde el otro lado de la mesa del comedor.

—Emily me ha dicho que tú antes cantabas, ¿no?

—Pues sí. —Le lancé una sonrisa y me guardé el móvil en la mochila. Era demasiado pronto como para que Dex me escribiese, la verdad—. Avísame si quieres que te eche una mano con los ensayos. Hace años que no soy una Azucena, pero esas canciones están grabadas a fuego en mi cabeza.

—Eso sería genial, gracias. —Asintió con entusiasmo. Me miró más fijamente y me pregunté si tenía algo en la cara—. Te gusta muchísimo participar en la feria, ¿eh?

—Culpable —dije con una sonrisa—. Llevo participando desde que tenía tu edad. Es probable que sea mi momento preferido del verano.

—Bueno, tampoco es que por aquí haya gran cosa que hacer. —Su tono era un poco quejica, y la entendí a la perfección. Willow Creek no era exactamente una metrópolis. Iba a concentrarme de nuevo en mi lista, pero Caitlin no había terminado. Ladeó la cabeza y se asemejó tanto a una versión más joven de su tía Emily que tuve que reprimir una sonrisa—. ¿Por eso sigues aquí?

—Bueno... —Me encogí de hombros—. A ver, ayudo más con la boda que con la feria, pero es que toca arrimar el hombro, ¿sabes? Deberías tener cuidado; serás la siguiente a la que pongan a trabajar.

—No, yo tengo que estudiar —contestó con alegría—. Pero me refiero a si es por eso por lo que no te has marchado de Willow Creek. Porque te gusta participar en la feria.

—Ah. —Bajé la vista hacia los papeles que tenía ante mí. No supe cómo responder a esa pregunta.

—O sea, el señor G. y Mitch Malone crecieron aquí, pero son profesores en el instituto. Tú podrías trabajar en una consulta de dentista en cualquier sitio, ¿no? ¿Te quedaste por aquí por la feria?

—También hay ferias en otros pueblos, ¿eh? —No me gustó nada haberme puesto tan a la defensiva. ¿Por qué discutía con una adolescente? Me contuve para no cruzarme de brazos. Me limité a plantarme mi patentada sonrisa en el rostro—. Pero sí. Puede que me guste esta.

—Y puede que estés siendo maleducada, jovencita. —April apareció en la puerta que separaba la cocina del comedor—. No hay que preguntarle a alguien por qué vive donde viva. Quizá no sea asunto tuyo.

Caitlin abrió la boca y luego la cerró de nuevo, ruborizándose.

—Lo siento —murmuró, y miró en mi dirección.

—Ey, no pasa nada. —Mi actitud a la defensiva se esfumó. Era una adolescente. Era normal que hiciese preguntas. Volví a agarrar el bolígrafo—. Ya me dirás si necesitas ayuda con las canciones. Te enseñaré algunas para las que eres demasiado joven, y podrás cantarlas en la taberna cuando Simon no esté por ahí.

—¿En serio? —Sus ojos se iluminaron.

—No —saltó April desde la puerta, al mismo tiempo que Simon negaba desde la otra punta de la mesa. Pero Caitlin y yo intercambiamos una sonrisa cómplice, y la tensión previa quedó en el olvido.

April negó con la cabeza y se apoyó en el marco de la puerta, dando vueltas al vino que contenía su copa.

—¿Cuándo voy a recuperar mi comedor?

A mi izquierda, Mitch se encogió de hombros y se hizo con otra porción de *pizza*; esa noche había contribuido a la cena, y eso significaba comida para llevar.

—Bueno, la feria es en julio y la boda también, así que...

—En julio —repetí contenta, con la atención de nuevo clavada en la lista de invitados. Emily y April habían ido mandando las invitaciones en grupos de diez o quince durante los descansos que tenían, y alguien debía asegurarse de que nadie se quedaba sin avisar. Y como yo fui la que sacó a colación esa necesidad, me tocó a mí ser ese alguien. Pero todo iba como la seda; la mayoría de las invitaciones ya se habían enviado, y seguramente en los siguientes días podría encargarme de las últimas. Las confirmaciones ya habían empezado a llegar también, por lo que fue mi nueva tarea.

—En julio. —April suspiró—. Genial. —Pero cuando levanté la vista me guiñó un ojo, y detecté un amago de sonrisa que camufló con un sorbo de la copa de vino.

—Lo sé. Lo siento. —El suspiro de Emily era una versión mucho más sincera que el de su hermana—. El otoño pasado, casarse en la feria pareció muy buena idea, ¿no?

—Eh —exclamé—, sigue siendo una idea estupenda. La boda será fantástica.

—Ya lo sé. —Emily suspiró de nuevo—. Es que todo está pasando muy deprisa. Los preparativos, además de los ensayos de la feria todos los findes, y siguen muchas cosas pendientes...

—¿Para la boda o para la feria? —preguntó April.

—Para las dos —asintió Emily. Tenía los ojos bien abiertos y le tembló un poco la barbilla. Ay, madre, no estaba de broma. Estaba agobiada. Yo nunca había visto un problema que Emily no pudiese solucionar de alguna forma. Aquello era serio.

—Lo tendremos todo a punto. —Dejé el boli y le sujeté el brazo para captar su atención—. No te preocupes.

—Lo conseguiremos —se sumó April—. Y lo conseguiremos en mi mesa del comedor.

—Ay, qué pesada. —El sarcasmo de Emily regresó en cuanto levantó los ojos hacia su hermana—. Tampoco es que organices cenas ni fiestas.

—Quizá lo hago. —April bebió otro trago de vino, pero nos sonrió con la mirada por encima de la copa. Por aquel entonces ya la conocía lo suficiente como para saber que nuestros clubes de lectura eran su tope de interacción social. Era muy poco probable que fuese a organizar una fiesta en su casa, y menos aún que tuviese lugar en el futuro próximo.

—Qué va. —Emily agarró su propia copa de vino—. Y es lo que pasa cuando tienes la mesa de comedor más grande. —Había vuelto a las bromas. No le iba a pasar nada.

—Además, cocinas mejor que yo —terció Mitch.

—Eso ya lo veo —se rio April— por tu contribución de esta noche.

—Hay gente a la que se le da bien cocinar. —Él se encogió de hombros de nuevo—. A mí se me da bien ir a buscar comida para llevar.

—A todo el mundo se le da bien algo —dijo Simon, distraído, desde el otro extremo de la mesa. Frunció el ceño frente al portátil antes de mirar hacia Mitch—. Hablando de eso, ¿cómo van las actuaciones? —Simon se ocupaba de organizar la feria mientras Emily se encargaba de la boda. Eran una pareja sólida muy dada a hacer listas para todo.

—Estamos en ello —contestó Mitch—. Hay unas cuantas que todavía tengo que confirmar, y el setenta y cinco por ciento todavía debe firmar el contrato, pero seguro que sale todo bien. Siempre sale todo bien, ¿no?

—Bueno, sí. —El fruncimiento de Simon no desapareció. De hecho, el surco entre sus cejas se incrementó—. Pero no sin esfuerzo. Serás capaz de manejarlo todo, ¿verdad?

—Bueno... —Mitch se frotó la nuca—. A ver. La temporada de béisbol llega a su fin, y estoy muy seguro de que este año tenemos posibilidades de pasar al campeonato nacional. Debo concentrarme mucho en mis chicos. Es decir, haré todo lo que pueda, pero...

—Vale. —Simon suspiró. Su mirada se endureció, y se apretó el puente de la nariz; estaba pensando a toda prisa—. Vale —repitió—. Supongo que puedo ocuparme yo de esa parte para que tú...

—No, no puedes. —Los ojos de Emily eran igual de penetrantes. Loca por la boda o no, cuanto más se acercaba, más estresada estaba.

De ahí que yo decidiese intervenir para intentar eliminar una parte de su tensión.

—¿Qué me dices de Chris? —En cuanto esas palabras salieron por mi boca, supe que ya debería estar por allí. ¿Acaso no echaba una mano con la organización de la feria todos los años?

Pero Simon y Emily negaron con la cabeza al mismo tiempo.

—Sigue en Florida —dijo Emily—. Con su madre. —Abrió la aplicación del calendario en el móvil—. Volverá en junio, así que por lo menos podrá ayudar con los ensayos.

Mitch se quedó sin aliento.

—A ver, necesito que alguien me sustituya antes de eso.

—Vale —dijo Simon—. Veré si puedo...

—No, tú no puedes —lo cortó Emily—. Tienes cosas que hacer con la boda. Pronto vamos a quedar con los del *catering* y todavía hay un millón de detalles que decidir. Como, por ejemplo, lo que te vas a poner.

—Te puedo dejar mi falda, si quieres —saltó Mitch tan feliz. Emily se rio y hasta Simon esbozó una sonrisa.

—En mi boda nadie me va a ver las rodillas—aseguró.

—Ya lo haré yo —dije.

—¿El qué? —Simon arqueó una ceja—. ¿Verme las rodillas?

—No hay para tanto. —Emily le chasqueó la lengua—. Lo siento, cariño. Tu atractivo realmente depende de tus pantalones de cuero. —Se quedó pensativa—. ¿Seguro que no quieres casarte siendo el capitán Blackthorne? A mi madre le encantaría verte con ese sombrero.

—No. —La voz de Simon era seria, pero sus ojos se suavizaron al mirar hacia su prometida—. No pienso casarme disfrazado de pirata. Está decidido.

No me lo podía creer. Habían perdido por completo el hilo de la conversación. ¿Cómo era posible que yo fuese la única que en esos momentos se preocupaba por la feria? El mundo al revés.

—Me refiero a que yo me encargo de las actuaciones. —Miré hacia Mitch—. Solo hay que confirmarlas, ¿no?

—Sí —asintió Mitch—. Casi todo el mundo está contratado, como he dicho. Cuando tengamos los contratos, solo habrá que confirmar las habitaciones para los que las necesitan y enviarles las confirmaciones. Tenemos un acuerdo con un par de hoteles y dividimos los gastos a medias con los artistas. Y tampoco hay tantos. La mayoría de ellos vienen en autocaravanas. Solo unos cuantos se alojan en un hotel.

—Ya lo sé —dije. Quizá demasiado deprisa, pero estaba bastante familiarizada con por lo menos uno de los hoteles y con por lo menos uno de los grupos que se aprovechaban de nuestra oferta de habitaciones. Una emoción empezó a instalarse en mi pecho en cuanto me presté voluntaria para esa parte. No había lógica alguna: Dex no tenía nada que ver con los contratos ni con las reservas de los hoteles. Su primo Daniel era el que se ocupaba de esas cuestiones. Pero había una parte de mí que se moría por ver si Duelo de Faldas estaba en la lista de artistas. Por confirmar que él regresaría a mi vida. A mi vida real.

Si Mitch reparó en mi atípico entusiasmo, no dijo nada al respecto.

—Sí, pues básicamente es eso. ¿Te ves capaz?

—Sin problemas. —Sacudí una mano—. ¿Tienes una lista de las tareas pendientes?

—Sí. Toma... —Se sacó el móvil del bolsillo de los vaqueros y me mandó un mensaje, a juzgar por el pitido que sonó en mi móvil, dentro de la mochila, que había colgado en el respaldo de la silla—. Te he enviado la contraseña de la cuenta de correo electrónico; ahí lo tienes casi todo. He hecho una hoja de cálculo con todo lo demás. Esta noche te la mando por correo.

—Perfecto. —No sé por qué me sorprendió tanto que Mitch fuese tan organizado. Era fácil pensar en que era el chico divertido que me proporcionaba los chupitos de tequila en Jackson's, pero también era entrenador de fútbol americano en otoño y de béisbol en primavera. Pues claro que era organizado.

—¿Seguro que no te importa? —Las palabras de Simon eran precavidas, pero comprendí el significado que encerraban. Sabía, igual que Emily, y seguramente igual que Mitch, que yo no era famosa por organizarme y planear bien las cosas. Era un defecto, algo que me apetecía mejorar. Se me daba muy bien ver la imagen global, saber cuándo algo iba mal, pero los detalles me abrumaban. No se me daba demasiado bien ver qué piezas debía encajar para que la imagen global cobrase forma.

Pero en ese momento no se trataba de eso. Veía la imagen global y Mitch tenía todas las piezas preparadas para mí. Solo iba a tener que encajarlas.

—No me importa —dije—. Será divertido.

Y sí que fue divertido. Al principio.

Cuando esa noche volví a casa, me descargué la hoja de cálculo de Mitch en mi ordenador portátil y creé una carpeta con todo el papeleo que me había enviado. Abrí la sesión de la cuenta de correo oficial de la feria y mandé recordatorios para los artistas que no habían confirmado. Coser y cantar. Una cálida emoción me recorrió cuando vi que Duelo de Faldas ya había confirmado su presencia. Dex. Me moría por verlo de nuevo, y ese momento tendría lugar dentro de muy poco ya.

A lo largo de las dos semanas siguientes llegaron las últimas confirmaciones, y ya contábamos con un programa lleno de actuaciones para el verano. Seguían pendientes unos cuantos contratos firmados, pero la mayoría nos los mandaban por correo electrónico, así que todavía no había motivos para preocuparse. Había suficiente tiempo.

Cuando un viernes de principios de junio salí del trabajo, vi dos notificaciones en mi móvil. La primera era un mensaje de Mitch para decirme que le habían enviado por correo ordinario los dos últimos contratos, y que quedásemos en Jackson's para tomar algo y me los daría. Me pareció una excusa muy triste para salir a beber con alguien, pero qué más daba. No tenía planes.

La segunda notificación era un breve mensaje de Dex, que esperé para leer hasta que llegué al bar. Quería saborearlo con mi copa de vino del viernes por la noche mientras esperaba a que apareciese Mitch.

Para: Stacey Lindholm
De: Dex MacLean
Fecha: 5 de junio, 16:37 h
Asunto: Fin de semana

¡Tengo el fin de semana libre! Eso no me pasa casi nunca. ¿Qué voy a hacer? Estoy sentado en un bar, a solas. Los demás se han ido a hacer cosas, y yo no quería que me molestaran hoy. Únicamente puedo pensar en ti. Y eso es… raro, ¿no crees? Han pasado meses desde que te vi, y ni siquiera estoy seguro de que tú…

No voy a terminar ese pensamiento. Pero tampoco voy a borrarlo. Le voy a dar a «enviar» y ya está. El mes de julio estará aquí antes de que nos demos cuenta.

Me pareció un correo muy ambiguo y casi de mal agüero. Di un sorbo a mi champán *rosé* y barrí el local con la mirada. Ni rastro de Mitch aún. Contuve un suspiro y pedí palitos de *mozzarella*. No quería volver a oír cómo se quejaba de que las mujeres tardábamos mucho en arreglarnos. Pasé del correo al mensaje de texto y le mandé uno a Dex.

> Qué casualidad. Yo ahora mismo estoy sola en un bar. ¿Qué te gusta beber cuando bebes solo?

Me escribió de inmediato. No sé si me gusta la idea de que bebas sola. Ahora voy por la mitad de una pinta de Guinness. ¿Tú?

Me estremecí. Uf. Es demasiado espesa. No la bebes, la masticas. No, gracias.

Ja, me contestó. La cerveza negra no es algo que se beba así como así. Pero a mí me gusta. En todos los pueblos nuevos, en cuanto me dan la habitación del hotel, me dirijo al bar más cercano y pido la cerveza más negra que tengan. Por lo general es una Guinness y ya me va bien, pero a veces me sorprende una artesanal muy fuerte. No es refrescante, sino reconfortante. Muy agradable después de conducir durante horas. Le doy sorbos muy lento y pienso en los conciertos que vienen.

Este finde no hay conciertos, le escribí. ¿En qué estás pensando?

> En el futuro.

Fruncí el ceño. Qué respuesta tan vaga. Antes de que pudiese pedirle que aclarara la cuestión, cambió de tema. Pero no has respondido a mi pregunta. ¿Qué estás bebiendo sola?

Me llegaron los palitos de *mozzarella* y di otro trago al vino. Seguía sin haber ni rastro de Mitch. Champán *rosé*, contesté. Es que *a mí* me gusta. Forma parte de la estética de chica blanca y básica que sigo. No lo puedo evitar. Soy rubia. Me encantan las mimosas, los cafés con calabaza y canela de Starbucks y mi iPhone oro rosa. Pero tengo valores: nada de botas UGG y se me da fatal el yoga.

Su respuesta no tardó nada en llegar. Hay muchas palabras que utilizaría para describirte. «Básica» no es una de ellas.

—Aquí estás.

Me sobresalté al oír la voz de Mitch y casi solté el móvil encima de la barra.

—Aquí estoy —repliqué, un poco irritada—. Escondiéndome de ti junto a la barra a diez metros de la puerta.

—Muy graciosa. —Mitch agarró uno de los palitos de *mozzarella* y pidió una cerveza antes de deslizar una carpeta con los contratos en mi dirección—. ¿Con quién te escribes? ¿Tienes una gran cita hoy?

Resoplé mientras me guardaba la carpeta y el móvil en la mochila.

—Qué va. La cita más picante que he tenido últimamente es con el chisme a pilas que me espera en casa. —De todos mis amigos, Mitch era a quien más gracia le haría una broma sobre vibradores.

No me equivocaba. Soltó una carcajada y asestó una palmada en la barra con la palma de la mano.

—¡Qué bueno!

Que apreciase la broma me hizo sonreír. El mismo Mitch de siempre. Era otro de los que nunca se iba del pueblo, igual que yo. Pero, a diferencia de mí, no sabía si él lo había intentado alguna vez. Antes de tomar la palabra de nuevo, contemplé cómo devoraba la otra mitad del palito de *mozzarella* y le daba un buen sorbo a la cerveza.

—Mitch, ¿alguna vez deseaste haberte ido de aquí? —le pregunté. Desconocía de dónde había salido ese cambio de tema, pero escribirme con Dex siempre me dejaba un tanto melancólica. Un tanto sola. Un tanto atrapada. ¿Era yo la única habitante del pueblo que se arrepentía de haberse quedado?

Su expresión se volvió pensativa, algo bastante raro en él.

—La verdad es que no —dijo al fin—. Nunca lo he pensado demasiado, si quieres que te sea sincero. Me gusta vivir aquí, mi familia está aquí y no tengo una mala vida. Hay gente destinada a hacer cosas más importantes en ciudades más importantes. Pero yo no. Además... —Se encogió de hombros—. Si no estuviese aquí, ¿quién llevaría al equipo de béisbol hasta el campeonato nacional? ¿Simon?

Me reí y agarré la copa de vino.

—Sí, él seguro que no.

—Exacto. Aquí me necesitan. —Su tono era el de un cansado general del ejército incapaz de abandonar a sus tropas. Me miró por encima de la jarra de cerveza—. Aunque siempre he pensado que tú te irías de aquí.

—¿Ah, sí? —No tenía ni idea de que Mitch me había dedicado algo más que unos pocos pensamientos aleatorios.

—Sí. Te recuerdo en el instituto. Estabas muy decidida. —Sus labios se curvaron en una sonrisa nostálgica—. Y muy mona.

«Venga ya».

—¡Y me lo dices ahora! —Dejé la copa de vino. No me lo podía creer—. En el instituto estaba coladita por ti, ¿sabes? Bueno, seguro que sí que lo sabes. Casi todas lo estábamos, ¿no? Eras el héroe del equipo de fútbol americano.

Mitch intentó aparentar humildad, pero fracasó estrepitosamente. Como cuando éramos pequeños, había nacido para presumir.

—Bueno, alguien debía ocupar el lugar de Sean Graham cuando se graduó. Todavía me cuesta creer que Simon no fuese deportista como su hermano. Qué desperdicio.

—Simon corría —protesté.

—Simon leía libros —bufó Mitch—. Era un empollón.

—Lo que tú digas. —Puse los ojos en blanco con una sonrisa.

Él me respondió con el mismo gesto.

—En el último año de instituto estuve a punto de pedirte salir un par de veces.

—¿Qué? —Me quedé boquiabierta—. Debes de estar de broma. ¡Era mucho más joven que tú!

—Bueno, ya. Y por eso no te lo pedí. Pero es que te apuntaste al equipo de animadoras y llevabas una falda muy bonita en los partidos, así que fue un dilema. Vale, sí, ibas un par de cursos por debajo de mí, pero tus piernas... Madre mía. —Soltó un silbido lobuno que me provocó cosquillas por la vergüenza y por el orgullo, y que llamó la atención del camarero para que pudiésemos pedir otra ronda.

—No me puedo creer que me lo estés contando ahora —gruñí mientras masticaba otro palito de *mozzarella*—. El instituto habría sido mucho más divertido.

—Dímelo a mí. —El suspiro de Mitch fue apenado, y acto seguido me arrebató el último palito de *mozzarella*—. Habríamos sido la gran sensación en la fiesta de graduación.

Lo miré de reojo cuando nos sirvieron la segunda ronda, y hurgué en mi interior para dar con la chica del instituto que supe que seguía viviendo dentro de mí. Esa chica habría golpeado a cualquiera para ganar cinco segundos de atención de Mitch Malone. Pero en esos momentos estaba dormida y cualquier emoción fuerte que sintiese por Mitch se había transformado en un gran cariño. En cuanto llegué a conocerlo bien, al verdadero Mitch que se encontraba detrás de la espectacular fachada, se convirtió en una especie de hermano mayor, en un buen amigo, y ¿acaso eso no era mejor a largo plazo?

Cuando llegó la hora de irse y de pagar la cuenta, me sorprendió el pensamiento de que lo que había sentido por Mitch se parecía mucho a lo que sentía por Dex. Aunque obviamente agradecía el aspecto exterior y allí no tenía ninguna queja, era la capa interior, la que me había mostrado en los correos y en los mensajes de texto, la que me interesaba de verdad. Los veranos anteriores, había estado con un cuerpo como el de Chris Hemsworth y nada más. Pero en los últimos meses había descubierto tantas cosas sobre él que me di cuenta de que lo que me atraía eran sus palabras y la persona que era por dentro. Su belleza a lo Hemsworth ya no me importaba lo más mínimo.

Y eso fue... fue una revelación. Estaba en otro estado —de hecho, a saber en qué estado se encontraba en esos instantes—, pero necesité decírselo. Pero no por un mensaje de texto. No desde un bar. Debía ir a por mi ordenador. No podía escribírselo todo desde el teléfono móvil.

ONCE

Para: Dex MacLean
De: Stacey Lindholm
Fecha: 5 de junio, 21:47 h
Asunto: Revelación (no, nada de la Biblia)

Esta noche me he dado cuenta de una cosa. Me he dado cuenta de que
cada vez estoy más prendada de ti. Supongo que debería ser evidente por
las ganas que tengo de recibir cada correo y mensaje tuyo. Pero eso es lo
que estoy intentando decirte. Son tus palabras. Una parte de mí ha
olvidado tus caricias, tu rostro. Pero eso no importa en absoluto. Es a ti al
que echo de menos. Me has contado tantísimas cosas por mensajes que
tu físico ni siquiera entra ya en la ecuación.

   ¿Es raro? Sé que estás orgulloso de tu físico. Y deberías
estarlo totalmente, no me malinterpretes. Pero es que... ya no me
importa.

   Y ahora que te lo he escrito todo, no me parece un pensamiento tan
profundo como parecía en mi cabeza. Espero que sepas a qué me
refiero.

Para: Stacey Lindholm
De: Dex MacLean
Fecha: 6 de junio, 01:13 h
Asunto: Re: Revelación (no, nada de la Biblia)

Sí que sé a qué te refieres. Y es muchísimo más profundo de lo que crees.
Anastasia, hay cosas que debo decirte. Cosas que debo decirte en persona. Las palabras en una pantalla no bastan. Ni siquiera una videollamada por Skype bastaría. Necesito verte la cara. Estar en la misma habitación que tú, respirar el mismo aire que tú. Quizá incluso tocarte la mano, si me lo permites después de que oigas lo que quiero decirte.
Voy a ser completamente sincero, es una conversación que me da miedo mantener. Pero es necesaria. Nuestra parada en Willow Creek parece muy lejos todavía. Al mismo tiempo, no quiero que esto termine. Nuestros correos. Nuestros mensajes. Conocerte así me parece mucho más franco que entre las máscaras que nos ponemos en nuestro día a día. Parece contradictorio, ¿verdad? Hablar cara a cara debería ser más sincero, pero nos ocultamos detrás de palabras en internet. Pero, en fin, es lo que hay.

A la mañana siguiente, el correo electrónico de Dex me despertó más que la taza de café que tenía ante mí. «Cosas que debo decirte...». Sus palabras me atenazaban el corazón, y no podía respirar con normalidad. ¿Qué cosas tenía que decirme y por qué le daba miedo decírmelas? A mí también me había entrado miedo.

Pero no tuve tiempo de pensar en ello tanto como me habría gustado. Era sábado por la mañana. Una mañana de ensayo en la feria. Chris había regresado de Florida y estaba ahí para tratar con los alumnos, pero me había pedido que fuese a echarle una mano. No era a lo que yo estaba acostumbrada —había sido una tabernera varios años ya—, pero me gustó ser útil de otro modo, así que me fui con ella.

Ocuparme de la parte de organización de Mitch resultó ser muchísimo trabajo, pero fue una tarea que se me dio superbién. Me pasaba la mayoría de las noches después del trabajo detrás del ordenador en mi mesita de la cocina. Ahora que hacía tanto tiempo que me escribía con Dex y que sabía algunos de los entresijos de la vida de los artistas itinerantes, sabía que nuestro alojamiento era de los que más disfrutaban en toda la gira. Pensé en comentárselo a Simon; seguro que le gustaría saber que había una forma de ahorrarle dinero a la organización. Pero Dex me había dicho que acampaban cuando los hoteles no estaban disponibles ni eran asequibles, y en los alrededores de Willow Creek no había ningún sitio decente donde acampar. Por lo tanto, se alojarían en un hotel.

Disponer las habitaciones fue una labor compleja. Al principio, pensé en cuántas habitaciones necesitaba cada grupo y luego hice un Tetris para situar a los artistas en los hoteles. En cuanto lo conseguí, abrí la sesión de la cuenta oficial de la feria y empecé a mandar correos a los mánager con números de confirmación e indicaciones. Mitch no había firmado ninguno de los correos porque se trataba de una cuenta oficial genérica, así que no me molesté en informarle a nadie de que la persona al mando había cambiado. Era improbable que le diesen importancia; todos formábamos parte del comité que organizaba la feria. Sí que añadí una nota a las confirmaciones para anunciarles que la boda de Simon y de Emily tendría lugar el segundo fin de semana de la feria, y que cualquiera que fuese a actuar ese finde estaba más que invitado a unirse a la celebración. La mayoría de esa gente había trabajado con Simon y en su feria desde el principio, por lo que se me ocurrió que les gustaría saberlo.

Simon me preguntó qué tal iba todo unas cuantas veces al poco de que me encargase de las actuaciones, pero cuando vio que lo tenía todo bajo control, me dejó gestionarlo a mi aire. Fue un visto y no visto; Emily prácticamente lo secuestró y lo arrastró para que terminasen los preparativos de la boda. Él ya estaba lo bastante ocupado como para además supervisarme a mí. Y viniendo de Simon no había mayor cumplido que no necesitar que te supervisase. Me hizo sentir bien. Lo estaba gestionando como debía.

Mientras tanto, el equipo de béisbol de Mitch sí que pasó al campeonato nacional, noticia que nos contó en un mensaje de texto con faltas de ortografía que al parecer nos había mandado al grupo después de tomarse más de una cerveza. Pero qué más daba. Sus chicos y él se habían esforzado muchísimo y merecía una oportunidad de saborearlo. April le respondió felicitándolo y corrigiendo sus erratas. Él contestó con el emoticono del dedo corazón levantado.

Cuando las clases acabaron a finales de junio, Mitch estaba tan libre como poco libres estaban Emily y Simon. Mitch se ofreció a retomar el papel de asignación de números, pero yo ya casi había terminado, así que optó por organizar una despedida de soltero para Simon. Yo no quería ni imaginar qué clase de travesuras sucederían en una despedida de soltero en la cabeza de Mitch, por lo que hice lo imposible por no pensar en ello.

A principios de julio, el verano pasó de un calor agradable a un calor infernal, justo cuando fuimos al bosque a echar una mano con los preparativos más importantes. Nos pasamos dos semanas colocando bancos y pintando decorados.

—A ver, hay una cosa que no entiendo. —Emily abrió el bote de pintura mientras yo repasaba las líneas del puesto de información de madera, que tenía la forma de una cabaña de paja al estilo Tudor—. El año pasado pintamos muchas cosas. Y el año anterior también. ¿Cómo es posible que todos los años haya nuevas cosas que construir y que pintar?

Di un paso atrás y comprobé mis progresos. La cinta aislante formaba una «Y». El fin de semana anterior, habíamos pintado la parada de marrón oscuro. Ese día, le aplicaríamos pintura en texturas para que pareciese estucada con las marcas de la cinta; en cuanto la pintura se hubiese secado, arrancaríamos la cinta y el color oscuro de debajo se asemejaría a las vigas de una casa de estilo Tudor. Pediríamos a un par de alumnos que se subiesen a una escalera y pintasen el tejado para que pareciese una cabaña de paja. Fácil. Por lo menos, era fácil cuando llevabas casi una década haciéndolo.

Satisfecha con el aspecto de la cinta, dirigí la atención a la pregunta de Emily.

—Se trata de actualizar lo que haga falta. Creo que la parada que utilizamos el año pasado era la de la primera feria. Todos los años reutilizamos los bancos, pero algunos se rompen durante el festival, así que hay que reemplazarlos.

—Sí, pero los decorados... También debemos reconstruir los escenarios y los decorados todos los años. —Removió la pintura, pensativa—. Pero supongo que tendrán una pinta espantosa si se pasan todo el invierno a la intemperie.

—El clima es inclemente con la madera. —Asentí.

—Pero debería haber una forma mejor. Hablaré con Simon. —Me pasó la brocha, y comenzamos con la primera capa. Con ese calor se secaría enseguida, y así conseguiríamos el estucado falso antes de que terminase el día.

—¿Simon y tú no tenéis suficientes cosas entre manos como para preocuparos por eso? —Me reí.

—Bueno... —Se puso de puntillas, pero aun así no llegaba al tejado de la cabaña. Yo no era mucho más alta que ella; claramente, íbamos a necesitar la ayuda de unos cuantos voluntarios. De unos que fuesen altos—. Sí —admitió al fin—. Supongo que ya tenemos demasiadas cosas en la cabeza.

—Mmm. —Me reprimí para no largarle un «Te lo dije» y nos pasamos varios minutos pintando en silencio—. ¿Hay algo de lo que quieras hablar? —le pregunté al final—. ¿Algo de la boda?

—No. —Su negativa fue débil. No insistí para desmontar su mentira. Me limité a concentrarme en empapar la brocha con más pintura y a atacar la siguiente pared. Ya éramos tan buenas amigas que Emily sabía que podía contarme lo que quisiese. Pero también éramos tan buenas amigas que yo sabía que me confiaría algo cuando estuviese preparada. No tuve que esperar demasiado—. Se me está escurriendo de los dedos. —Habló en voz baja—. Entre el trabajo, la feria y la boda... —Suspiró. Arqueé las cejas como respuesta, pero no dije nada; Emily no había terminado—. Son demasiadas cosas —añadió al final—. No sé cómo va a salir todo, y Simon no es de gran ayuda. No...

—Vale —dije—. Respira. —Me puse de puntillas y pinté la zona más alta a la que alcanzaba—. Ya sabes cómo es Simon con la feria. En esta época del año, se apodera de su vida, ¿verdad? —No tuve que mirar hacia ella para ver que asentía, sabía que lo hacía. La feria ya no era el amor de la vida de Simon como antes de que Emily apareciese, pero seguía siendo un proyecto agotador. Y toda la ayuda del mundo, de Emily y de Mitch y mía, no iba a cambiarlo. Simon era de los que hacían listas incluso dormido, y siempre lo había sido. Yo lo sabía. Emily lo sabía. Por lo menos yo esperaba que lo supiese, ya que estaba a punto de casarse con él.

—Claro. —Le tembló la voz, pero su asentimiento fue firme—. Y no me importa. Pero es que hay muchas cosas que dejar listas. Muchos detalles, ¿sabes? Y April está ocupada, así que...

—Sabes que tienes otra dama de honor, ¿verdad? —Me señalé de forma exagerada y me derramé un poco de pintura sobre la camiseta. Gracias a Dios que me había puesto ropa vieja.

—Sí. Ya lo sé. —Me miró de reojo, y sentí una chispa de triunfo. Ya no estaba agobiada; había vuelto a ser la Emily irónica de siempre—. Pero también sé que tú has estado ocupada haciendo todo eso por Mitch.

—Ya casi está finiquitado. —Sacudí una mano—. Unos cuantos correos que enviar esta noche. Y se acabó. Así que dispara: ¿qué necesitas?

—Sobre todo, detalles tontos. —Empezó a pintar la parada de nuevo, con la cabeza centrada en nuestra labor—. No he echado un ojo al mapa de las mesas desde que hemos recibido las últimas confirmaciones, así que debo asegurarme de que todo el mundo está situado. Cosas así.

—¿En serio vais a tener un mapa con las mesas? —Mantuve la voz lo más neutra posible. No quería hacer una crítica. Solo una observación—. ¿Aunque la ceremonia sea en el bosque?

—Sigue habiendo mesas —dijo—. Y la gente quiere saber dónde sentarse, hazme caso. Fui a una boda que pretendía ser desenfadada y tal. «Sentaos donde queráis», decían. Bueno, pues fue un caos. —Negó con la cabeza—. Simon odia el caos.

Emily también odiaba el caos, pero yo no pensaba decírselo.

—Cuenta conmigo —me ofrecí—. ¿Lo tienes en papel o en una hoja de cálculo?

—En papel. —Suspiró—. Debería haber hecho una hoja de cálculo, habría sido más fácil. Pero ahora ya es demasiado tarde.

—Pues sí —dije, sin saber exactamente con cuál de sus afirmaciones estaba de acuerdo. En realidad, con las dos. Desde que había empezado a ayudar a Mitch a coordinar las actuaciones para la feria, me había vuelto una experta en las hojas de cálculo—. Pero de todos modos da igual. ¿Quieres que le eche un vistazo por ti?

—Sí —asintió—. Madre mía, eso sería fantástico. ¿Crees que podrías pasarte mañana y te doy los planos? Yo ni siquiera puedo mirarlos ya.

—Hecho. —Mientras terminábamos de pintar, se me ocurrió que nadie iba a estar más feliz de que pasara el día de la boda que Emily. Así no tendría que pensar en eso las veinticuatro horas del día. Aunque le gustase organizar cosas, estaba rozando lo ridículo ya.

Esa misma tarde, Emily y yo nos separamos en el terreno verde delante de la ubicación de la feria; tenía previsto ir a su casa al día siguiente por la mañana para tomar café y llevarme las hojas con la disposición de los asientos. La vi más contenta; el fruncimiento entre sus cejas se había disipado y, aunque seguía luciendo una sonrisa cansada, era sincera.

—Gracias, Stacey. —Se detuvo junto a la puerta abierta del conductor de su Jeep—. Sé que no es lo tuyo.

—Ayudar a mis amigos siempre ha sido lo mío. —Intenté no sonar a la defensiva. En el pueblo, todo el mundo, Emily incluida, parecía verme como una tonta. Y quizá yo había alentado esa reputación tiñéndome de rubia y saliendo a beber muy a menudo. Tal vez podría cambiar la percepción de los demás si me lo propusiese. Pero tal vez no podría. Quizá estaba condenada a ser la chica blanca y básica de la vida de todo el mundo.

En fin. Podría ser peor, sin duda.

Ya en casa, me di una ducha larga y caliente para limpiarme los últimos trazos de madera y de pintura. La feria se inauguraba el fin de semana siguiente, y, mientras Simon azuzaba a algunos de los alumnos mayores para que terminasen de pintar y para que rematasen algunos detalles, mi trabajo en el bosque estaba terminado. Hasta que llegase el momento de ponerse un corsé, claro. Todavía tenía el pelo mojado cuando me senté en el sofá con el portátil y con mi gato. Benedick amasó mi muslo en tanto yo abría la cuenta oficial de la feria y deseaba haberme puesto una armadura en lugar de pantalones de yoga. Iba a tener que cortarle las uñas a mi minino.

—Pronto tendrás un día de *spa*, amiguito. —Le planté un beso en la cabeza y le froté un poco la barbilla mientras se cargaba la cuenta del correo. Había recibido nuevos mensajes, la mayoría confirmaban mi confirmación, y me pregunté si debería responderlos. ¿Confirmaba su confirmación a mi confirmación? Si no me andaba con cuidado, sería un bucle sin fin. Decidí abrir todos los correos y dejar las respuestas anotadas con cuidado en la última columna de la hoja de cálculo. Más tarde le mandaría la hoja completa a Simon y podría tachar todas las tareas de mi lista. Justo a tiempo. Se pondría muy contento.

Casi todo el mundo agradecía el anuncio de la boda inminente, lo cual me gustó. Simon y Emily se conocieron en la feria, se pelearon en la feria, se enamoraron en la feria. Que se casasen en la feria y que lo celebrasen con tantísima gente que los quería era justo lo que merecían. Por tanto, todos los correos que expresaban emoción hacia la boda me ensanchaban un poquito la sonrisa.

Hasta que...

El último correo era de Daniel MacLean; confirmaba la reserva que había hecho yo para Duelo de Faldas. Dos habitaciones de hotel, y los demás acamparían en su autocaravana.

—Daniel. —Una sonrisa se abrió paso en mi rostro al pronunciar su nombre en voz alta. Después de todos los meses en que me había acercado a Dex, me daba la sensación de que, de alguna manera, formaba parte de ese grupo. Parte de la familia. Por eso el último párrafo del correo de Daniel me dejó sin aliento.

¡Enhorabuena a Simon y a Emily! Debe de ser el año de las bodas. Mi antiguo compañero de piso se casó hace un par de semanas, a finales de junio. Espero con ganas celebrarlo con todos vosotros cuando nos dirijamos hacia allí.

Ya había leído esas mismas palabras, que me hicieron sonreír. Ahora mi sonrisa se torció, mi pulso se aceleró y un hormigueo se inició en mi nuca, provocándome escalofríos en los brazos. Agarré el móvil de la mesa de centro y retrocedí hasta el día en que nos probamos los vestidos de boda. Tardé un rato; Dex y yo nos escribíamos mucho. Pero ahí estaba... «Debe de ser el año de las bodas... Mi antiguo compañero de piso... En junio...».

Solo había dos escenarios que explicaran lo que acababa de leer. Uno: Dex y Daniel MacLean eran primos, así que era posible que se expresaran de forma parecida, sobre todo por escrito. También era posible, pero menos probable, que los dos tuviesen un antiguo compañero de piso que se casaba en junio.

O...

O...

No.

Mis ojos volaron hacia el ordenador, hacia el correo de Daniel, que seguía abierto. Hacia la firma del final, que incluía su número de móvil. A esas alturas, yo ya no podía respirar; me temblaron las manos al trastear el móvil y al pulsar el icono que proporcionaba los detalles de la información de contacto de Dex. Su correo, que yo había introducido en mi portátil como «Dex MacLean», desde el que nos habíamos comunicado todo ese tiempo. Su número de móvil, que en el mío decía «Dex»... porque yo lo había puesto así. Mis ojos pasaron del ordenador al teléfono, y era imposible negarlo. El número era el mismo.

Todos aquellos meses en que había mandado mensajes de texto y correos, y en que me había enamorado de Dex MacLean, el hombre al otro lado de la pantalla era su primo. Daniel.

No.

Me.

Jodas.

No me jodas.

No solía utilizar el verbo que empieza por jota, pero, mientras daba vueltas por mi pisito, esas tres palabras se fueron repitiendo en mi cabeza, sincronizadas con mis pasos.

No.

Me.

Jodas.

La situación empeoró cuando una hora más tarde me sonó el móvil con un mensaje. Un puto mensaje de Dex... o de Daniel. O de quienquiera que fuese. Pues claro: era siempre a esa hora de la noche cuando su día terminaba y me escribía para decirme hola. Eliminé la notificación de la pantalla sin leer el mensaje y luego hice lo impensable. Apagué el móvil y lo lancé sobre la cama.

—Que te jodan —rugí en dirección al teléfono. O probablemente en dirección a Daniel MacLean. Era difícil de saber. Benedick salió disparado de debajo del sofá al oír mi voz, y quién lo culparía. Me apetecía esconderme de mi propia rabia. Me ardían los ojos con las lágrimas y me costó bastante tomar aire—. ¡Que te jodan! —Ahora que había saboreado ese verbo, no podía dejar de usarlo. Quería chillarlo hasta dejarme la garganta en carne viva.

Menuda mierda de noche relajada en casa. Estaba demasiado enfadada para dormir y demasiado nerviosa para relajarme con algo. Después de dar la tercera vuelta por mi pisito para gastar energías, me detuve para ordenar mi pequeña librería. Luego solucioné el desastre de la mesa de la cocina. Un par de vueltas más tarde, saqué el plumero y la aspiradora. A la una de la madrugada, mi casa relucía, y me quedé exhausta. Cuando caí de bruces en la cama dispuesta a dormir, recordé que le había dicho a Emily que me pasaría por su casa para tratar asuntos de la boda. Uf. Hurgué entre las sábanas para dar con el móvil y encenderlo.

Más mensajes de Mentiroso MacLean:

Espero que estés teniendo un buen...

Dentro de unos días pondremos rumbo a Maryland. Creo que...

Vaya, debes de estar ocupada esta noche de sábado. Por lo general...

Stacey, ¿va todo bien? Escríbeme cuando...

No, no, no y no.

Eliminé todas las notificaciones con dedos temblorosos y dejé los mensajes sin leer. Puse la alarma y me tapé la cabeza con la sábana. Ya hablaría con Emily al día siguiente, pensé mientras todo se emborronaba y me quedaba dormida. Quizá un rato entre chicas me ayudaba a resolver el entuerto.

Si aquella noche recibía más mensajes de texto, el sueño me ahorraría leerlos. Y eso era justo lo que se merecían.

⁂

Visto en retrospectiva, es probable que a la mañana siguiente me presentase en casa de Emily un poco antes de lo debido. Pero me había despertado a las seis, incapaz de conciliar el sueño de nuevo. Cuando salió el sol, ya estaba vestida y preparada para irme, y en realidad Emily no había especificado a qué hora. No fue hasta que llamé a su puerta y me abrió con la bata y con ojos adormilados cuando me di cuenta. Un sábado por la mañana, era demasiado pronto que me presentase con el portátil y mi rabia a las ocho y poco.

Pero, como ella era la mejor amiga del mundo, no me cerró la puerta en las narices, sino que la abrió de par en par.

—¿Café?

—Sí, por favor. —Al entrar, el aroma a café recién hecho me inundó, así que al menos no la había sacado de la cama con mi temprana visita. El piso de Emily no era mucho más grande que el mío, aunque era un piso como Dios manda y no un estudio encima de un garaje. Mientras se afanaba por la cocina con tazas de café, leche y no sé qué más, puse el ordenador en la mesa del comedor y lo encendí.

—Toma. —Emily me pasó una taza por encima de la mesa—. ¿Has desayunado ya? Deja que me beba esto y echamos un vistazo a las mesas... —Su voz se fue apagando cuando reparó en mi ordenador y en mi expresión furibunda—. ¿Qué pasa? No has venido solo a repasar lo de las mesas, ¿verdad?

—Lee esto. —Giré el portátil para que viese la pantalla.

Emily entornó los ojos y bebió un sorbo de café.

—¿Qué es lo que estoy leyendo exactamente?

—Este correo. —Le di un golpecito a la pantalla con un dedo para enfatizar—. Léelo.

—¿Cuál? ¿El de Daniel MacLean? —Ladeó la cabeza y lo leyó, mientras a mí seguro que me salía humo por las orejas—. Anda, le apetece asistir a la boda. Qué simpático. Siempre me ha caído...

—¿Qué pasa con Daniel MacLean? —Simon salió del dormitorio, y yo procuré no mirarlo dos veces. No se me había ocurrido que pudiese estar allí, pero estaban comprometidos. Era normal que durmiesen en la casa del otro. Yo nunca había visto a Simon a primera hora de la mañana, y claramente nunca lo había visto tan desarreglado, con el pantalón del pijama y una camiseta holgada de manga corta. Se pasó una mano por el pelo para peinárselo, pero seguía con aspecto enmarañado; una semana antes de la inauguración de la feria, su barba y su melena de pirata ya estaban cobrando forma. Aun así, la mirada de inquietud que nos dirigió era menos propia de un tranquilo pirata y más típica de un organizador preocupado—. ¿Pasa algo con el grupo?

—Han confirmado que vendrán, por lo menos según este correo. —Emily negó con la cabeza—. Pero es evidente que se me escapa algo. —Me miró con ojos inquisitivos—. ¿Qué es lo que se me escapa, Stace?

—Vale, tú lee el correo. Y luego mira esto. —Recuperé el portátil y pulsé varias teclas para que mostrase el mensaje de texto de Dex (el que hablaba sobre la boda de su compañero de piso) antes de enseñárselo de nuevo.

—Mmm. Vaya, qué raro. El mensaje dice prácticamente lo mismo.

—Exacto. Y este número de teléfono —le pasé mi móvil, en cuya pantalla aparecía el número de Dex/Daniel— es el mismo que este. —Le indiqué la firma electrónica de Daniel en el ordenador—. Así que todo lo ha escrito el mismo chico, ¿no crees? —Mi voz era de juez, jurado y ejecutor.

—Ah, sí, está claro que sí. Pero ¿por qué te mandas mensajes con Daniel MacLean? No sabía que lo conocieras tan bien.

—Pero ¿por qué iba a decirte lo mismo dos veces? —Simon frunció el ceño y se apoyó en el marco de la puerta de la cocina—. No es tan olvidadizo.

—No será descafeinado, ¿no? —Emily observó la taza—. Porque creo que no me está sirviendo para nada.

—Porque... —En ese momento, vi el problema que suponía haber guardado en secreto lo mío con Dex. Iba a tardar una eternidad en poner al día a Emily y contarle por qué estaba tan enfadada. Suspiré—. A ver. ¿Te acuerdas del verano pasado? Me preguntaste sobre... —La emoción me sobrepasó durante unos instantes, y tuve que aclararme la garganta. Era más difícil de lo que me imaginaba—. Me preguntaste con quién me veía. Quién era ese chico misterioso.

—Aaaaaah. —Los ojos de Emily se iluminaron ante la perspectiva de un cotilleo de buena mañana—. Sí, sí. Me acuerdo. —Se apoyó la barbilla en las manos a la espera de oír mi historia.

—Creo que a mí no me necesitáis para esto. —Simon alzó las manos en gesto a la defensiva y entró en la cocina a por una taza de café. Le dediqué una sonrisilla de agradecimiento que no vio, y luego me giré hacia Emily y, por primera vez, le largué toda la historia. Lo sola que estaba y que ya no lo soportaba más. El vino de más que bebí y que me llevó a mandarle el primer mensaje a Dex. Su respuesta. Nuestros correos electrónicos. Los mensajes de texto. Y que la noche anterior me había dado cuenta de que todo aquello había sido una mentira.

—O sea... —Mientras yo le hablaba, Emily nos había rellenado la taza de café, y se volvió a sentar para contemplar fijamente mi portátil—. Durante todo el tiempo creías que era Dex, pero ¿resulta que era Daniel quien te escribía?

—Exacto. —Asentí para enfatizar.

—¿Estás de broma? —Me sobresalté al oír la voz de Simon, más dura y enojada de lo que estaba acostumbrada. Había regresado, apoyado nuevamente en la puerta, con una taza de café en las manos—. ¿Qué clase de situación absurda a lo Cyrano de Bergerac es esta?

—No sé qué decirte —murmuró Emily después de chasquear la lengua y girarse en la silla.

—¡Está más claro que el agua! —Simon señaló mi ordenador—. Mirad, conozco a los integrantes de Duelo de Faldas desde hace años. Han actuado en la feria... creo que desde el primer año que empezamos a contratar a artistas. Y son unos tipos estupendos. Pero es imposible que Dex MacLean pueda hilvanar una frase coherente, y mucho menos un correo electrónico elaborado.

—Oye. —Sentí una punzada de rabia protectora por el chico sexi con el que me había acostado. Pero luego pensé en ello y, en fin, Simon estaba en lo cierto. ¿Acaso yo no había pensado algo parecido cuando empecé a escribirme con Dex? ¿Con Daniel? ¿Con quien mierdas fuese?—. Vale, sí —dije—. Tienes razón.

—Y eso significa que le ha pedido a Daniel que le escriba esos correos en su nombre. —Al finalizar su argumento, la sonrisa de Simon no fue desagradable—. Y eso es un ejemplo de Cyrano.

—Sí, pero ¿y los mensajes de texto? —Emily agarró mi móvil y se lo mostró—. Daniel estaba usando su propio teléfono. ¿Crees que Dex estaba a su lado dictándole lo que debía decir?

—Podría ser.

—No lo creo. Además, en la obra original, Cyrano y Christian estaban los dos enamorados de Roxane, pero Cyrano sacrificó su oportunidad de estar con ella porque creía que Roxane amaba más a Christian. Pero no sabemos si ese es el caso aquí. A lo mejor Daniel...

—¿Se puede saber qué cojones os pasa? —Cerré el portátil de golpe y le arrebaté mi móvil a Emily—. Sois unos frikis, ¿lo sabíais? En este siglo no utilizamos referencias de *Cyrano de Bergerac*. Decimos que alguien ha suplantado a otro y ya está.

Simon resopló y Emily se mordió el labio inferior, pero vi la diversión que baileaba en sus ojos.

—Bueno, sí. Es verdad. Pero Simon tiene razón.

—Pues claro que sí. —Sopló un poco por encima de la taza antes de beber un sorbo.

—¿No tienes escenarios que terminar de pintar? —Lo miré con los ojos entornados.

Su cabeza se volvió hacia el reloj del microondas.

—Mierda. —Dejó la taza sobre la mesa y se encaminó hacia el dormitorio.

—¡No pasa nada! —le gritó Emily—. No tienes que ir por lo menos hasta dentro de una hora. —Y acto seguido se giró hacia mí como si no nos hubiesen interrumpido—. Supongo que podría ser una situación a lo Cyrano si ocurriera lo que ha sugerido Simon. Si Dex le pidiese a Daniel que se hiciera pasar por él y Daniel también estuviese interesado en ti. ¿Crees que lo está?

—No... no lo sé. —Después de tantos meses pensando en Dex, me puse a recordar a su primo. Daniel, alto y esbelto, con unos ojos verde claro y la melena pelirroja que siempre se tapaba con la gorra de béisbol que se ponía del revés. Tranquilo y formal, mientras que Dex era descarado y valiente. Siempre me buscaba para saludarme durante la feria. Se fijó en que me había comprado un colgante nuevo. Quería asegurarse de que Dex no me rompía el corazón. Cuanto más lo pensaba, cuanto más pensaba en Daniel, su personalidad encajaba en nuestras comunicaciones muchísimo mejor que la de Dex. ¿Cómo lo había podido pasar por alto? Pero, claro, ¿cómo habría podido saber que las pocas veces que había hablado con Daniel le habían provocado los sentimientos que me había expresado a lo largo de los últimos meses con palabras que se habían grabado a fuego en mi corazón al leerlas acurrucada en la cama debajo de las guirnaldas?

—Si no le gustas, quizá sí que ha estado ayudando a Dex a expresar lo que sentía de verdad, ¿no? —Emily tamborileaba la taza de café con las uñas, pensativa—. Así que la pregunta real es esta: ¿de quién es el corazón que se ha abierto con esas palabras? No. —Chasqueó los dedos—. ¿De quién quieres que sea ese corazón? Esa es la pregunta que importa. Porque entonces sabrás qué hacer cuando descubras de quién se trata realmente.

—Ya. —Suspiré y apoyé la cabeza en la mesa. Cuanto más lo hablábamos, peor me sentía. ¿Quién quería yo que estuviese detrás de esas palabras?

—¿Quieres que llame a Daniel? —Al levantar la vista, vi que Simon había salido de nuevo del dormitorio, vestido con ropa vieja para pintar y con unas raídas zapatillas de deporte en las manos.

—¿Qué? —Esa idea me horrorizó—. No. ¿Por?

—Podemos rescindir su contrato. —Se sentó en el sofá y empezó a ponerse las zapatillas—. Decirles que este año no los necesitamos. No me gusta que te estén tomando el pelo de esa forma. —Su voz sonaba despreocupada, pero su forma de mantener la vista gacha, concentrado en los cordones de las zapatillas, me decía que era una propuesta que le había costado mucho hacer. La feria era una de las cosas más importantes de la vida de Simon, y Duelo de Faldas eran un grupo veterano. Despedirlos sin motivo alguno sería una mala decisión, ya que en el circuito de las ferias las noticias volaban. Pero Simon estaba dispuesto a arriesgar la reputación de nuestra feria para enfrentarse a alguien que me había roto el corazón. Conocía a Simon desde que éramos jóvenes y siempre había sido amigo mío, pero no fue hasta ese momento cuando me percaté de lo buen amigo que era.

—No —dije. No me habían roto el corazón. Solo me lo habían magullado un poco. No estaba fuera de combate todavía—. No pasa nada. Yo me encargo.

—¿Seguro? —Emily levantó las cejas.

—Sí. Tengo un plan.

DOCE

Enseguida me di cuenta de que tener un plan y ponerlo en marcha eran dos cosas distintas. No quería mostrar mis cartas demasiado rápido, así que en cuanto llegué a casa le mandé a Dex —a Daniel, a quien fuese— un breve mensaje. Perdona. Estamos ultimando los preparativos de la feria, así que voy a tope. ¡Hablamos pronto! Incluso añadí un emoji con una sonrisa para no despertar sus sospechas. Su respuesta llegó casi de inmediato: ¡Ya me lo imagino! ¡Espero que no te estén explotando!, y no me costó contestarle con un par de emoticonos divertidos sin tener que decir gran cosa.

No podía dar comienzo a mi plan hasta el viernes, cuando la feria estuviera a punto de empezar, así que tuve que pasarme el resto de la semana como si nada hubiese ocurrido. No sabía durante cuánto tiempo me mantendría agradable con Dex —¿con Daniel?— si me enviaba correos o mensajes de texto, pero me lo puso fácil escribiéndome poquísimo durante buena parte de la semana. Recibí un par de mensajes de buenos días o buenas noches, y respondí para que no sospechara que mi perspectiva hacia sus mensajes había cambiado, pero aparte de eso no supe mucho más de él.

Para mí, era una prueba más de que se trataba de Daniel. Dex no tendría nada que ocultar. De hecho, se moriría de ganas de volver a verme con esa nueva relación, mucho más interesante. Daniel, sin embargo, seguramente estaría con ansiedad al ser consciente de que su artimaña iba a desmontarse.

Pero ¿qué artimaña? ¿Acaso no era esa la cuestión, como había dicho Emily? Ahora que estaba convencida de que era Daniel el que se encontraba al otro lado de la pantalla, seguía sin saber por qué.

La semana pareció durar mil años. Emily y yo nos mandamos un montón de mensajes. Se ofreció más de una vez a ayudarme a enfrentarme a los MacLean para resolver el entuerto, y, si bien su demostración de apoyo me calentaba el corazón, al final le dije que debía hacerlo sola. Aquello era tan raro, y eran tan altas las probabilidades de terminar humillada, que no me veía capaz de encararme con nadie si además tenía público.

Vale, si tan segura estás, me contestó al final el jueves por la noche. Pero ¡el sábado por la mañana me lo tienes que contar TODO!

Te lo prometo, le respondí. ¿No sería una manera divertida de dar inicio a la temporada de la feria? Pero mi amiga tenía buenas intenciones, y había el peligro real de que yo necesitara un hombre sobre el que llorar.

El jueves por la noche, mi disfraz de tabernera salió del baúl y lo colgué delante del armario. Todos mis accesorios estaban ahí; los había guardado al término del verano anterior, ¿dónde iban a estar si no? Dos semanas antes me había comprado un par de botas nuevas, que me había puesto el suficiente tiempo para que fuesen cómodas y no me doliesen los pies. (Ya había cometido una vez el error de llevar zapatos nuevos el primer día de la feria. Cuando me pasé la noche siguiente poniéndome tiritas en todas las ampollas, juré que no volvería a pasar por eso).

Lo último que hice fue sacar el colgante de la libélula de mi joyero. Pasé la mirada de sus ojos cristalinos brillantes al disfraz de tabernera, y fruncí el ceño. Simon había tenido razón: las dos cosas no encajaban demasiado. Emily y yo habíamos hablado de comprar vestidos nuevos, y en algún punto de la primavera incluso me había hecho mirar algunos candidatos en el álbum que compartíamos en Pinterest. Estábamos tan ocupadas que no había sido una prioridad para ninguna de las dos, sino más bien algo de lo que nos encargaríamos cuando llegase el momento. Y entonces el tiempo se fue volando, y ahí estaba yo, con el mismo disfraz de siempre.

—Suerte que habría cambios. —Pero me metí la libélula en la riñonera de todos modos, además de las horquillas y los lazos para el pelo. Que Simon se quejase cuando me lo pusiera. Me daba igual.

Una de las mejores cosas de mi trabajo era que durante el verano la clínica cerraba los viernes al mediodía, pero ese viernes hasta esas pocas horas transcurrieron a una velocidad insoportablemente lenta. Pero al final llegó por fin el momento y pude empezar a prepararme. En casa, me cambié la bata del trabajo por un vestido de verano rosado y unas sandalias de tacón bajo, y me esmeré con el pelo, que me peiné para que cayese en suaves bucles sobre mis hombros. Di un paso atrás y me miré en el espejo de cuerpo entero, y asentí solemne. Estaba guapa, y era una parte importante del plan. Me sonó el móvil con un mensaje y se me aceleró el pulso al leerlo. Pero era un mensaje que esperaba. Había llegado la hora. Levanté a Benedick y le di un beso antes de marcharme. Necesitaba toda la suerte del mundo para que me saliera bien el plan.

Me temblaban las manos sobre el volante, y tuve que respirar hondo un par de veces para calmarme cuando llegué al aparcamiento del hotel. Me apliqué mi lápiz de labios rosa favorito y revisé mi peinado en el retrovisor antes de bajar del coche. Los tacones retumbaban sobre la acera, luego sobre las baldosas del vestíbulo, y esos golpeteos sonaban a las zancadas de una mujer poderosa, lo cual me dio confianza. En esos momentos, la necesitaba.

Me acerqué al mostrador de la recepción y saludé a Julian, a quien le tocaba el turno de noche. Se sacó el móvil del bolsillo y lo movió para devolverme el saludo. Era la ventaja de vivir en un pueblo pequeño, que todo el mundo se conocía. Julian y yo habíamos ido a la misma clase desde parvulario, y ya hacía mucho tiempo que lo había perdonado por haberme puesto pegamento en el pelo en primero de primaria. Había crecido y se había casado, y su marido y él se habían quedado en Willow Creek, donde Julian trabajaba en el hotel. Era nuestro contacto para la disposición de las habitaciones destinadas a los artistas de la feria, así que últimamente nos habíamos enviado muchos correos.

Y también sabía cuándo habían llegado los artistas y se habían registrado en el hotel. Me iba a mandar un mensaje de texto e informarme. Y entonces yo me acercaría. Esa había sido la primera parte del plan.

La segunda parte me esperaba en el vestíbulo, apoyado en el mostrador de la recepción, mientras trasteaba con su teléfono móvil. Vaqueros negros, camiseta negra, gorra de béisbol negra que tapaba una mata de cabello rojizo. Mis talones se giraron hacia Daniel, y mi corazón martilleaba con fuerza con cada nuevo paso.

Levantó la vista cuando me acerqué y todas las moléculas de mi cuerpo se alteraron cuando sus ojos se clavaron en los míos. La segunda parte del plan era conseguir que Daniel admitiera que era él quien me había escrito desde el principio, y que no lo hacía porque quisiera hacerse pasar por Dex. Hasta ese momento, yo no había sabido cómo iba a ir la conversación. En algún punto en las profundidades de mi primitivo cerebro de lagarto, se me había ocurrido que no había sido Dex el chico al que había conocido durante todos esos meses, y lo más importante era que yo no quería que fuese él.

Quería que fuese Daniel.

Pero paso a paso.

—Stacey, hola. —La voz de Daniel era alegre, desenfadada, y me descolocó. No era la actitud de alguien que sabía que lo habían sorprendido.

—Hola, Daniel. —Mi voz emuló su tranquilidad y choqué los cinco mentalmente conmigo misma—. ¿Cómo es que estás en el vestíbulo?

—Ah. Ha habido algún error con las habitaciones. El recepcionista dice que lo está solucionando. —Miró de nuevo hacia su móvil y luego hacia Julian, quien se afanaba en el ordenador haciendo esfuerzos por no mirarnos.

—Mmm. —Asentí como si no hubiese sido yo la que lo había orquestado todo—. Qué extraño. —No era extraño. Julian estaba distrayendo a Daniel, justo lo que le había pedido que hiciese—. Pero me alegro de verte. Quería hablar contigo.

—¿Conmigo? —Sus ojos se iluminaron con interés al guardarse el móvil en el bolsillo. Seguía comportándose como si tal cosa, y a mí lo que más me apetecía era confundirlo.

—Claro —dije—. Después de tantos meses hablando, ya sabes. Tantos correos, todas esas cosas que nos hemos dicho. Es agradable estar cara a cara contigo al fin.

—¿Conmigo? No. —Percibí cierto destello en sus ojos, pero parpadeó deprisa para que se esfumase. Aunque era buen actor, no podía ocultar el rubor que empezaba a subirle por la nuca, como vi cuando giró la cabeza para dejar de mirarme y contemplar el horrible cuadro de la pared más lejana—. No —repitió—. Te refieres a Dex.

—¿Seguro? —Entorné los ojos y lo examiné. Lo estaba confrontando con la verdad y él seguía negándomelo. Seguía queriendo empujarme hacia su primo. ¿Al final sí que había sido todo obra de Dex?

—Bueno, sí. Habéis estado... —Miró hacia el techo y tragó saliva con dificultad. Su actitud desenfadada había desaparecido y empezaba a estar en apuros—. Te has estado escribiendo con Dex. Por lo menos, eso es lo que él...

—¿Sabes qué? Tienes razón. —Negué con la cabeza y solté una carcajada vacía—. Qué tonta. ¿Sabes dónde...? Da igual. —Metí la mano en mi mochila para buscar el móvil—. Tengo su número de teléfono. Lo llamaré y ya está.

—¡No! —Daniel dio un paso hacia mí con las manos levantadas y los ojos como platos, y supe que lo tenía donde quería. Y lo mejor era que él lo sabía. Aun así, intentó seguir con la mentira—. No, no lo llames. Creo... Mmm, creo que está conduciendo. Deberías esperar...

—Ah, seguro que no pasa nada. Deja que... —Abrí la lista de contactos y pulsé el botón verde al lado del nombre de Dex. Ese botón verde que no me había atrevido a pulsar durante tantos meses. Y entonces vi cómo el color abandonaba la cara de Daniel cuando le empezó a sonar el móvil en el bolsillo trasero—. ¿Y bien? —Arqueé una ceja—. ¿No vas a responder?

Apretó los labios con fuerza antes de proferir un suspiro de derrota. Luego agarró el teléfono móvil del bolsillo, que seguía sonando, con mi nombre en la pantalla. Pulsó el botón rojo al mismo tiempo que yo.

—Creo que tenemos que hablar. —Toda la diversión había desaparecido de mi voz, y él asintió.

—Creo que sí. —Vencido, tan solo emitía murmullos.

—¿Por qué no terminas con el *check-in*? —le propuse. Miré hacia Julian, quien me guiñó un ojo y sacudió una tarjeta como si fuese un as—. Creo que ya está todo solucionado. Me voy al bar. Te espero allí.

—Vale. —Daniel tenía la expresión de alguien que sabía que le habían tendido una trampa, pero que también era consciente de que no tenía derecho a quejarse—. Sí. Voy a necesitar una cerveza.

El hotel no era demasiado glamuroso: era de una de esas cadenas baratas, pero contaba con un pequeño restaurante anexo. Ni siquiera era un restaurante, sino más bien un bar con pretensiones que ofrecía un menú con hamburguesas y sándwiches, pero lo más importante era que en la carta de bebidas estaba la Guinness. Esa era la tercera parte del plan.

El retumbo de mis tacones se esfumó entre el ruido general del bar, y me senté en un taburete que disponía de vistas privilegiadas de la entrada. Pedí una copa de *rosé* para mí y una pinta de Guinness para él. Y esperé. Ahora que sabía que Daniel era el que estaba al otro lado de la línea, supe qué pedirle. Me lo había dicho semanas antes. No se había referido a esa noche en particular y había intentado hacerse pasar por otra persona, pero yo ya conocía sus gustos. Conocía sus rutinas. Lo conocía a él.

Todavía no estaba al cien por cien segura de quién era ni de cuánto de lo que me había contado era real, así que la Guinness era una prueba.

No tardó demasiado en presentarse; cuando solo había dado un par de sorbos a mi vino, entró por la puerta, y me quedé sin aliento. En el vestíbulo había estado tan ocupada analizando su expresión y buscando la verdad en sus ojos que no lo había visto bien.

Así que lo miré bien.

Estaba cansado. Y eso tenía sentido, claro, porque seguramente se había pasado la mayor parte del día al volante, y, dejando a un lado todo nuestro drama, era probable que su mente estuviese ya en el primer día de la feria. Estaba pálido, un tono blanquecino que se veía aún más níveo en contraste con el uniforme de camiseta y vaqueros negros que llevaba siempre, y en sus mejillas vi la sombra de una barba incipiente. Era muy diferente a su primo, la clase de chico que se pasaba mucho tiempo contando repeticiones en el gimnasio. En Daniel no había nada tan ostentoso, a excepción quizá de su pelo. Su cuerpo irradiaba una fuerza sutil y grácil, construida tras muchos años acarreando equipo y viviendo como un nómada. Sus brazos no presumían de músculos, pero estarían donde fueran necesarios. Era el tipo de hombre que me agarraría si me caía.

Cuanto más lo miraba, más recordaba todas las palabras que habíamos compartido a lo largo de los meses. Y más me gustaba.

Se había quitado la gorra de béisbol y la melena pelirroja le caía sobre la frente. Se apartó los mechones de los ojos, buscó un asiento libre en la barra y, como yo lo estaba observando, vi el momento en que reparó en mí. Lo saludé y, si bien esbozó una sonrisa con los labios, al aproximarse su expresión fue recelosa, y eliminó la distancia que nos separaba con unos pocos pasos de piernas largas. ¿Qué clase de recalibración estaba haciendo su cerebro? ¿Estaba repasando mentalmente todos nuestros correos para intentar construir una historia coherente? ¿Lo de que le encantaba la Guinness sería verdad?

Se sentó en el taburete a mi lado y agarró la cerveza con una mano.

—Te has acordado.

Solté un suspiro. Ese detalle, casi más que el móvil que sonaba en el vestíbulo, era toda la confirmación que necesitaba. Era él.

—La cerveza más negra que tengan en el bar más cercano. Era lo que te gustaba a ti, ¿no?

—Sí, a mí. —Levantó la jarra, bebió un trago y cerró los ojos con deleite—. Ay, es perfecta. —La dejó sobre la barra y se giró hacia mí. Ninguno de los dos dijo nada al principio; me devoró con la mirada como si fuese un aperitivo. Casi me había olvidado de lo translúcidos que eran sus ojos, como el mar más verde y claro del mundo—. Me alegro de verte —dijo al fin—. De verte de verdad. —Su voz era susurrada, reverente, y casi olvidé lo enfadada y traicionada que me había sentido toda esa semana. Porque a pesar de todo yo también me alegraba de verlo. Después de tantos meses con nada más que palabras en varias pantallas, su cercanía física era casi demasiado intensa.

Pero entonces recordé la triste sensación de que me mintiese. De que me engañase durante meses. Contentos de vernos o no, primero había que dejar claras las cosas. Ese era mi plan. Dejar claras las cosas y luego besarnos. Con suerte.

—Bueno. —Aparté la copa de vino—. Primero lo primero. ¿Has sido tú? ¿Desde el principio?

—Sí. —Respondió de inmediato, y se lo agradecí. No más mentiras—. Llevo la página de seguidores del grupo. El primer mensaje tuyo que entró... Creí que era para mí. Y por eso te contesté. No fue hasta que me mandaste otro cuando... cuando supe que pensabas que era Dex. —Parpadeó con fuerza y torció los labios, y mi reacción instintiva fue calmarlo. Ver a alguien afligido me ponía incómoda y nada me eliminaba esa incomodidad como decir y hacer todo lo posible para borrar esa aflicción. Pero me contuve. Era yo a la que habían engañado. ¿Acaso no estaba afligida también?

—Y ¿nunca se te ha ocurrido sacarme del error? —Solté un suspiro de frustración—. ¿En qué estabas pensando?

—En nada. —Se encogió de hombros, impotente—. No estaba pensando en nada.

—Ya. —Entorné los ojos y me crucé de brazos—. Vuelve a intentarlo, anda. Necesito una mejor respuesta que esa.

—No sé si te puedo dar otra. —Bebió un nuevo sorbo de la cerveza y clavó la mirada en las botellas por encima de la barra. No estaba evitando mis ojos. Estaba reflexionando—. Hablabas conmigo —dijo al fin, con la mirada puesta en otro punto—. Te fijabas en mí. Vale, sí, creías que era otra persona. Y sabía que debía decírtelo. Pero si te lo decía dejaríamos de escribirnos. Por eso no te lo aclaré.

—Pero me dijiste... Hace unas semanas, me dijiste que había cosas que necesitabas decirme, cosas que te daban miedo. Que necesitabas comentármelas en persona. Aquí estamos. —Moví una mano para abarcar el espacio que nos rodeaba—. En el mismo local. Respirando el mismo aire. ¿Qué necesitabas decirme?

Vi aparecer la punta de su lengua para lamerse una gota de cerveza del labio inferior. El calor me embargó en una oleada. Quise inclinarme hacia él. Quise mordisquearle el labio inferior. Me pregunté a qué sabría, a cerveza negra y a piel cálida. Pero no. Todavía no estábamos cerca en absoluto de mordisquearnos.

Un suspiro algo tembloroso escapó entre sus labios.

—Tienes razón. —Durante toda la conversación, había estado observando la barra o las botellas alineadas en los estantes superiores, casi cualquier lugar menos a mí. Pero en ese momento apartó la cerveza (nada de distracciones) y se volvió en el taburete para estar cara a cara conmigo—. Tienes razón —repitió—. Sí que te lo dije. Y la conversación que me daba miedo mantener es esta que estamos manteniendo ahora. Stacey, yo... —Se le quebró la voz y lanzó una mirada de reojo a la pinta, pero siguió ante mí—. Todavía me acuerdo del primer día que te vi en la feria. No recuerdo qué dijiste, pero sí recuerdo tu sonrisa, y eso me bastaba. Tú me bastabas. Pero yo soy..., en fin, soy yo. —De nuevo aquella extraña carcajada suya.

—¿Y qué pasa contigo? —pregunté con amabilidad. Un poco a la defensiva, incluso. A pesar de mi rabia, en mi pecho empezó a florecer un sentimiento protector hacia Daniel, y no quería que nadie dijese nada malo sobre él. Ni siquiera el propio Daniel.

—Nada —contestó enseguida—. Es decir, mi autoestima está bien y tal. Pero ponme al lado de mi primo, de cualquiera de mis primos, y no hay color.

Abrí la boca para protestar, pero la cerré. Vale, no le faltaba razón. Si los miembros de Duelo de Faldas parecían estrellas de fútbol americano, Daniel era el miembro friki del grupo. No era poco atractivo por su cuenta, pero no era el que te llamaba la atención de primeras junto a los demás.

—Y mi primo ganó el concurso, ¿verdad? —Hablaba con voz grave—. No sé cuánto tiempo habéis estado... Bueno, ¿«juntos» es la palabra adecuada?

Tuve que reírme al oírlo.

—No. En realidad, no lo es. —Sobre todo no ahora que sabía que Dex no había estado cerca de ningún ordenador ni de un móvil para escribir esos mensajes que yo había leído en mi cama debajo de las guirnaldas luminosas.

—Esperaba que no —dijo—. No por mí, sino... —Se aclaró la garganta y se removió en el taburete—. Te vi el verano pasado. Una noche, en este hotel, junto a la máquina de hielo.

—Sí. Yo también te vi a ti. —Me ardió la cara al recordar la vergüenza que sentí. El cubo de hielo se había congelado en mis manos, y mi instinto me había pedido esconderme detrás de una columna para que Daniel no me viese. Fue como si ya hubiera sabido por aquel entonces que Dex no era con quien quería estar y que era la buena opinión de Daniel la que valía la pena conservar. ¿Por qué no había escuchado a mi instinto? Aquella noche debería haber devuelto el cubo de hielo y haberme ido a casa.

El silencio se instaló entre ambos mientras bebíamos un poco.

—Supe que no iba a durar —añadió al final, y apenas lo oí por encima del estruendo del bar—. Me dijiste «Feliz Año Nuevo, Dex». —Negó con la cabeza—. Dex. Ya habíamos hablado tanto, habíamos compartido tantas cosas, que me permití olvidar que creías estar hablando con él y no conmigo. No supe qué decir.

—Podrías haber empezado así: «Por cierto, no soy Dex». Habría sido un buen comienzo.

—¿Sí? —Levantó las cejas—. Y ¿cómo habría seguido esa conversación, en la que los dos estábamos un poco achispados en Año Nuevo?

Seguía enfadada, pero tuve que admitir que su argumento era lógico.

—Hubo muchísimas oportunidades sobrias para aclarármelo. Deberías habérmelo dicho.

—Ya lo sé. —Echó la cabeza hacia atrás para apurar la cerveza, y luego apartó el vaso—. Debería haber hecho muchas cosas. Si te sirve de consuelo, Stacey, lo siento. No era mi intención hacerte daño. —Se acercó, tendió el brazo hacia mí, pero vio algo en mis ojos que detuvo su gesto.

—No. —Levanté las manos. Ya era todo lo bastante confuso. Si me tocaba, la situación no haría sino empeorar. Me había hecho daño, pero
también era la persona que yo quería que me consolara—. Confié en ti.
—Se me llenaron los ojos de lágrimas, pero pestañeé deprisa para conte-
nerlas. No iban a formar parte de esa conversación—. Te conté cosas que...
—Me mordí con fuerza el labio inferior—. ¿Tienes idea de cuánto signifi-
cas para mí? ¿De cuánto significa tener a alguien con quien hablar? Con
quien hablar de verdad, para variar. Eras... —Tragué con dificultad. Esas
malditas lágrimas no se marchaban, y me pusieron más furiosa aún. Y
eso me hacía acumular más lágrimas. Menuda mierda.

—Ya lo sé —dijo de nuevo, con ojos apenados—. Ojalá pudiese arre-
glarlo.

Negué con la cabeza. La mayor parte de mi rabia se había consumido
con mis lágrimas y me había dejado frustrada y bastante triste.

—Ojalá pudieses, sí.

—Ya. —Pensé que iba a decir algo más, pero se levantó, y su taburete
se arrastró con un chirrido. Se sacó la cartera del bolsillo trasero y dejó un
par de billetes en la barra delante de nosotros, y luego puso el vaso vacío
encima—. Lo siento mucho —repitió. Pero sus ojos no lo sentían. Volvían
a comerme de arriba abajo, y esa vez yo era el plato principal y el postre
en uno. Me repasaba de punta a punta como si supiese que no volvería a
tener ocasión de hacerlo, y no me gustó cómo me hizo sentir eso.

Antes de que pudiese decirle nada, se marchó abriéndose paso entre
la multitud que se había acumulado ese viernes por la noche en el bar
mientras hablábamos. Y fue entonces cuando la expresión de sus ojos
tuvo sentido. No solo lo había lamentado. Me había dicho adiós.

Joder.

Al principio me quedé mirando el vacío que había dejado tras de sí.
La jarra de cerveza, mi copa de vino casi llena, el dinero para pagar las dos
bebidas. Habíamos aclarado las cosas, pero esa noche no nos besaríamos.
Quizá nunca.

Qué mal me había salido el plan.

TRECE

La feria medieval de Willow Creek había formado parte de mí —y yo de ella— durante una década ya, y desde el principio el primer día de la feria era mágico. Era la noche de estreno de una obra, el primer día de clase y el inicio de las mejores vacaciones de verano, todo al mismo tiempo. El bosque estaba listo. Los artistas estaban en el pueblo y los vendedores estaban preparados con productos preciosísimos. Y, aunque todos los años aparecían nuevas caras en el elenco, por lo general la mayoría de los artistas y vendedores eran los mismos, así que era una especie de reunión de rostros familiares.

Sin embargo, ese primer día me levanté sin la misma sensación de alegría que experimentaba siempre. Intenté dejar a un lado la frustración y me recordé que la feria era el lugar donde era más feliz. Donde me lo pasaba mejor. Pero ¿seguiría siéndolo sabiendo que Daniel también estaría por allí? ¿Íbamos a comenzar cuatro semanas de evitarnos mutuamente? La feria no era tan grande.

El sol acababa de salir entre los árboles cuando aparqué el coche en el terreno de hierba detrás de la feria. No bajé de inmediato, sino que me limité a observar cómo la luz de buena mañana atravesaba el bosque. La noche anterior había pensado un par de veces en mandarle un mensaje de texto a Daniel, y por lo menos tres veces esa misma mañana, pero no se me había ocurrido qué decirle. Él tampoco me había escrito.

—Ay, ya basta —me reprendí al final. Me guardé el móvil en la guantera. No iba a necesitarlo durante un buen rato. Me había puesto casi todo el disfraz en casa: la camisola y la falda exterior del vestido de tabernera, además de mis botas nuevas; lo único que me quedaba hacer era embutirme en el corsé, peinarme el pelo hacia atrás y ponerme el colgante. Esa mañana, al dirigirme hacia el Vacío para terminar de prepararme, pasé por delante del puesto de los objetos de cuero y la vendedora me saludó.

—¿Qué tal te va la mochila?

—Ay, ¡es maravillosa! —Me encantó que se acordara de que el verano anterior me la había vendido. Había sido una compra impulsiva para intentar mitigar la tristeza del final de la temporada, pero se había convertido en uno de mis recuerdos preferidos. Siempre que la miraba y la usaba recordaba esos árboles y cómo me sentía durante esas semanas. Recordaba que era mi época favorita del año, todos los años.

Pero esa vez… La presencia de Daniel acechaba por los rincones, como unas nubes de tormenta que esperan el momento de cubrir el sol de verano. Lo único que quería yo era arreglar las cosas entre ambos y quizá avanzar un poco, pero él… tan solo se había alejado. La noche anterior, al llegar a casa, había empezado a escribir tres mensajes para Emily acerca de lo sucedido, pero terminé borrándolos todos. La vería esa mañana, y hablar era mejor que escribir cuando había que tratar asuntos como ese.

Rodeada de mis compañeros de la organización, me levanté el pelo y me até un pañuelo por encima para que pareciese un peinado muy improvisado. Luego me aflojé los nudos del corsé al máximo y fui en busca de Emily. En cuanto me atara del todo, mi transformación en Beatrice, la tabernera del siglo diecisiete, se habría completado. Echaba de menos a Beatrice y me apetecía muchísimo volver a verla.

Em llegó cinco minutos tarde, lo cual para ella significaba ser puntual. Se me escapaba cómo era capaz de ser tardona viviendo con un prometido que era tan rígido, pero en fin. También era posible que a esas alturas Simon se hubiese quedado a dormir en el bosque de la feria… Estaba muy atado a ese lugar. La idea del estirado Simon viviendo en una tienda de campaña era tan ridícula que la sonrisa seguía en mi cara cuando

Emily dio conmigo. Pero al verla dejé de sonreír. Había buscado su vestido azul y blanco de tabernera, pero me la encontré con una falda interior de color burdeos y un vestido negro. El corsé que se había ceñido alrededor del torso lucía el mismo tono carmesí que la falda. Se había agenciado un nuevo disfraz, mientras que yo llevaba el mismo de siempre.

¿Por qué todo el mundo era capaz de cambiar y yo me quedaba igual?

Pero antes de que pudiese preguntarle sobre su nuevo vestido, corrió hacia mí y me agarró las manos.

—¿Hablaste con él? ¿Cómo fue?

Parpadeé en tanto mi cerebro cambiaba de tema.

—¿Con Daniel? Ah, sí. —Crucé los brazos por encima del pecho—. Hablé con él anoche cuando llegó al pueblo. —Mi plano tono de voz se encargó por sí mismo de informarle de cómo había ido esa conversación.

—Vaaaya. —Sus cejas treparon por su frente al alargar la primera vocal—. O sea que ¿ha sido Daniel el que te ha escrito desde el principio? —Asentí rápidamente, y su expresión esperanzada se esfumó a toda prisa—. Entiendo que la cosa no fue bien, ¿no?

—No. Para nada. —La puse al corriente de lo que había sucedido la noche anterior. Le conté que había abrigado la esperanza de que, después de que Daniel y yo hablásemos, empezaríamos de cero. Una nueva oportunidad. Pero su respuesta había sido una disculpa y una puerta cerrada. Un final—. Pero no pasa nada —dije después de referírselo todo. Intenté acompañar mis palabras con un encogimiento de impotencia a lo «Son cosas que pasan» y con mi sonrisa habitual, pero ni lo uno ni lo otro encajó del todo.

Y Emily no se lo creyó ni durante medio segundo.

—Pero lleva meses escribiéndote. Meses. Y habéis empezado a conoceros mejor que nadie, ¿no? Y ¿en cuanto te enfrentas a él con la verdad se limita a levantar los brazos en plan: «Ostras, me has pillado»? ¿Y ya está?

—Bueno... —Dicho así...

—Pensaba que lucharía por ti. Por lo menos un poco. —Negó con la cabeza—. Qué decepción.

—Me imagino que no querría. —Una sensación de pérdida me atravesó, una sensación muy extraña. ¿Cómo iba a perder algo que nunca había sido mío? Pero a pesar de todo no quería creer que aquel fuera el final. Que después de todos esos meses lo que teníamos Daniel y yo había llegado a su fin, como si nunca hubiese ocurrido. Eso tampoco terminaba de encajar.

Mi encogimiento de hombros y mi sonrisa resultaron un poco más convincentes esta vez. Había llegado el momento de cambiar de tema.

—En fin. Tengo dos preguntas para ti.

—Venga, dispara. —Me dio la espalda—. ¿Me abrochas?

—En primer lugar, ¿de dónde has sacado este disfraz? —Empecé por la parte superior hasta llegar a la mitad del corsé. Até las cintas hasta que el corsé quedó totalmente cerrado por la espalda y el vestido de debajo se vio totalmente cubierto por el exterior.

—Hace un par de semanas o así. —Me lanzó una mirada interrogativa hacia atrás—. Te envié el enlace, ¿recuerdas?

—A ver, sí, pero no sabía que lo habías comprado de verdad. —Até los lazos de la parte inferior del corsé y me incorporé hasta llegar a la mitad y abrocharlo del todo—. Vale, la segunda pregunta: ¿Simon lo ha aprobado?

—¿Crees que le he dejado opción? —Sonrió y se giró, y algo en mi expresión la hizo titubear ligeramente—. Perdona. Pensaba que sabías que iba a comprar un nuevo disfraz. Creía que tú también.

Me encogí de hombros cuando empezó a recogerse el vestido negro en la cintura como le había enseñado a hacer durante nuestro primer año de feria juntas, para que la falda de un rojo intenso se dejase ver.

—No pasa nada —dije—. He estado un pelín ocupada últimamente. —Por decirlo de alguna forma.

—¿Qué te parece? —Al dar una vuelta con su nuevo vestido, mostraba cierta inseguridad en el rostro, lo cual era comprensible. Era un adiós a su disfraz de simple tabernera, estaba claro. El corsé era más ceñido, los colores eran más atrevidos.

Pero estaba guapísima. Le sonreí.

—Creo que pareces la novia de un pirata, así que te queda genial.

—Ese era el plan. Deberías haber visto su cara cuando me llegó el vestido por correo.

—Le vas a provocar al pobre un ataque al corazón antes de que cumpla los treinta. —Me recoloqué el corsé aflojado por encima del pecho y me lo até por delante antes de darme la vuelta y que Emily terminara de abrocharlo por detrás.

—Nah, está bien. —Tiró de los cordeles y el aire desapareció de mi cuerpo. No solo porque me hubiese atado el corsé, sino porque divisé a Daniel por el camino. Estaba igual que siempre, igual como lo había visto yo todos los veranos: llevaba vaqueros negros, camiseta negra y el cabello pelirrojo oculto debajo de la gorra de béisbol negra. Con una mano sostenía un vaso para llevar de café con hielo, un líquido pálido por la gran cantidad de leche.

En un abrir y cerrar de ojos, regresé al horrible día de comienzos de año cuando a mi madre la habían ingresado en el hospital y yo había pasado muchísimo miedo. Él me distrajo y empezó con una foto de su café, el mismo tipo que llevaba ahora. Ese era Daniel. No un peligroso impostor que buscase aprovecharse de mí. Era el chico que me había acompañado durante un día aterrador enviándome absurdos memes para hacerme reír cuando me encontraba en un mal momento. Se preocupó por mí como nadie se había preocupado en mucho tiempo. Daniel...

Estaba hablando con Simon, cuyo rostro echaba chispas.

—Ay, mierda. —Pronuncié las palabras de corrido.

—¿He apretado demasiado? —Emily se quedó paralizada tras de mí con las cintas de mi corsé todavía en las manos—. Lo siento, me ha parecido que iba así, pero dame un segundo y te lo aflojo...

—No. —Me llevé las manos a la cintura para recorrer la curva que causaba en mí ese vestido. Llevar esa ropa y cambiar la forma de mi cuerpo me ayudaba en gran medida a ponerme en la piel de otra persona—. No, vas bien, abróchalo sin miedo.

—¿Seguro? —Pero Emily ató las cintas con un nudo firme que duraría todo el día—. Entonces, ¿por qué has dicho «ay, mierda»...? —Su voz se fue apagando cuando su mirada siguió la mía. Daniel y Simon estaban inmersos en una conversación, Daniel gesticulando mientras Simon terminaba de abotonarse el chaleco y empezaba a ajustarse los puños de su camisa de pirata—. Ay —dijo Emily—. Mierda.

—Exacto. —Miré hacia atrás para asegurarme de que Emily había terminado con mi corsé antes de alejarme de ella—. ¿Sabes de qué están hablando?

—Me voy a casar con él, pero sigo sin poder leerle la mente. —Se encogió de hombros—. Aunque estaba muy enfadado por lo triste que te vio el finde pasado. ¿Deberíamos salvarlo de Simon o dejar que se apañe por su cuenta?

Me inclinaba más por lo segundo y abrí la boca para decírselo, pero mi personalidad de mejor persona se impuso.

—Vamos a salvarlo.

Solo habíamos avanzado unos cuantos pasos cuando me detuve por completo y tiré de Emily para que hiciera lo propio.

—Pero ¿qué...? —Se giró hacia mí.

—Lo he pensado mejor. No vayamos. —Porque Dex se había unido a los dos, y pensé que mi corazón saldría disparado de mi pecho. Un corsé apretado, sumado al chico con el que me había acostado los dos veranos anteriores, sumado al chico que había ligado conmigo por mensajes mientras fingía ser otra persona... De repente, no podía respirar. No podía hablar.

Ni siquiera se me había ocurrido hasta ese momento que, ahora que ya había aclarado las cosas con Daniel, también iba a tener que hacerlo con Dex. Llevaba un par de veranos siendo su tabernera con derecho a roce. ¿Pensaría él que en breve me lanzaría sobre su cama del hotel de nuevo? ¿Lo esperaría con ganas? ¿O dos veranos eran su tope? Dios. No me apetecía tener nada que ver con alguien que se apellidase MacLean. En ese momento no. Todavía no. Quizá nunca.

Por lo tanto, como una cobarde di media vuelta, me subí las faldas y eché a correr con Emily pisándome los talones. Era oficial. Mi emoción por el primer día de feria se había sustituido por una ansiedad que se había instalado en mis entrañas. Y eso me ponía furiosa. Todo el año había esperado con ganas ese día, esas cuatro semanas, y un chico lo había mandado todo a la mierda.

Bueno, pues que se fuese él a la mierda también. No pensaba permitir que Daniel MacLean me arrebatara la feria. Necesitaba alejarme lo suficiente de él como para pensar.

Una vez más, Emily se ganó el estatus de mejor amiga acompañándome en mi carrera colina arriba para huir del Vacío y me alcanzó cuando me detuve en la cima para apoyarme en un árbol con tal de recuperar el aliento.

—Ey. Vamos. —Me puso las manos en los hombros y me hizo mirarla a la cara—. No pienses en eso ahora mismo. Que Stacey se ocupe de eso luego. Ahora mismo no eres Stacey.

—No lo soy. —Mi voz era una suave brisa (todavía me estaba acostumbrando a llevar nuevamente el corsé) y mis palabras casi formaron una pregunta.

—Por supuesto que no. Mira a tu alrededor. Aquí no hay correo electrónico, no hay mensajes de texto. No hay chicos que te mienten sobre su identidad. Ha llegado el momento de ser Beatrice.

Dejé que sus palabras se asentaran en mi cerebro y, cuando me tranquilicé bastante, tomé su consejo. Miré a mi alrededor, hacia la luz del sol que se filtraba entre los árboles. Hacia los vendedores apostados a ambos lados de la calle polvorienta bajo nuestros pies. Hacia las banderolas multicolores que ondeaban junto a las copas de los árboles. Me concentré en los débiles ruidos de la feria medieval, que despertaba ese día. En un santiamén, una parte de la ansiedad se disipó y sentí los hombros más livianos.

—Llevas razón, Emma. Por supuesto. —Adopté tanto el acento de Beatrice como el nombre de la feria de Emily con la misma facilidad con que me pondría un par de calcetines cómodos y mullidos. Le di un golpecito en el hombro con el mío y un apretón de agradecimiento con la mano—. Nos aguardan en la taberna. Deberíamos ir hacia allí.

El camino hacia nuestra taberna se parecía al trayecto de vuelta a casa. Nos esperaban nuestros voluntarios, que ya casi habían hecho todos los preparativos para el día. Emily y yo nos unimos a ellos, pusimos las botellas de vino en cubiteras y nos aseguramos de que las neveras estaban bien surtidas de cerveza. Pero Emily enseguida se colocó las manos en las caderas y frunció el ceño.

—Las mesas no están bien... —masculló entre dientes. Esa su tercer verano allí y su tercer verano con la misma obsesión: encontrar la correcta disposición de mesas, taburetes y bancos que fuese lo más acogedora posible y que convenciese a los visitantes para que se quedaran allí un rato y pidieran una segunda bebida. Se trataba de vender refrigerios, que nos hacían recaudar más dinero.

—Em, están bien. —Jamie, uno de nuestros voluntarios veteranos, se había acostumbrado a que Emily intentase cambiarlo todo de sitio, aunque llevaba con nosotros casi tanto como yo y seguramente sabía gestionar la taberna mejor que todos los demás juntos. Pero toleraba las ideas de mi amiga con paciencia de santo. Porque ¿qué daño haría que Emily quisiese mover unas cuantas mesas? Iba a casarse al cabo de una semana. Era probable que tuviera algo de energía nerviosa que quemar.

Y ¿qué mejor lugar para quemar energía que al aire libre, bajo los árboles y bajo el sol de verano en una feria medieval? Allí había suficientes cosas que hacer como para mantenernos distraídas. Nos uníamos a los voluntarios para servir cerveza y vino. Coqueteábamos con visitantes e interpretábamos como una victoria cuando conseguíamos provocar un sonrojo. Recorríamos las calles polvorientas juntas, deteniéndonos para asistir a espectáculos y aplaudir con ganas para atraer a gente hacia los números que estaban a punto de comenzar. El verano anterior, Emily y yo habíamos pasado de ser unas estrictas taberneras —camareras con pretensiones y vestidos incómodos— a dar color a la ambientación. Y dar color era divertido, mientras que ser una camarera extenuada no lo era.

Después de detenernos más de un par de veces en la partida de ajedrez humano, el dominio de Simon, para que Emily pudiese visitar a su prometido, avanzamos en un amplio arco hacia el escenario Marlowe, donde se preparaba el grupo Duelo de Faldas. De hecho, Emily lanzó una mirada de reojo en dirección al escenario, y a mí de pronto me interesaron muchísimo los árboles al otro lado de la calle. No me apetecía ver actuar a Duelo de Faldas. No me apetecía ver a Dex y, claramente, tampoco me apetecía ver a Daniel.

Pero al universo le trajo sin cuidado. Ese mismo día, más tarde, mientras me dirigía hacia el escenario principal para cantar el primer coro del bar del año, casi me choqué con Daniel, que venía en dirección contraria para alejarse del coro del bar.

Nos quedamos mirándonos mutuamente durante un par de segundos, un tanto inquietos.

—Perdona... —empecé a decir.

—No, perdona tú —dijo—. Sé que te gusta el coro del bar, así que iba a... —Señaló con el pulgar hacia atrás, donde se veían las banderolas de la puerta principal.

—Ibas a saltarte el coro del bar. —Asentí—. Para evitarme a mí.

—Para evitarte a ti no. Para darte espacio. —Se metió las manos en los bolsillos delanteros de los vaqueros y encorvó los hombros como si intentase parecer más bajito y ocupar menos espacio—. Perdona —repitió.

Yo quería soltar un enorme suspiro, pero seguía atrapada en el corsé, y en esa época del año los suspiros eran algo que ocurría fuera de la feria. ¿Así era como iba a ser? No podría pasarme cuatro semanas nerviosa con la esperanza de evitar a Daniel.

—Ven conmigo. —Lo agarré del brazo y tiré de él hacia el lugar del que venía yo, por el camino y en dirección opuesta a la de todo el mundo. En ese lado de la feria ya no iba a haber más espectáculos y el día ya casi había terminado, así que solo había un pequeño reguero de visitantes a nuestro alrededor.

Me siguió sin quejarse, y me agaché para entrar en una especie de claro rodeado por un grupo de árboles jóvenes. Lo oí respirar hondo cuando me giré para mirarlo a la cara.

—Escucha...

Pero no pensaba dejarlo hablar. Me tocaba a mí.

—No, escúchame tú. —Le apreté el brazo con fuerza, y no hizo amago de querer liberarse. Arqueó las cejas en un gesto interrogante y a mí me costó formar las frases. Cómo se atrevía a mirarme con tanta franqueza después de todo lo que ya sabía de él. Cómo se atrevían sus ojos a ser tan acogedores. Cómo me atrevía yo a perdonárselo absolutamente todo y a empezar de cero con él—. Dime una cosa —añadí al fin mientras me acercaba a él como si quisiera contarle un secreto. Al cuerno con el espacio personal. Eso no tenía ninguna importancia en ese momento.

—Lo que quieras. —Se removió hacia delante y se me aproximó más aún. Tan cerca, vi una galaxia de pecas sobre su nariz, y esperé de corazón que se pusiese suficiente crema solar. Pero me obligué a no perder el hilo.

—¿Por qué lo hiciste? ¿Por qué me mentiste sobre tu identidad?

—Estabas contenta —contestó sin más. Por lo visto, esperaba esa pregunta—. Y quería que siguieras estándolo. —Se encogió de hombros con expresión impotente—. Sabía que en realidad no querías estar conmigo, pero si conseguía seguir hablando contigo y poniéndote contenta... —Dejó de hablar con otro encogimiento de hombros.

Mierda. Era una respuesta muy buena. Obligué a mi cerebro a concentrarse en la cuestión que nos atañía.

—¿Era...? —Me aclaré la garganta. Me costaba hablar con esos ojos suyos mirándome tan verdes—. ¿Fue la única mentira? ¿O todo fue...? —No pude terminar la frase. La idea de que todo lo que me había contado fuera falso era demasiado abrumante. Lo intenté de nuevo—. ¿Fue algo real? Las palabras, quiero decir. ¿Dex te pidió que lo dijeras o...?

—No. —Su mirada se endureció, formada por esquilas de cristal en lugar de llamas verdes—. Dex no tuvo nada que ver con lo que te escribí. Yo... Stacey...

—Anastasia —lo corregí. Una sonrisa bailó en las comisuras de su boca.

—Anastasia. —Mi nombre completo era un aliento suave y sumamente delicioso cuando lo pronunciaba en voz alta—. Todo lo que te dije, todos los

correos y mensajes... Todo eso salía de mí. Te lo prometo. Sé que fue...
—Tragó saliva, y procuré no observar el movimiento de su cuello con interés—. Sé que fue una mentira muy gorda, pero te juro que fue la única.

—¿Me lo juras? —pregunté, y asintió—. ¿No más mentiras? —Busqué sus ojos y en ellos no vi más que sinceridad.

—No más mentiras —repitió—. Te lo prometo. Si pudiese retirarlo todo, lo haría, créeme. Encontraría una forma de arreglar las cosas.

—No —dije. A pesar de los últimos días, no quería que retirásemos nuestras palabras. Ni el modo en que me habían hecho sentir. Ni el día espantoso que él me había ayudado a superar.

Además, cuando le había recordado que mi nombre era Anastasia ya había decidido perdonarlo, ¿no?

Después de volver a mirarlo a los ojos, asentí lentamente.

—Vale. —Todo el aire huyó de mi cuerpo con esa sola palabra, y con él se fueron la tensión y las dudas que había sentido.

—Vale... ¿Qué es lo que vale? —Me miraba precavido, como si no se atreviese a albergar esperanzas.

—Quizá podríamos..., no sé. ¿Empezar de cero o algo?

—¿Sí? —Sus cejas se alzaron y una sonrisa verdadera floreció en su cara y le arrugó las comisuras de los ojos—. Creo que me gustaría empezar de cero.

—A mí también. —Mi aliento se quedó atrapado en mis pulmones de una forma que nada tenía que ver con mi corsé cuando su mano se dirigió hacia mi cara y me recorrió la mejilla con la punta de los dedos. Su caricia fue mejor de lo que habría podido imaginar. Extendí un brazo para apoyarle una mano en el hombro, caliente bajo su camiseta. Daniel jadeó y me puso una mano en la barbilla para levantar mi cara hacia la suya.

—Anastasia. —Hablaba con susurros, reverenciando mi nombre—. Me gustaría mucho, muchísimo, besarte. ¿Sería...? —Tragó saliva y se inclinó una pizca—. ¿Sería...?

—Vale. —Me puse de puntillas con una sonrisa.

—Vale. —La palabra fue dicha contra mis labios cuando posó los suyos en los míos; era un beso que llevaba meses fraguándose.

Fue un ligero roce de labios y un áspero roce de barba incipiente. Terminó casi antes de empezar, y me erguí más sobre los dedos de los pies para que no apartara la boca de donde a mí me apetecía tenerla.

Daniel había dejado claro desde el inicio que no se parecía en nada a Dex. Si Dex me hubiese besado al aire libre en la feria de esa manera... Bueno, en primer lugar, él nunca me habría besado así en público. Lo más cerca que habíamos estado de mostrar afecto en público había sido a las puertas de su habitación del hotel, y entramos en su habitación y nos estampamos contra la pared al cabo de treinta segundos. Con él todo había sido oscuro y rápido y sucio, y en esa época una parte de mí respondía a eso.

Pero Daniel era diferente. No era oscuro ni sucio. Sus besos eran dulces, con los labios cerrados, y muy consciente de que estábamos al aire libre. Si alguien hubiese pasado junto a nosotros o nos hubiese mirado por segunda vez, él se habría apartado de mí de inmediato. Pero nadie se presentó por allí y, al cabo de unos cuantos instantes de besos suaves y exploratorios que me hicieron arquear los dedos de los pies dentro de las botas, se separó lo suficiente como para rozarme la mejilla con los labios.

—¿Por qué no te pasas luego por mi habitación cuando hayas acabado?

—Ah. —Se me cayó el alma a los pies, y la promesa que había atisbado en esos labios enseguida se disolvió como un terrón de azúcar bajo la lluvia. Pues claro. Ahí estaba lo oscuro y sucio. Daniel sabía el arreglo que había tenido con Dex los dos veranos anteriores, y ahora quería que le tocara el turno a él. No me gustó cómo me hizo sentir. Como una cualquiera. Como si un primo me lanzara a los brazos de otro. No, no me gustó nada esa sensación.

Debí de mostrarlo en la cara, porque Daniel abrió los ojos como platos y lo vi avergonzado.

—Stacey. —Volvió a acercarse a mí y me puso una mano en el codo. Era una caricia reconfortante, aunque yo no quería que lo fuese. Debería haber querido apartarme de él, no hundirme en sus brazos—. No soy mi primo. —Volvió a agarrarme por la barbilla y se inclinó para clavar los ojos en los míos—. Mírame. Necesito que lo comprendas.

—Lo comprendo —dije, pero no me convencí ni a mí misma.

—No —protestó—, no lo entiendes. Pero ya lo entenderás. Ven esta noche, por favor. Habitación 212. ¿Vale?

No me apetecía ser una fulana cualquiera para Daniel, pero me acababa de dar los besos más suaves de mi vida, que merecían una oportunidad. Y por eso al final asentí.

—Habitación 212. Vale.

CATORCE

Estuve a punto de persuadirme para no ir.

Después de la feria, me fui a casa y me di una ducha larga y caliente. Me sequé el pelo y jugué con Benedick durante unos minutos. Me puse un vestido muy bonito. Me lo quité y me puse pantalones de yoga y una camiseta de manga corta. Me maquillé. Me desmaquillé. Estaba perdiendo el tiempo.

Mi móvil guardaba silencio, algo a lo que en esa época no estaba acostumbrada. Ya estaba habituada a recibir los mensajes nocturnos de Dex... No, de Daniel. La noche anterior, al volver a casa del bar, había cambiado el nombre de Dex de mi móvil y había puesto el de Daniel, pero seguía reordenando mis pensamientos en lo que se refería a aquel embrollo. Sin embargo, no me mandó ningún mensaje. No me preguntó si iba a ir o si no. Me estaba dando espacio, como me había dicho esa misma tarde.

Pero yo no estaba segura de si quería ese espacio. No estaba segura de qué quería con él. Al echar un vistazo al móvil por cuarta vez desde que había regresado a casa, me di cuenta de que lo echaba de menos. Me apetecía saber de él. Y Daniel estaba esperando, con más paciencia de la que yo podría haber imaginado, a que me decidiera a apresar lo que habíamos tenido por internet y trasladarlo a la vida real.

Le di un beso a Benedick en la cabeza, lo dejé en el sofá y agarré las llaves. Ya me había entretenido demasiado rato.

Tardé poco en llegar al hotel en coche, y antes de que pudiese pensarlo en firme ya estaba llamando a la puerta de su habitación. La expresión aliviada y casi feliz de Daniel al abrirme la puerta me confirmó que había tomado la decisión correcta. No quería un lío sin más. Me quería a mí.

—¡Has venido! —Me sujetó la mano y me guio al interior de la habitación. La sorpresa que detecté en su voz casi me entristeció; obviamente, él no daba por sentado que yo fuera a presentarme. Dex nunca había pensado que no me presentaría. O tal vez no le había dado ninguna importancia.

—Pues claro que he venido. —No tenía por qué contarle cuánto tiempo había dudado en casa. Que dedujese que yo siempre tardaba mucho tiempo en darme una ducha, arreglarme y maquillarme.

Se inclinó para darme un beso en la mejilla y rozarme la piel con los labios, pero yo giré la cabeza y me adueñé de su boca con la mía para convertir el gesto en un beso de verdad. Lo aceptó con un suspiro, y su mano me apretó la mía durante medio segundo antes de soltarme y ponérmela sobre la cintura. Dejé que me atrajera hacia él y me agradó comprobar lo bien que encajábamos a pesar de nuestra diferencia de altura. Se me emocionó el corazón, y de pronto ya no recordaba por qué había estado tan insegura sobre nosotros. De acuerdo, íbamos a tener que acostumbrarnos el uno al otro, pero Daniel y yo teníamos mucho más en común que Dex y yo. Aunque Daniel pretendiese acostarse sin más conmigo igual que Dex, un mes con ese chico sería mucho mejor que cualquier relación que hubiese tenido en los últimos tiempos. ¿Qué había de malo en eso?

Además, su boca era cálida sobre la mía, sus labios suaves. Nunca me habían dado un beso tan cómodo, y me apetecía quedarme a vivir allí para siempre. Pero me rugieron las tripas y me separé con una carcajada de incomodidad mientras me llevaba una mano a la barriga.

—Perdona, me he olvidado de... —Me detuve al darme cuenta de que en su habitación olía delicioso. Por primera vez, miré tras él. El televisor estaba encendido con el volumen silenciado y la mesa junto a la ventana estaba cubierta de envases de comida china para llevar.

—¿Te has olvidado de cenar? Genial. —Asintió hacia la mesa.

Me acerqué al bufé que había preparado. *Lo mein*, algo frito con una salsa agridulce de un fuerte color rojo, una bandeja llena de rollitos de primavera, otra con *dumplings* y carne con pimienta que nadaba en una salsa marrón.

—A ver, tengo hambre, pero no sé si podré comerme todo esto.

—Me impresionarías una barbaridad si te lo comieses todo. Pero no te preocupes. Sé de unos chicos al final del pasillo que se lo terminarán en un abrir y cerrar de ojos.

—¿Sí? —Levanté las cejas—. ¿Tenemos compañía?

—No. —Sus manos se colocaron de nuevo en mi cintura, una breve demostración posesiva que no me importó lo más mínimo—. Se acabarán las sobras mañana por la mañana. Para eso está la mininevera.

—Un desayuno de campeones. —Lo miré, y el sentido del humor que bailaba en sus ojos emulaba mi sonrisa.

—Exacto —dijo—. Y no tienen remilgos. Venga, va, comamos algo. Cuando has llegado, estaban a punto de remodelar el cuarto de baño. —Asintió hacia la televisión.

—¿Cómo? —Mi mirada voló hacia el televisor silenciado, que daba uno de esos programas tan parecidos sobre gente que hacía reformas en casa—. Dios, me encantan esos programas.

—Me acuerdo. —Daniel asintió.

—¿Te... acuerdas? —Fruncí el ceño. Había sonado muy seguro, como si fuese algo que hiciésemos tantas veces que se había vuelto una rutina conocida. Pedir comida china para llevar y...

Y entonces se encendió el recuerdo, y una lenta sonrisa se abrió paso por mi cara.

—Te acuerdas. —Había sido un correo electrónico sin importancia de una noche, tan tarde que había olvidado lo que había escrito hasta que me contestó. En él le había confesado algunos de los placeres que disfrutaba a solas. Pedir comida china para llevar y ver programas de reformas en la tele. Le dije que *lo mein* iba genial con la alegría que sentía una ante las desgracias de los demás.

—Pues claro que me acuerdo —dijo—. Me acuerdo de todo. —Se encogió de hombros—. Pero no fuiste concreta con la clase de comida china que te gusta.

—Así que lo has pedido todo.

—Más o menos —se rio.

Esa noche no fue en absoluto lo que me imaginaba, y no me podría haber llevado una sorpresa más agradable. Cuando había acudido al hotel para pasar la noche con Dex, habíamos hablado muy poco. Hubo mucho sexo acrobático, vale, pero poca conversación real. En ese momento, Daniel y yo estábamos apoyados sobre los codos en los cojines de la cama, con las piernas tumbadas, pasándonos los platos de comida, hurgando en el *lo mein* y en los *dumplings* con los palillos mientras criticábamos a la pareja de la televisión, que tenía más dinero que sentido común.

—¿En serio? —chillé—. ¿Tenéis un cuarto de millón de dólares para renovar una casa de Philadelphia y esa es la mierda de azulejos baratos que escogéis para el baño?

—De alguna forma tendrán que compensar el dinero que se han gastado con el parqué. —Daniel mordió un rollito de primavera.

—Podrían haber restaurado el original por la mitad de dinero, así de fácil. —Chasqueé con la lengua y negué con la cabeza.

—¿Ah, sí? —Me dio un golpe en el hombro con el suyo—. ¿Tú restauras muchos suelos o qué?

—Veo mucha televisión en la que la gente restaura un montón de suelos. Creo que eso me convierte en una experta.

—De acuerdo. —Se quedó reflexionando—. Te lo acepto.

Sorbí un bocado más de fideos mientras la pareja de la pantalla discutía sobre el color de los azulejos de la ducha. Su matrimonio no iba a superar la reforma de esa casa.

—Me pregunto cómo será —dije al fin.

—Creo que el verde habría quedado mejor, pero yo no me partiría los cuernos con eso.

—No... —Le pasé el envase del *lo mein*—. Me refiero a tener tanto espacio como ellos. Mi casa cabe en su cocina, ¿sabes? Siempre que veo esos programas me pregunto cómo sería vivir la vida de esa gente. Una vida en la que tienes espacios enormes y el dinero para hacer exactamente lo que te dé la gana.

En el televisor, el programa pasó a una pareja todavía más rica y con aún menos sentido común que intentaba decidir qué isla privada querían comprar.

—No sé —añadí—. Me parece mucho trabajo. Mucha responsabilidad.

—¿La isla? Seguro.

—Todo. —Me encogí de hombros.

—Mmm. —Daniel se tumbó de lado y dejó el envase vacío de *lo mein* en la mesita de noche—. Ni idea —confesó al fin—. A ver, nosotros tenemos la autocaravana, pero nos la rotamos cada dos noches, así que no es que sea mía del todo. El espacio más grande que he tenido y que ha sido todo mío es mi camioneta. Es agradable y tal, pero está decorada mayormente con los envoltorios de la comida rápida del mes pasado.

Me reí al oírlo, pero lo miré pensativa mientras me terminaba el último *dumpling*.

—Sí, parece que no eres de esos que echan raíces en un sitio, ¿eh?

—La verdad es que no. —Se recostó sobre los cojines, y vi el destello de la pantalla del televisor en sus ojos—. Vamos a estar aquí un mes, y es probable que sea lo más cerca que estaré hoy por hoy de echar raíces.

Claro. Solo se quedaría en el pueblo durante cuatro semanas, mientras el grupo actuase en la feria. Pero ese mes que se extendía ante nosotros parecía una autopista desierta, larga y sinuosa. Muchísimo tiempo. ¿Por qué había que pensar en eso? Se trataba del futuro. En el presente, Daniel estaba ahí, y eso era lo único que importaba.

—¿Cómo funciona exactamente? —Imité su postura y me tumbé en mi lado de su cama, con los hombros y la cabeza sobre cojines pero girada hacia él—. Este año he echado una mano con la organización y tal, y sé que solo pagamos el hotel para los fines de semana que actuáis en la feria.

—Cierto. —Asintió contra los cojines—. Nosotros pagamos las habitaciones durante la semana. Este sitio está muy bien ubicado, está cerca de Washington y del norte de Virginia, así que puedo conseguir bolos para actuar con el grupo por lo menos un par de noches a la semana. —Se encogió de hombros—. Es casi un descanso antes de ir a la feria de Maryland. Ellos ensayan y yo termino el papeleo.

—Qué glamuroso.

—Uy, sí —se rio—. No tienes ni idea.

La compra de la isla privada no iba bien para nuestros amigos del *reality show*. Una isla era perfecta, pero la mansión necesitaba reformas. Otra isla era muy normalita —si es que una isla privada podía ser normalita—, pero la casa era perfecta. En cuanto a mí, estaba llena de comida y de alegría, y poco a poco me fui adormeciendo conforme la pareja superrica gastaba más dinero del que ganaría yo en toda mi vida. Al cabo de poco, me había inclinado hacia Daniel en busca de su calor y había cabeceado ligeramente sobre su hombro. Su brazo me rodeó y la punta de sus dedos me recorrieron el brazo de arriba abajo con lentitud. No había expectativa alguna de que sucediese nada. Ni siquiera me había besado desde que había llegado a la habitación.

Fue la mejor cita que había tenido en muchos años.

A la mañana siguiente, mientras daba vueltas y me preparaba para el segundo día de la feria, me sonó el móvil, que se estaba cargando en la cocina. Aparté a Benedick de mi *bagel* con queso crema y me dirigí hacia el teléfono.

—No es para ti —lo regañé, pero el fastidio que sentí por mi gato, que intentaba robarme el desayuno, desapareció en cuanto leí la notificación.

¡Buenos días! Muchas gracias por haber venido anoche.

Me lamí el queso crema del pulgar antes de redactar una respuesta. A mí dame de comer *lo mein* y seré tuya para siempre.

¿Es lo único que hace falta? Tomo nota.

Sonreí mientras bebía un sorbo de café. Pero deja la salsa agridulce donde está mejor. En la basura.

Con eso me gané un par de emoticonos de carcajadas. Bueno, a los chicos les gustó al volver de los bares, así que anoche fui el proveedor de todo el mundo.

Qué afortunado eres. Pero sumar al resto de la banda a la conversación trajo a Dex a la habitación, a nuestra floreciente relación, y no me gustó lo que me hizo sentir eso. No era la clase de persona que se arrepentía de gran cosa. Mi filosofía era más bien: «A lo hecho, pecho». Sin embargo, por primera vez deseé no haberme acostado nunca con Dex. Porque lo que sucedía con Daniel era mucho más real, mucho más sustancial, y no quería que el recuerdo de mis escarceos con su primo se entrometiera.

De ahí que cambiase de tema. ¿Hemos vuelto a esto? ¿A mandarnos palabras por una pantalla?

No diría que hemos *vuelto* a esto. Prefiero decir que es «además». Porque me encanta leerte en mi pantalla y no sé si me apetece dejar de hacerlo.

No me parece mal, le contesté. A mí también me encanta leerte en mi pantalla. Las palabras resultaban íntimas cuando las tecleaba, como si fueran una confesión. Me recordé que no debía darle mayor significado. No estaba diciendo que le encantase yo, solo decía que le encantaban nuestras conversaciones. Nuestra comunicación. Había una diferencia, y era demasiado pronto para ahondar más en eso.

¿O quizá no? Otro mensaje de texto de Daniel apareció en mi móvil mientras reflexionaba. Pero ahora viene lo mejor de todo. No solo nos escribimos para desearnos buenos días, sino que también puedo verte. En persona. Como un sueño hecho realidad.

Buf. Suerte que no iba a darle mayor significado. Me gustan tus sueños, le contesté. Mis ojos volaron a la parte superior de mi pantalla, y gimoteé. Hablando de verme, debería prepararme si pretendo ser puntual.

¿A quién quería engañar? Ser puntual ya no era una opción. Había llegado el momento de salir disparada para no llegar vergonzosamente tarde. Solté el móvil sobre la mesa y abandoné los últimos bocados de mi *bagel* —para la alegría de Benedick— a fin de prepararme para el día. Agarré las capas externas de mi vestido y salí por la puerta con poco más que mi camisola y mis botas. Ya terminaría de vestirme en el Vacío.

Lo bueno de haber trabajado en la feria casi desde el principio era que las capas externas de mi disfraz eran una especie de segunda piel. Estuve lista en menos de lo que canta un gallo, y justo cuando empecé a buscar a Emily para que me abrochara el corsé, ella me estaba buscando a mí por la misma razón.

—¿Sabes? Estaba pensando —dijo Emily.

—¿Pensando el qué? ¡Uf! —Un fuerte tirón de las cintas del corsé por parte de Emily y casi perdí el equilibrio, así que me agarré a uno de los postes que sostenían el dosel del escenario, como cuando Scarlett O'Hara se aferraba al dosel de la cama—. Pero avísame, mujer.

—Lo siento. —No parecía sentirlo—. ¿Cuánto tiempo llevas poniéndote este vestido?

—Unos cuantos años. —Me encogí de hombros preparándome para que Emily volviese a ceñirme la tela—. ¿Por?

—Bueno, pues estaba pensando que esta mañana deberíamos ir de compras.

—¿Esta mañana? —Miré hacia atrás—. Tenemos una feria medieval en la que trabajar, ¿recuerdas? Además, no pienso ir al centro comercial así vestida.

—Muy graciosa. —Dio un gran tirón a las cintas más como reprimenda que por cualquier otro motivo—. Me refiero a por aquí, antes de que abran las puertas. Es que... —Hubo unos cuantos tirones más mientras terminaba de ajustarme el corsé y abrochármelo. Y luego suspiró—. Tenías razón. Habíamos dicho que nos compraríamos nuevos disfraces juntas. Y yo voy y me lo compro sin ti. Lo siento mucho. —Parecía a punto de llorar, como si creyese que había traicionado nuestra amistad, y eso me rompió el corazón.

—Ay, Em. No pasa nada. —Y de verdad que no pasaba nada. Vale, el día anterior me había dolido un poquito, pero en el plano general no era para tanto. Las dos teníamos muchas cosas entre manos. Una boda y (quizá) una relación a distancia. Y como me había pasado la mayor parte de la noche anterior recostada encima de Daniel viendo la televisión, ese día haría falta algo más gordo para irritarme.

Pero eso no quitaba que Emily quisiera compensarme. Me miré el conjunto y observé con atención cómo el corsé me cubría la camisola. Los movimientos eran automáticos después de pasar tantos veranos ajustando el mismo conjunto. Tal vez Emily tenía razón. Y quién era yo para hacer que alguien perdiese las ganas de irse de compras. La miré a los ojos, ella levantó las cejas para interrogarme y le sonreí.

—Vayamos de compras.

—¡Viva! —Me agarró el brazo y nos escabullimos del resto del elenco, todavía vestidas y preparadas para el día, y corrimos colina arriba hacia las paradas de los vendedores. A fin de cuentas, ya estaban dispuestas, y no les importaría vender unas cuantas cosas antes de tiempo.

—¿Qué te parece? —Emily agarró un vaporoso vestido azul de una percha y me lo tendió.

—¿Con mi color de pelo? —Negué con la cabeza—. Parecería Alicia de camino al País de las Maravillas.

—Bien visto. —Dejó el vestido y empezó a cotillear entre los demás—. ¿Quién quieres ser?

Tuve que echarme a reír.

—Esa es la cuestión, ¿no? —Pero me llevé una mano a la bolsita de cuero y extraje el colgante de la libélula que había comprado el verano anterior. Ahí tenía mi respuesta. Quería llevar algo que mereciese el brillo de los ojos de la libélula. Algo que encajase con la emoción que había sentido el día anterior cuando Daniel me había besado—. Algo que vaya a juego con esto.

La sonrisa de Emily se ensanchó. Quizá ella también recordaba el momento en que lo compré.

—Perfecto. —Siguió ojeando vestidos mientras yo me acercaba a los corsés. Los había de todos los tamaños y formas, más o menos ceñidos, así como simples corpiños. Deseché los corpiños y los corsés poco ceñidos; no me apretarían lo suficiente. Tenía el pecho demasiado grande como para ir sin sujetador, y, si pensaba ponerme otro corsé, no debería pensar en sujetadores con aros. Eso ya era muy cruel.

—Mira este. —Emily había vuelto con otro vestido y, en cuanto lo vi, supe que había acertado. Una tela liviana y suave de un color que solo podía describirse como de caléndula: un amarillo anaranjado brillante que me haría parecer una puesta de sol que cobrase vida. Pasé la mirada del vestido a la colección de corsés, y de inmediato agarré un corpiño de brocado marrón cuya forma se parecía al que le había puesto a Emily en sus dos primeras ferias. Ideal—. No —dijo Emily—. ¿Estás segura? —Parecía decepcionada por mi elección—. Ahora ya llevas verde y marrón. ¿No se trataba de encontrar algo distinto?

—Esto es distinto —protesté. Me llevé una mano a la espalda para agarrar las cintas de mi corsé y las liberé, deshaciendo así el trabajo que acababa de terminar Emily unos minutos atrás—. Ya verás. Sé lo que hago. —Le arrebaté el vestido y la vendedora me indicó los probadores, un pequeño espacio rodeado por cortinas. De camino agarré una falda exterior de un marrón parecido.

—¡No! —aulló Emily—. ¡Venga ya! ¡He escogido un vestido maravilloso y vas a taparlo de marrón!

—Por el amor de Dios, ¿no puedes hacer el favor de confiar en mí cinco minutos? —Me reí de camino al probador, y ya en el interior me desabroché el vestido de tabernera de siempre y me puse el de la puesta de sol por la cabeza. Después la falda, y acto seguido me embutí en el corpiño y empecé a atármelo. Era mucho más fácil ponerse un disfraz que se abrochaba por delante. Debería haber elegido algo parecido mucho antes.

Mientras me vestía, la vendedora y Emily empezaron a hablar al otro lado de la cortina.

—La boda tendrá lugar dentro de nada, ¿no?

—¡Sí! —La voz de Emily sonaba aguda y estridente, señal de que los nervios se iban apoderando de ella—. Dentro de justo una semana.

—Y ¿a todo el mundo le parece bien que la boda sea en domingo? O sea, para nosotros está claro que es lo mejor, pero ¿qué opinan tus familiares y todos los demás? No es el día más típico para una boda.

—Me voy a casar en una feria medieval —dijo Emily—. Creo que hace tiempo dejamos atrás lo típico.

Ya me había abrochado el corpiño. Me incliné hacia delante para ajustarlo todo antes de dar los últimos tirones.

—¿Te ha dicho Simon a dónde iréis de luna de miel? —Lancé la pregunta por encima de la cortina con la intención de cambiar de tema. Quizá recordarle que toda la organización desembocaría en unas bonitas vacaciones era de ayuda.

Pero no lo fue.

—¡No! —El tono agudo de su voz no hizo sino aumentar—. Lo único que sé es que nos iremos al día siguiente de que termine la feria. Dice que me comentará qué tengo que meter en la maleta un par de días antes.

—Vaya. Debes de estar sufriendo. —Até el corpiño y me pasé las manos por los costados. El brocado elaborado resultaba adecuado y decadente después de tantos años vistiendo ropa de una sencilla tabernera.

—No tienes ni idea. —Emily suspiró—. Pero estoy intentando quitarle hierro al asunto para que Simon se lo pase bien a mi costa.

—Eres una santa. —Me recoloqué la bolsita de cuero alrededor de la cintura y me rodeé el cuello con el colgante de la libélula—. Ya sé cuánto te gusta... Un momento.

—¿Qué pasa?

Corrí la cortina para fulminarla con la mirada. Quería cruzar los brazos por encima del pecho, pero el corpiño me había alzado tanto las lolas que eran un obstáculo. Me conformé con ponerme las manos en las caderas.

—Soy un proyecto, ¿verdad?

—Hostia, Stace. —Emily abrió los ojos como platos—. Estás espectacular. Tienes razón, a partir de ahora me fiaré de ti en todo lo que tenga que ver con la ropa.

—No cambies de tema. —La señalé con un dedo acusador, pero seguía sonriendo demasiado como para aparentar estar muy furiosa.

—¿A qué te refieres? —Frunció el ceño—. ¿Un... un proyecto?

—Es lo que he dicho. La boda ya está organizada. Ya has reordenado la taberna para el verano, así que no te queda nada más que arreglar. Solo yo. —Me señalé el conjunto—. Y aquí estás, arreglándome a mí.

—No —se quejó—. Menuda tontería. ¿Por qué iba a...? —Pero cerró la boca de golpe con los ojos bien abiertos al darse cuenta—. La madre que me parió. Te he convertido en un proyecto, ¿verdad?

—Pues sí. —Pero al girarme hacia el espejo de cuerpo entero, me di cuenta de que no me importaba. Estaba imponente. La falda marrón resaltaba el verde del corpiño, y en cuanto me lo recogiera a ambos lados, el tono caléndula del vestido interior prácticamente brillaría contra el verde y el marrón. Parecería como si el sol se estuviese poniendo tras los árboles, que era justo como lo había visualizado en mi cabeza.

Detrás de mí, Emily sonrió en el espejo.

—Eres una ninfa de los bosques.

Murmuré un «Mmm» que ni afirmaba ni desmentía, y me volví para mirar mi reflejo de lado. Los corpiños no te ceñían tanto como los corsés, así que mi forma en ese nuevo conjunto era un poco diferente.

—¿Las ninfas son así de rollizas?

—Si aparecen en un cuadro de Rubens, sí. —Su sonrisa se ensanchó al contemplarme en el espejo, y tuve que reírme—. Deberíamos ir a buscarte un par de alas.

—Uuuh, sí —aplaudió la vendedora. Señaló hacia la calle—. A un par de paradas por allí, ayer vi que una mujer vendía alas. Te quedarían genial.

Negué con la cabeza entre risas.

—Le sacaría los ojos a alguien. —Pero me gustaba el atuendo. Emily tenía razón, parecía una ninfa de los bosques. Y eso encajaba conmigo teniendo en cuenta lo mucho que me gustaba todos los años pasar el verano en el bosque. Era un conjunto merecedor de la libélula, sin duda.

Pagué las nuevas prendas mientras la vendedora doblaba mi ropa vieja y prometía guardarla hasta que cerraran las puertas. Me sentí más liviana al comenzar el día, como si de verdad me hubiesen puesto las alas que Emily había sugerido.

Nos separamos para ir a ver cómo iban las tabernas; mientras Emily se dirigía a la que estaba junto al tablero de ajedrez, yo me encaminé por la calle hacia donde se encontraba la sección de la comida, rumbo a la taberna auxiliar que habíamos abierto el verano anterior. Cuando llegué, habían terminado de prepararlo todo y me despidieron con un gesto. Era extraño que no me necesitaran, y, al volverme de nuevo hacia la calle, me di cuenta de que no tenía a dónde ir. Era una sensación muy rara. Las puertas principales acababan de abrirse, así que me planté la mejor de las sonrisas para dar la bienvenida a los visitantes, tratarlos de damas y caballeros, y guiarlos hacia los espectáculos que comenzaban antes. No tardé demasiado en conseguir que mi sonrisa fuese auténtica y que se me contagiara la alegría del día. Después de todo, estaba en el bosque y era la época de la feria. Y había alguien a quien me apetecía desear los buenos días.

El claro delante del escenario Marlowe estaba tranquilo, ya que Duelo de Faldas no iba a actuar hasta dentro de una hora como mínimo. Ya había dejado atrás a la mitad de las hileras de bancos vacíos cuando reparé en Dex, en el centro del escenario sobre un taburete, afinando una guitarra acústica. Estaba hablando con Daniel, sentado en el escalón de la tarima inferior, con las largas piernas tendidas ante sí y cruzadas por los tobillos. Me detuve en seco al verlos. Ese verano Dex y yo todavía no habíamos hablado, y no estaba segura de qué decirle. Obviamente, nuestras sesiones sexuales anuales no iban a ocurrir. ¿Él ya lo sabía? ¿Estaba al corriente de lo mío con Daniel? ¿Le importaba?

Los dos levantaron la vista cuando me aproximé, y cuadré los hombros. Era demasiado tarde para echar a correr. Había llegado el momento de enfrentarme a los MacLean.

QUINCE

—Hola. —La voz de Daniel era un vaso de agua fría en pleno día de verano. Me sentí mejor en cuanto lo oí hablar. Pasé la mirada de él a Dex. ¿Cómo era posible que hubiese tardado tanto en darme cuenta de que en realidad había sido Daniel el que me había estado escribiendo? Ahora que conocía la verdad, parecía absurdo que en su día hubiera pensado lo contrario.

—Stace. —Dex asintió en mi dirección—. ¿Qué tal? —Se levantó del taburete y me miró deprisa de arriba abajo—. Te veo distinta. ¿Te has cambiado el peinado?

El resoplido de Daniel fue apenas audible y, cuando sus ojos se clavaron en los míos, apreté los labios fuerte para ocultar la sonrisa.

—Se ha cambiado el disfraz. —Su mirada me repasó desde las horquillas del pelo hasta mis largas faldas. Disfruté de su observación visual como una flor que se embebía del sol de verano.

—Ah. —Dex se encogió de hombros, claramente perdiendo el interés en la conversación. Seguro que porque no trataba sobre él—. Te queda bien. —Había sido un cumplido, pero no había resultado demasiado entusiasta. Agarraba la guitarra por el cuello y dejaba que colgase despreocupada. Estaba cómodo con el instrumento y lo consideraba casi una extensión de su propio brazo—. Por cierto, ¿dónde cojones está Freddy? Llega tarde.

—Está sacando el tambor de la camioneta. Todd está con él. —Daniel apartó la mirada y frunció al echar un vistazo al móvil—. No han llegado tarde todavía. Técnicamente no. Deberían estar aquí en breve.

—Iré a buscarlos. —Dex se encogió de hombros de nuevo y le pasó la guitarra a Daniel.

—Asegúrate de llamarlo Freddy unas cuantas veces. Ya sabes que le encanta.

Dex bajó del escenario y, sin dirigirnos ni una sola otra palabra a nosotros, se fue. Lo observé irse, anonadada. El año anterior había deseado a aquel hombre con todas las células de mi cuerpo. En ese momento, aunque seguía pareciéndome atractivo desde el punto de vista físico, ninguna de mis células quería tener nada que ver con él.

Al final, me giré de vuelta a Daniel y todas esas células se pusieron en alerta diciendo: «Sí. A este sí que lo queremos». Antes de que pudiese decirle nada, tomó la palabra con un asentimiento un poco más formal, acorde con el entorno.

—*Milady* Beatrice. Buenos días. —Su acento no estaba mal, pero, claro, vivía entre ferias medievales. Era de esperar.

—Buenos días, señor. —Le hice una breve reverencia, e intercambiamos una sonrisa cálida, un lugar solo para nosotros dos—. Oye —dije—. ¿Freddy?

Puso los ojos en blanco mientras se guardaba el móvil en el bolsillo trasero.

—Frederick. El hermano pequeño de Dex. Toca el tambor y nunca es puntual. Jamás. Y también odia que lo llamen Freddy.

—Así que Dex lo llama así siempre que puede. —Asentí.

—Exacto. —Me miró con los ojos entornados—. ¿Estás segura de que eres hija única? Parece que conoces muy bien la dinámica entre hermanos.

—Que yo sepa, sí. —Le devolví la sonrisa, pero en mi voz hubo algo que sonó hueco. Como si estuviésemos hablando de tonterías.

Su mirada me examinó con la sonrisa beatífica todavía en el rostro.

—Perdona —dijo al cabo de unos instantes. Me agarró la mano y entrelazó los dedos con los míos—. Me encanta volver a verte. Y hablar contigo en persona, en lugar de teclear las cosas que te quiero decir.

Me reí porque yo había pensado precisamente lo mismo.

—Pero es raro, ¿verdad? Me preocupa no sonar lo bastante inteligente en persona. Cuando te mando un correo, tengo tiempo de pensar lo que quiero decir, y no me limito a balbucear. No puedo borrar nada. —Y ahí estaba, balbuceando, dándome la razón a mí misma.

—Bueno, si hace que te sientas mejor, podemos regresar a eso. —Se sacó el móvil del bolsillo y lo zarandeó ante mí para enfatizar—. Nos quedamos donde estamos y nos mandamos mensajes.

—No. —Lo señalé con un dedo—. Nada de teléfonos en la feria, ¿recuerdas? Simon me cortaría la cabeza si me pusiese a escribir con el móvil mientras llevo mi disfraz.

—Mmm. Es verdad. Pero esas normas no me rigen a mí. Puedo seguir mandándote todos los mensajes que me apetezca. Durante todo el día. —Se miró el móvil y su sonrisa desapareció—. Vale, ahora Frederick sí que llega tarde. Debería ir a buscar a esos atontados.

—¿Eso es lo que te pasas todo el día haciendo? ¿Discutiendo con ellos? —No me había parecido del todo una tarea, pero, ahora que lo tenía ante mí, supe que Daniel era claramente el cerebro de la familia y que su vida consistía en arrear a varios gatos. Varios gatos sexis con faldas. Había formas peores de vivir, pero ser el único adulto del grupo debía de ser agotador.

—Sí. —Abrió los brazos para darse a entender mientras nos dirigíamos juntos hacia la calle—. Bienvenida a mi vida.

No pude dejar de sonreír cuando nos separamos en una encrucijada del camino: él se fue hacia el aparcamiento a buscar a sus músicos y yo me encaminé hacia el tablero de ajedrez para encontrar a Emily. Cuantas más cosas sabía de la vida de él, más me gustaba. Y, si hubiera podido elegir, lo habría seguido encantada.

Creía que echaría más de menos el móvil de lo que al final resultó ser. Todos los veranos, me acostumbraba a guardar el teléfono en la guantera al llegar a la feria. Había quien llevaba el móvil consigo, ya fuese en una riñonera o en el fondo de una cesta, siempre apagado. Pero yo sabía que la tentación de sacarlo sería demasiado grande para mí, así que no lo entraba en la feria. Los primeros días, mis manos solían sentirse vacías. Esperaba que aquel verano fuese aún peor, ya que a lo largo del año anterior me había ido acostumbrando más y más a mi móvil. ¿Cuántas veces me habían tomado el pelo mis amigos al respecto o incluso habían amenazado con intervenir directamente? Pero al final me fui a pasear por la feria con mi nuevo disfraz, intentando adivinar quién sería esa nueva Beatrice si no fuese una simple tabernera, y mi necesidad por usar el móvil se esfumó enseguida. Allí no tenía cabida.

Ayudaba, claro está, que la principal razón para mi adicción reciente al móvil estuviese allí todo el día, lo bastante cerca como para tocarlo incluso. Si lo echaba de menos, no tenía más que ir al escenario Marlowe y decirle hola. Me lo permití unas pocas veces durante el día y, a juzgar por cómo se le iluminaba la cara cuando me veía, estaba tan contento de verme como yo de verlo a él.

Trasladar nuestra relación del ciberespacio a la vida real requirió un tiempo para acostumbrarnos, pero no podía negar la emoción que me recorría la columna cada vez que los ojos de Daniel se clavaban en los míos. No tenía una belleza convencional, como Dex. Daniel no se parecía en nada a los Hemsworth. Sin embargo, sus ojos verdes refulgían cuando me miraba y mi piel se calentaba siempre que su mano rozaba la mía. Había algo tan genuino en su sonrisa que daba fe de la sinceridad de las palabras que nos habíamos escrito. El año anterior había sido un amigo sin más, alguien a quien me apetecía ver para saludarlo cuando pasaba por el pueblo. En esos momentos, solo llevábamos un par de días de feria, y Daniel ya se había convertido en la mejor parte de la temporada.

Descubrí enseguida que eso era mucho más importante que un físico imponente.

Me pasé por el escenario Marlowe al final del día cuando terminó el coro del bar, pero Daniel estaba hablando con sus primos, y todos parecían muy concentrados. No quise interrumpir, así que me escabullí con el mismo sigilo con que había aparecido. A fin de cuentas, sabía cómo ponerme en contacto con él. Cuando llegué al coche y saqué el móvil de la guantera, estaba lleno de mensajes. Al comprobar las horas, vi que Daniel me los había mandado durante todo el día, como había amenazado con hacer.

> Me encanta tu nuevo vestido, en serio. Te quedan genial los colores vivos.

> Dex ha llamado a Frederick «Freddy» seis veces ya por la mañana. Creo que va a batir un récord.

> Vale, esto no es tan divertido cuando no puedes responder. Veo que hoy por hoy me toca a mí mantener nuestra relación textual.

> Pero hoy he podido verte dos veces, así que supongo que el sacrificio no es para tanto.

> Recuento de Freddys (¿o Freddis?): once. Preveo que cuando acabe la feria habrá un combate de boxeo en el aparcamiento.

> Ya van doce Freddis, y ha amenazado con dejar el grupo. ¿Sabes tocar el tambor?

Mi risita se convirtió en una sonora carcajada al leer todos los mensajes, mientras en mi coche hacía cada vez más y más calor, y me di cuenta de que no lo había arrancado todavía y que el aire acondicionado no estaba encendido. Incluso seguía llevando el disfraz. Por lo visto, los mensajes de Daniel eran más importantes que el oxígeno. Lo remedié, arranqué el motor y activé el aire lo más frío posible mientras me desataba el corpiño. Respiré hondo un par de veces en tanto mis dedos volaban por el teclado del móvil.

Ya SABES que no puedo tener el móvil conmigo durante el día. Te lo dije.

No, no sé tocar el tambor. ¿Tú tampoco? Seguro que te quedaría muy bien la falda. Aunque eres más alto que Freddy y en tu caso sería minifalda. Mmm. A lo mejor me gusta.

¡El domingo por la noche, terminada la feria, hay que ir a Jackson's! ¡Ven y canta en el karaoke con nosotros! Estaré un rato allí, avísame si crees que te puedes pasar.

El jueves por la noche tengo un club de lectura, pero por lo demás estoy libre.

El fin de semana que viene asistirás a la boda de Simon y Emily, ¿verdad?

En cuanto lo hube avasallado con mensajes como represalia, puse la primera marcha. Había llegado el momento de ir a casa, ducharse, darle de comer al gato e ir a por una *pizza* a Jackson's. No podía dejar de sonreír. Me encantaba esa época del año: la camaradería, los días largos, las noches de domingo por ahí, que parecían una reunión de actores. Que Daniel formase parte de ello haría que fuese todavía mejor.

Después de siete noches, seis días, cuatro días de trabajo, tres noches acabada la feria con Daniel y una noche de chicas que fue una especie de despedida de soltera con Emily y April, llegó el segundo fin de semana de la feria. El día de la boda de Simon y Emily. O la noche de la boda, ya que primero había que llevar a cabo la feria.

El día de la boda me desperté pronto, pero aun así iba tarde, por lo que cuando me sonó el teléfono gruñí en voz alta. Estaba medio vestida para la feria y repasaba todas las cosas que iba a necesitar más tarde para ser una dama de honor. Quería a mi madre más que a nadie, pero la verdad era que en esos instantes no tenía tiempo para hablar con ella.

Pero era una buena hija, así que dejé a un lado la irritación y respondí al teléfono.

—¡Buenos días, mamá!

—Ah, buenos días, cariño. —Mi madre parecía haberse llevado una sorpresa agradable al oír mi voz al otro lado de la línea. ¿Cuánta gente creía ella que vivía aquí?—. Me preguntaba si necesitas que te ayude con algo para prepararte.

—¿Para la feria? —Pestañeé. Me miré de arriba abajo, ataviada con el vestidito naranja intenso. Iría hasta la feria con él y una vez allí me pondría el resto. ¿Con qué quería ayudarme mi madre?—. No, no hace falta. Ya llevo un tiempo arreglándome para la feria, ¿sabes?

—No para la feria. —Me chasqueó la lengua—. Para la boda. Hoy el tiempo volará, ¿no?

—Uf. —Solté un suspiro—. No tienes ni idea. —La cabeza de Simon estallaría si ese día nos saltábamos la feria, pero conseguimos convencerlo para que los que formábamos parte de la boda, él incluido, nos fuésemos a media tarde para cambiarnos y prepararnos para la ceremonia. Ese día íbamos a ponernos dos tipos de vestidos distintos, y había muchas cosas que dejar listas—. Pero creo que podré con todo. Nos vamos a preparar en casa de April y la limusina nos recogerá allí para llevarnos de vuelta a la feria para la boda. Pero te veré allí, ¿no?

—Pues claro que sí. Tu padre y yo no nos la perderíamos por nada del mundo. —A mi madre le había encantado recibir la invitación de Emily. Se habían hecho amigas desde que mi madre se había apuntado al club de lectura de Lee & Calla. Yo tenía la sensación de que la relación de Emily con su propia madre estaba bastante congelada, así que por eso había congeniado con la mía. A mí no me importaba compartirla, sobre todo con alguien a quien quería tanto como Emily. Habría sido divertido que fuese mi hermana de adolescentes.

Después de colgar, terminé lanzando el maquillaje y los productos y aparatos para el pelo en un bolso de viaje —mi secador y mi rizador ocupaban muchísimo espacio— antes de agarrar la bolsa que contenía mi vestido de dama de honor y los zapatos. Tuve que hacer un par de viajes hasta el coche para llevarlo todo. Primero las cosas de dama de honor, luego las de la feria.

Ese día en la feria fue..., bueno, un poco raro. Mitch expulsó a Simon del tablero de ajedrez arguyendo la absurda cantidad de nervios que experimentaba cualquier futuro novio, así que Simon se pasó la jornada recorriendo la feria vestido de pirata e interactuando con los visitantes. Como daba mala suerte que el novio viese a la novia antes de la boda, me tocó esmerarme al máximo. Por lo general, Emily y yo nos separábamos para comprobar cómo iban las tabernas, pero ese día me pegué a ella como si fuera una lapa, en todo momento atenta por si veía a un pirata con cuero negro y un gigantesco sombrero con pluma. Tomamos un montón de caminos secundarios y asistimos a los espectáculos que no habíamos visto hasta entonces.

—¿A esos los hemos contratado? ¿Deliberadamente? ¿Y Simon lo aprobó? —Emily negó con la cabeza, perpleja, al ver el número en el barro. Dos tipos con buen cuerpo hacían una especie de mezcla entre espectáculo cómico y pelea en el fango. Nos quedamos viendo el número en una morbosa fascinación, pero la gente parecía responder bien, incluso aquellos que recibían salpicones de barro.

—Creo que Mitch fue quien contrató este —dije—. No creo que yo hablase con todos los artistas. Seguro que lo coló cuando Chris y Simon no prestaban atención.

—Sí, pero ¿cuándo no presta atención Simon? —La risilla de Emily fue estridente y nerviosa. Su cabeza solo estaba presente a medias en nuestra conversación. Miré hacia detrás de ella y vi a su prometido recorriendo la calle. Probablemente se dirigía hacia el torneo de justas. Y eso significaba que nosotras iríamos en dirección contraria.

—Vamos. —La guie hacia la taberna principal, donde Jamie nos llamó.

—Los del *catering* han llegado antes de tiempo.

—¿Qué hora es? —Emily jadeó. Agarró la muñeca de Jamie para echar un ojo al reloj—. ¡Solo son las tres menos cuarto! ¡No deberían haber llegado hasta las cuatro!

—Y por eso he dicho que han llegado antes de tiempo. —Jamie era la persona más impertérrita a la que conocía. A Emily parecía estar a punto de explotarle una vena, y él no se inmutó lo más mínimo—. No te preocupes. He hablado con ellos y dicen que volverán dentro de un par de horas. Míralo así: mejor que lleguen pronto que tarde, ¿no?

—O que no lleguen. —Le di un golpe a Emily con el hombro—. Lo más importante es que salgamos de aquí pitando. —Se nos echaba el tiempo encima. La feria técnicamente terminaba a las cinco, aunque el coro del bar comenzaba a las cuatro y media más o menos. En cuanto hubiese acabado la última partida de ajedrez humano y la gente empezase a dirigirse hacia la entrada, un equipo acudiría a colocar las sillas en el tablero de ajedrez y un arco en uno de los extremos a tiempo para que la boda empezase a las seis y media. Mientras tanto, Em y yo debíamos ir a transformarnos en una dama de honor y en una novia. Mi amiga no tenía por qué preocuparse por los del *catering* y por si habían llegado o no a tiempo. Debía preocuparse por estar guapa y por casarse con el hombre al que amaba.

Y que se concentrase en eso era mi tarea. En general, Emily estaba guapa sin casi esmerarse, pero ahora solo iba con medio cerebro activado, y con eso estoy siendo generosa.

—Ha llegado el momento de arreglarse —dije.

Pestañeó en mi dirección con los ojos abiertos un pelín de más, y sí, íbamos a necesitar descorchar el champán un poco antes de lo previsto. A la pobre le iría muy bien una copa.

—Vale —asintió.

—¿Te ves capaz de conducir? —Jamie la miró con atención—. Te veo un poco histérica.

—Ya conduzco yo —propuse—. Dejaremos tu Jeep aquí de momento.

—No. —Emily negó con la cabeza—. O sea, sí. No, no estoy histérica, y sí, me veo capaz de conducir.

—Pues vámonos. Te sigo hasta la casa de April. —Tiré de su brazo. Ese día me tocaba tirarle mucho del brazo y guiarla por los sitios, y estar en constante vigilancia a mí también me tenía un poco nerviosa. Me había concentrado tanto en mantener a Emily alejada de Simon que apenas había sido fiel a mi personaje. Me encantaba ser Beatrice y me habían arrebatado un día para ser ella. En fin. Todavía nos quedaban otros dos fines de semana de feria. No había terminado aún.

De regreso a la casa de April, me encontré más en mi zona de confort. Emily y yo habíamos practicado un par de veces su peinado para la boda, y era bastante fácil. Un sencillo recogido con unos cuantos mechones que se escapaban a la altura de las sienes, y una corona delicada de flores de un rosado pálido en lo alto. Me tomé mi tiempo hasta que el peinado quedó perfecto, bajo la supervisión de April.

—Vaya, te ha quedado precioso. Ahora me tienes que peinar a mí. —Rellenó la copa de champán de su hermana.

—No. —Emily intentó apartar la copa, pero April le sujetó la mano y siguió sirviendo.

—Sí. No te preocupes, no voy a dejar que te emborraches. Es que debes relajarte un poco.

—Estoy muy relajada.

—Ajá. Estás a punto de partir la copa de champán por la mitad.

—April tiene razón. —La eché de la silla donde estaba sentada—. Vete. Siéntate allí, bebe y cálmate un poco mientras yo peino a April. —No había sabido que iba a peinar a April también, pero su petición era una oferta de amistad que en ese momento supe que había anhelado recibir. Por eso la senté junto al tocador y nuestros ojos se miraron en el espejo—. ¿El mismo recogido?

—El mismo. —Asintió y levantó la vista de nuevo—. Tienes tiempo, ¿verdad? Quizá debería habértelo preguntado antes de darlo por sentado...

—Ay, calla. —Recogí el pelo de April con las manos. Lo llevaba un poco más largo que Emily, pero los rizos eran idénticos—. No tardaré nada.

En cuanto hube terminado con el pelo de April, me ocupé del mío. Yo no tenía rizos naturales, así que blandí el rizador como si fuese un arma hasta que el volumen de mi cabello era el doble que de costumbre y caía en bucles rubios sobre mis hombros. Luego me lo recogí con horquillas y me coloqué unas cuantas flores rosas. April también llevaba flores de adorno, de color verde para combinar con su vestido. En esa boda medieval, solo la novia iba a portar una corona de flores como Dios mandaba.

Fue un poco incongruente llegar a la feria con una limusina gris mientras los últimos visitantes se marchaban. Los neumáticos crujieron sobre la gravilla del aparcamiento y varias cabezas se volvieron para intentar ver más allá de las ventanas tintadas.

—¿Estás preparada? —April se inclinó sobre el asiento y le puso una mano a su hermana en la muñeca. Emily se había pasado todo el trayecto mirando por la ventanilla sin pronunciar palabra. Había sido una gran bola de estrés el día entero, pero en ese momento se giró hacia nosotras con ojos brillantes y sonrisa radiante. Sus nervios se habían esfumado. Sí. Estaba preparada.

Soltó un hondo suspiro cuando el conductor de la limusina abrió la puerta.

—Vamos.

DIECISÉIS

Habíamos ensayado la boda, por supuesto. La semana anterior, una noche quedamos en el bosque de la feria para hacer todo lo que supuestamente iba a suceder y para ver dónde iba a estar cada uno. Pero repasar los movimientos y marcar nuestro lugar no nos dio una imagen precisa de lo que iba a acontecer en la boda. De la velada de ensueño que iba a ser, las tres con nuestros vestidos color pastel y con flores en el pelo, recorriendo la calle principal de la feria para que Emily se casara con Simon. Los vestidos modernos con detalles históricos en esa ubicación tan pastoral (sí, Mitch había estado acertado con esa palabra) nos dificultaban determinar con exactitud en qué siglo estábamos.

A una docena de metros del tablero de ajedrez, nos esperaba el padre de Emily, en pie en el centro de la calle con un traje gris oscuro y las manos entrelazadas. Lo conocí la semana anterior en el ensayo de la prueba, pero no habíamos hablado demasiado. Parecía un hombre serio, casi adusto, pero su expresión se derritió en cuanto nos vio.

—Hola, cariño. —Dio un paso adelante y se inclinó para plantarle un beso a su hija en la mejilla—. Estás preciosa.

—Gracias, papá. —Emily pestañeó para contener las lágrimas mientras lo miraba con adoración.

April se aclaró la garganta, y el señor Parker puso una mueca avergonzada durante unos instantes al girarse hacia April y hacia mí.

—Vosotras también estáis muy guapas, claro.

—Pues sí —asintió April con alegría—. Y ahora acompañemos a Emily a casarse.

—Buena idea. —Él le ofreció el brazo a la novia—. ¿Estás preparada? Simon me cae bien, pero nunca se sabe. Quizá sea un imbécil. Estás segura de quererlo a él, ¿verdad?

—¡Pues claro que lo estoy, papá! —Los ojos de Emily se abrieron, horrorizados—. ¿Qué clase de pregunta de mierda es esa?

—Solo me quería asegurar. —El señor Parker sonrió. Me miró a los ojos y me hizo un gesto para que me adelantara—. Tú primero, creo.

—Sí. Me toca a mí. —Desde donde estaba, oía la música que procedía del tablero de ajedrez, un cuarteto de cuerda formado por algunos de los alumnos de música del instituto de Willow Creek. Había llegado el momento.

Empecé a caminar por la calle yo sola, y cuando el tablero de ajedrez se extendió ante mí, detuve el ritmo hasta un paso más lento, adecuado para recorrer el pasillo hasta el altar. Me resultó fácil sonreír y adoptar el papel de una dama de honor risueña porque era justo como me sentía por dentro. El terreno que todos los fines de semana albergaba nuestra partida de ajedrez de lucha humana se había transformado. El gigantesco tablero de ajedrez seguía visible con los cuadrados verdes y blancos que cubrían la zona. Pero esos cuadrados estaban tapados por hileras de sillas plegables de madera con un pasillo en medio. En uno de los extremos se alzaba un arco de mimbre blanco, y cuando me acerqué vi que Simon y Mitch estaban allí, esperando con el oficiante.

En cuanto mi pie se posó sobre el tapete blanco de vinilo, la gente se giró en los asientos para verme avanzar por el pasillo. Mis ojos se clavaron de inmediato en una silueta sentada en el lado del novio, justo en el centro de una hilera. Una silueta cuya melena rojiza era un claro contraste con el traje todo negro que llevaba. La sonrisa educada de Daniel se ensanchó hasta ser un gesto más sincero cuando me divisó, y no supe qué brillaba en mis ojos como para provocarle esa sonrisa, pero me alegré de causarla. Me había olvidado de lo colorido que era su pelo cuando no se ocultaba debajo de una gorra de béisbol. Lo llevaba peinado hacia atrás, y un poco húmedo por la ducha que se habría dado después de la feria. También se había afeitado. Me apetecía trepar sobre la gente que nos separaba. Me apetecía sentarme en su regazo y pasarle la mano por la suave mejilla. Sin embargo, me limité a lanzarle un guiño juguetón, y se rio sin emitir ruido.

Me puse en mi sitio delante del altar y me giré. April iba por la mitad del pasillo, mientras que Emily y su padre apenas eran visibles, todavía en la calle de la feria. Mi mirada pasó de ellos a Simon. En teoría parecía tranquilo, pero no era más que una fina capa externa. Lo conocía lo suficiente como para saber que estaba histérico. Tenía los ojos muy abiertos, le temblaba un músculo en la mejilla porque apretaba la mandíbula y se aferraba las manos tan fuerte que tenía la punta de los dedos roja. El sol de última hora de la tarde iluminó el aro plateado de su oreja, y verlo me hizo sonreír. Después de insistir tanto en que no pensaba casarse disfrazado —y lo había cumplido: su traje gris oscuro con un chaleco a rayas a juego era cien por cien Simon—, había traído un fragmento del capitán Blackthorne a la boda.

De acuerdo, había muchos fragmentos de la feria en esa boda. Sin contar con la localización, Mitch llevaba un traje gris oscuro y una falda verde, y lucía una sonrisilla orgullosa. ¿Simon había aprobado su atuendo? No parecía probable. Casi una cuarta parte de los asistentes eran artistas de la feria, la mayoría de los cuales todavía estaban disfrazados. Los jubones de cuero y las faldas largas se mezclaban con las corbatas y los vestidos de flores que portaban los miembros de la familia y los amigos del pueblo.

La música cambió en cuanto Emily y su padre empezaron a avanzar por el pasillo. Simon se quedó sin aliento y Mitch le dio un golpecito.

—Mírala. —Su voz era un suspiro, pero llegó hasta todos los que estábamos presentes en la boda. Yo estaba bastante segura de que Simon no podría haber hablado aunque lo hubiese querido, pero no pasaba nada. No tenía por qué hablar. Se aferró las manos con más fuerza (¿se partiría los dedos si seguía así?) y su mirada se afiló hasta ser un láser que se fijaba en la novia que se acercaba. En cuanto a Emily, parecía un ángel; nunca había visto a nadie sonreír con todo su ser. Hasta las flores que llevaba estaban contentas.

¿Cómo sería eso de mirar hacia tu futuro con una alegría tan desmedida? Sin pensarlo, mi mirada voló hasta Daniel, y cuando giró la cabeza hacia mí al mismo tiempo, sentí mariposas en el estómago con la misma clase de profunda alegría. Podía culpar a la localización de la boda si quería, pero tuve la impresión de que se debía solo a Daniel.

La ceremonia fue un sueño, uno agradable que no iba a poder recordar con todo detalle cuando terminase, pero que me dejó con una sensación de ligereza. Mi recuerdo se reducía a momentos puntuales, a imágenes aleatorias. Emily y Simon con las manos entrelazadas, con aspecto de haberse pasado la vida entera aguardando ese instante. April vertiendo a escondidas una lagrimilla durante los votos. Caitlin leyendo un soneto romántico de Shakespeare que hizo que Emily se ruborizase y que la mano de Simon la apretara más fuerte. El beso más perfecto y casto cuando los declararon marido y mujer.

Después de la boda, mientras nos echábamos un sinfín de fotografías posceremonia, las sillas se recolocaron y el tablero de ajedrez se convirtió en una sala de recepción con mesas y sillas en la linde para dejar una improvisada pista de baile en el centro. La empresa de *catering* dispuso pequeños puestos de aperitivos, el cuarteto de cuerda dio paso a un DJ con un equipo de sonido, y al poco todo el mundo estaba charlando y comiendo. Me alejé del *photocall* de la boda para encontrarme con Daniel, que me esperaba con un plato de comida para picar —alitas de pollo, champiñones rellenos, un surtido de canapés—, además de con una copa de plástico de champán.

—Que Dios te bendiga. —No supe decidir qué quería atacar primero, pero el hecho de que apenas hubiese probado bocado en todo el día hizo que casi le arrancase el plato de las manos—. ¿Es para compartir?

—No, es todo tuyo. Yo he comido mientras te esperaba. —Me guio hacia un asiento a una mesa cercana y recogió la cerveza que había dejado allí—. No has comido nada hoy, ¿a que no? Apenas comes nada en los días

normales de feria, y con todo lo que tienes hoy entre manos he pensado...
—Se encogió de hombros, y ahí estaba esa sensación de nuevo. Esa sensación agradable y familiar como si hubiésemos estado juntos varios años y no un par de semanas. Daniel conocía mis hábitos y las cosas que me gustaban. Me conocía a mí.

Agradecida, me desplomé en una silla y bebí un buen sorbo de champán. Mi papel en la boda había terminado. Había llegado el momento de relajarme y disfrutar. Ya no era una dama de honor, sino una asistente más a la boda. Gracias a Dios.

La comida no emulaba especialmente la feria, lo cual debía de ser positivo. A los invitados más convencionales a la boda no les habría gustado una cena formada por muslos de pavo, hidromiel y demás. El *catering* era un surtido de comida para picar, en plan tapas, pero en grandes cantidades para garantizar que nadie se quedara con hambre. En cuanto los invitados se hubieron llenado la barriga, comenzaron los brindis, y alzamos la copa una y otra vez, exclamando «¡Albricias!» para la feliz pareja antes de que ocuparan la pista para el primer baile.

—Vamos. —Daniel se metió una última minialbóndiga en la boca y se limpió los labios con una servilleta antes de ponerse en pie y tenderme una mano, con las cejas arqueadas en un gesto interrogante—. ¿Bailas?

Como si fuese a decirle que no. Permití que me levantase y que me llevara a la pista de baile improvisada mientras nos movíamos al son de una bonita balada.

—Dime una cosa. —Le puse una mano en el pecho, encima de la camisa, y me encantó notar que sus músculos se tensaban—. ¿Tienes alguna prenda de ropa que no sea negra? —Con pantalones de vestir negros y camisa negra, acompañada de corbata negra, parecía una versión elegante de la ropa que se ponía a diario.

—Oye —se quejó, pero su protesta fue más bien desangelada. Me agarró la mano y se la puso encima del corazón—. Es un color fácil de llevar. Así todo combina bien.

—Un día de estos me gustaría verte con una camisa rosa. —Me quedé pensando.

—¿Con mi pelo? —Soltó una carcajada—. No, gracias. —Negó con la cabeza, y la mencionada melena cayó sobre sus ojos. Levanté un brazo para apartarle los mechones de la frente, y sus ojos se suavizaron como reacción a mi gesto—. En realidad, no soy de los que se ponen camisas rosas. Además... —Me pasó una mano por la espalda y luego por el hombro; la suave tela de la manga de mi vestido se escurría entre sus dedos como si fuese agua—. Tú ya llevas suficiente color para los dos.

«Para los dos». Cómo me gustó lo bien que sonaba eso.

El sol se hundió más en el cielo y una fresca brisa envolvió la velada, lo suficiente como para compensar el horrible calor de ese día. Daniel y yo nos alejamos de la pista de baile para partirnos una porción de tarta nupcial, y vi que Simon y Emily se mezclaban entre los invitados al otro lado del tablero de ajedrez.

—Están muy felices. —A esas alturas ya había bebido un par de copas de champán y había comido un poco de tarta, así que tampoco estaba especialmente cascarrabias. Me incliné y apoyé la cabeza en el hombro de Daniel, y su brazo me rodeó como si fuera algo que hiciésemos muy a menudo. Ojalá pudiésemos hacerlo muy a menudo. ¿Por qué tenía que terminar el verano?

No. No había que pensar aún en eso. Opté por contemplar a los recién casados y suspiré. Qué no daría yo por tener a alguien que me mirase como Simon miraba a Emily. Con toda el alma en los ojos. De pronto, recordé cómo me había sentido al final del verano anterior. La inquieta melancolía, la sensación de que no estaba del todo bien...; todo aquello me llevó a emborracharme y a mandarle el primer mensaje al hombre que resultó ser Daniel. Lo habían espoleado la noticia del compromiso de Emily y Simon, y la certeza de que debía construirme una vida.

Y entonces noté una caricia en el brazo, y me giré para ver que Daniel me observaba fijamente, y madre del amor hermoso. Me miraba como Simon miraba a Emily. Cuando clavé los ojos en los suyos, no noté inquietud alguna. No sentí melancolía. En un año habían cambiado muchas cosas para mí. Pasó la punta de los dedos por mi brazo y hasta mi hombro, dejando tras de sí un hormigueo eléctrico. El aire huyó de mis pulmones y me perdí en el verde interminable de sus ojos.

—Hola. —Mi voz era un murmullo, apenas más que una exhalación, pero una sonrisa se formó en sus labios. Me había oído.

—Hola. —Apresó un mechón de mi pelo y jugó con el cabello entre los dedos. Se inclinó y cerré los ojos mientras esperaba a que sus labios se posaran sobre los míos.

Y fue entonces cuando me cayó una gota de lluvia justo en el medio de la frente.

Me sobresalté, abrí los ojos y Daniel se giró para mirar al cielo. Me enjugué el agua que me acababa de golpear.

—¿Es lluvia? —Por encima de nosotros, el cielo se había oscurecido, mucho más de lo que debería a esa hora de la tarde; todavía debería haber quedado por lo menos otra media hora o así de luz. Pero se levantó viento y se oyó el leve retumbo de un trueno a lo lejos.

—Sí —dijo—. Es lluvia. Mierda.

No había consultado la previsión del tiempo para ese día, pero no me sorprendió demasiado. Las tormentas de verano eran frecuentes, sobre todo si durante el día hacía tanto calor.

—Por lo menos ha esperado a que terminase la boda.

—Casi. —Las gotas de lluvia desperdigadas empezaron a caer más deprisa, y al poco se unieron en una llovizna constante. En breve sería un aguacero. Daniel me levantó y los dos nos cobijamos debajo de un árbol enorme que proporcionaba cierto refugio. Pero el trueno a lo lejos significaba que habría relámpagos, y no podíamos quedarnos allí. A nuestro alrededor la fiesta se disolvía en un santiamén. La música se detuvo de repente cuando un par de voluntarios, Mitch entre ellos, ayudó al DJ a guardar el equipo. Los invitados empezaron a correr hacia los coches. Mientras tanto, los padres de Emily, April y Caitlin cubrieron los regalos con los manteles y se alejaron como si fuesen clones de Papá Noel con sacos llenos de juguetes. En cuestión de minutos, la boda había terminado a consecuencia de un inesperado chaparrón. Las únicas dos personas que no se habían enterado eran Simon y Emily, que seguían en la pista de baile del tablero de ajedrez, con ojos solo para el otro.

—¡Salid de la lluvia, idiotas! —grité, y Emily movió los ojos hacia mí antes de restarle importancia con una carcajada y volver a concentrarse en su marido, que sonreía como si no notase la lluvia en absoluto.

Bueno, lo había intentado. Metí una mano en el bolsillo de mi vestido para agarrar las llaves, y entonces me acordé. Tenía llaves, pero...

—No tengo aquí mi coche. —Estaba en casa de April porque a la boda había llegado en limusina. Había pretendido volver a casa con mis padres, pero por lo visto me había olvidado de comentarles mi plan; se habían ido al poco de que se cortara la tarta nupcial.

—Vamos. —Daniel volvió a contemplar el cielo—. Se va a poner peor. Yo te llevo a casa.

—¿Seguro? —Pero ya corríamos bajo la lluvia con las manos agarradas y él tirando de mí hacia el aparcamiento de los artistas.

Miró hacia atrás con expresión escéptica.

—Pues claro que estoy seguro. ¿Crees que te dejaría aquí abandonada?

No. Si había algo que sabía a ciencia cierta sobre Daniel era que no me dejaría abandonada.

<hr>

—Es un poco más adelante. —Me incliné en el asiento del copiloto de la camioneta de Daniel mientras él conducía bajo la lluvia y avanzaba por mi calle—. La tercera casa a la izquierda. La de las luces encendidas.

—Entendido. —Viró hacia el camino de entrada—. Vaya. Debo decir que estoy impresionado.

—¿Impresionado? —Miré hacia la calle inundada y luego de vuelta a él.

—Sí. —Se detuvo y nos quedamos unos instantes ahí quietos, mientras el limpiaparabrisas lanzaba la lluvia de un lado a otro, observando la casa de mis padres, para nada impresionante—. No tenía ni idea de que las recepcionistas de clínicas dentales cobraseis tanto. Qué casa tan bonita tienes.

—¿Qué? —Mi carcajada retumbó en la cabina de su camioneta, más estridente de lo que pretendía—. No. No, no es mi casa. Ya lo sabes.

—¿Cómo? —Se giró en el asiento y me miró—. Has dicho la tercera casa a la izquierda. ¿No es tu casa?

—No. O sea, sí. Es decir... —Resoplé—. Yo no vivo ahí. Vivo allí arriba. —Señalé al lado del garaje, hacia las escaleras que llevaban a la puerta de mi piso—. Ya lo sabes. Te lo dije en mis correos. —¿Acaso no le había explicado que vivía en un piso encima del garaje?

—¿Por esas escaleras empinadas? No. No vas a subir esas escaleras en plena lluvia.

Chasqueé la lengua y me desabroché el cinturón.

—Uy, sí, las voy a subir. Las subo constantemente.

—Con esos zapatitos no. Vas a resbalar.

—No voy a resbalar. —Él tenía razón, pero no pensaba admitirlo por nada del mundo. Los escalones de madera ya estaban inundados y las sandalias que llevaba yo no iban atadas. Me partiría el cuello para demostrar que Daniel estaba equivocado.

—Ven. —Se desabrochó el cinturón y apagó el motor. Los limpiaparabrisas se detuvieron de pronto y en la cabina de la camioneta reinó el silencio ante la repentina falta de ruidos mecánicos—. Te ayudaré a subir las escaleras.

—¿Qué vas a hacer, llevarme en volandas como si fueras un bombero? —bufé—. Te harías una hernia y nos caeríamos los dos.

Soltó un suspiro largo y atormentado. No habíamos estado tanto tiempo juntos como para que se enfadara así conmigo.

—No, pero puedo ir detrás de ti para asegurarme de que no resbalas.

Respondí con un suspiro y miré hacia mi puerta. Tan cerca y, aun así, tan lejos. Esperaba que la lluvia parase mientras discutíamos, pero no hubo suerte. El agua cubría el parabrisas ya y emborronaba la luz de las farolas. Un relámpago iluminó el cielo, seguido de cerca por el estruendo de un trueno.

—La tormenta está arreciando. —Daniel no me acusaba de nada, tan solo hacía una observación, pero yo fruncí el ceño de todos modos.

—Vale. —Respiré hondo para reunir fuerzas—. Vamos. —Respiré hondo de nuevo, abrí la puerta de su camioneta y salí disparada bajo el aguacero.

Chillé cuando el agua fría me caló, y al correr hacia las escaleras oí el grito sobresaltado de Daniel, que me pisaba los talones y se iba empapando tanto como yo. De acuerdo, en el tercer escalón me resbaló el pie sobre la mojada madera. Un graznido salió entre mis labios y empecé a caerme, pero Daniel estaba ahí. Me puso las manos en las caderas y me sostuvo hasta que pude aferrarme a la barandilla, y acto seguido los dos subimos las escaleras. Busqué las llaves en tanto la lluvia caía con más insistencia para fastidiarme.

—¡Vale, tenías razón! —chillé por encima de la tormenta al encontrar las llaves en mi bolsillo—. ¡Me habría caído por las escaleras!

—¡Ya me regodearé luego! —respondió a voz en grito—. ¡Abre la puerta!

Giré la llave en el cerrojo y la empujé, y prácticamente nos desplomamos en el piso como si fuésemos dos actores de una comedia francesa. Daniel cerró la puerta detrás de nosotros, y el ruido de la incesante lluvia desapareció como si alguien hubiese accionado un interruptor. Durante unos segundos, no oí más que nuestra propia respiración, un poco entrecortada por la carrera por las escaleras. Me giré, me aparté el pelo mojado de los ojos y miré hacia Daniel, recostado en mi puerta. Era altísimo en un piso tan pequeño, pero no era una presencia imponente. Estaba calado y tan desaliñado como yo, y una carcajada brotó de mí sin poder evitarlo. Él se me unió casi de inmediato, su risotada más bien una exhalación, y cuando dejamos de reírnos reparé en que llovía más y el agua repiqueteaba sobre las claraboyas. Oí otro ruido también: un débil ronroneo desde el sofá.

—Ah. —Daniel se apartó el pelo de la frente y se peinó antes de dar un paso adelante—. Este debe de ser Benedick. Tu verdadero amor. —Extendió una mano, pero Benedick lo miró con los ojos muy abiertos y salió despedido hacia el cuarto de baño.

Intenté no reírme al ver su mirada dolida cuando se giró hacia mí.

—Ah, ya. Olvidaba que no eres un gran amante de los gatos.

—Eso no lo he dicho nunca. He dicho que no he tenido ninguno. Es diferente.

—Bueno, pues salta a la vista. —Aunque se lo dije con amabilidad—. Los gatos se sobresaltan muy fácilmente. No te conoce y al ver que te cernías sobre él...

—No me cernía sobre él.

—Mides casi tres metros, claro que te ciernes sobre él. Por no hablar de que estás empapado. —Y yo también lo estaba. Y con el aire acondicionado encendido también estaba helada. Reprimí un estremecimiento.

—Ah. —Se miró de arriba abajo y se apartó del pecho la camisa calada con un suspiro—. Bueno, eso es verdad.

Me fui al cuarto de baño a por unas toallas y a comprobar cómo estaba Benedick, que me fulminó con la mirada desde detrás del váter. Cuando me vi en el espejo, intenté no chillar. Me había esmerado con el peinado, y ahora mi pelo estaba recogido a un lado como si fuese una tarta torcida, y las flores sobresalían a voleo. Y cuanto menos dijera de mi maquillaje, que en teoría era resistente al agua, mejor. Al regresar al salón, vi que Daniel volvía a estar recostado en la puerta principal con expresión insegura.

—Seguramente debería... —Señaló hacia atrás con el pulgar, hacia el chaparrón de fuera, y se me cayó el alma a los pies. Lo único que evitó que me desesperara por completo fue su expresión insegura. No quería irse. Solo me estaba dando una excusa para echarlo si no me apetecía que se quedase.

No aproveché la excusa.

—No digas tonterías. —Le pasé una toalla mientras un nuevo trueno retumbaba en la calle—. No puedes irte con esta tormenta. Amainará en breve. Quédate.

DIECISIETE

Esa palabra flotó en el aire que nos separaba, y me dio miedo respirar y hacer cualquier ruido que fuese a borrarla. Daniel fue a agarrar la toalla, pero yo no la solté, y, cuando tiró de ella, tiró de mí hacia él. Me pasó el pulgar por el maquillaje corrido antes de acariciarme el pelo.

—Estás mojada. —Su voz había descendido una octava, y me recorrió un estremecimiento que no tenía nada que ver con el frío.

Quise echarme a reír. Había salido demasiadas veces con Mitch, porque mi primer instinto fue responder con una broma subida de tono. Pero Daniel había soltado la toalla para agarrarme la cara con las manos, y recordé que en la recepción de la boda había estado a punto de besarme, antes de que la lluvia nos interrumpiera.

En esos momentos no había nada que nos interrumpiera. Su beso era un saludo, una afirmación, la confirmación de que en esos instantes su lugar estaba allí conmigo. Ningún par de vaqueros raídos me había resultado tan cómodo y tan adecuado como sus labios sobre los míos.

Pero la comodidad no duró demasiado. El calor de su beso expulsó la gélida sensación de haber corrido bajo la lluvia. Abrí la boca debajo de la suya y él empezó a presionar, a explorar, y, antes de que supiese qué estaba sucediendo, nos habíamos desplazado y mi espalda se recostaba contra la puerta, con él encima de mí, abarcándome entera, y no me importó lo más mínimo. Dejé que la toalla cayese al suelo al levantar los brazos hacia Daniel. La piel de su cuello estaba fría bajo mis palmas, pero se calentó enseguida, y el pelo mojado de su nuca se escurría entre mis dedos.

—Stacey. —Mi nombre era un susurro, una oración sobre sus labios. Sus dedos trazaron un caminito por el lado de mi cuello. Se echó hacia atrás para mirarme a los ojos, y lo que debió de leer en ellos fue lo bastante alentador, puesto que se inclinó hacia delante para apresar mi boca en un beso rápido y minucioso, como si le resultase insoportable mantenerse alejado. Acto seguido, sus labios se dirigieron a mi cuello, me rozaron por debajo de la mandíbula, y se me aceleró el pulso como respuesta.

Me puse de puntillas para aproximarme a él y se encorvó ligeramente con las manos sobre mis caderas. Nos encontrábamos ante una gran diferencia de altura, pero ya me las arreglaría. Treparía por su cuerpo si me veía obligada. Necesitaba estar más cerca de él. Por el modo en que sus caricias habían pasado de ser suaves a ser apretones, Daniel sentía lo mismo que yo. Se inclinó hacia mí, me apretó contra la puerta, casi alzándome sobre la madera, y noté cómo me fundía contra los duros ángulos de su cuerpo.

Y fue entonces cuando me sonó el teléfono, y fue como si me hubiesen arrojado una jarra de agua fría por encima. Gruñí y eché la cabeza hacia atrás, y me la golpeé con la puerta tras de mí.

—Mi madre.

—Si ahora mismo estás pensando en tu madre, algo estoy haciendo mal. —Pero sonrió contra mi cuello y lentamente, muy lentamente, me soltó. La lejanía fue devastadora, pero el teléfono siguió sonando.

—Es la que me llama. —Le clavé un dedo en el pecho con suavidad y Daniel se apartó. Respondí al teléfono en el cuarto tono, gracias a Dios. No contaba con un contestador y mi madre era muy insistente; dejaría que sonase y sonase hasta que le respondiera. O, peor aún, se rendiría y se presentaría allí para dar conmigo—. Hola, mamá. —Solté un suspiro e intenté tranquilizar mi desbocado corazón. Para ser alguien a quien le habían comido la boca quince segundos antes, soné bastante tranquila.

—Ah, hola, cariño. —Una vez más, oí la leve sorpresa de siempre de mi madre al constatar que era mi voz la que le hablaba desde el otro lado de la línea—. ¿Cómo ha ido la boda?

Me tuve que reír.

—La boda ha sido preciosa, mamá. Has estado presente. —Pero, aun riéndome, noté cómo se activaron las alarmas en mi cabeza. Ninguno de sus problemas de salud había sido neurológico. ¿Se trataría de una nueva dolencia?

—Bueno, ya lo sé —resopló mi madre—. Emily estaba guapísima. Espero que Simon la valore.

—Ah, estoy segura de que sí. —Las alarmas se atenuaron un poco, sustituidas por la impaciencia. Lo último que me apetecía hacer era revivir la boda de Emily. La quería mucho y quería a mi madre también, pero en la habitación tenía una prioridad muchísimo mayor. Una prioridad que medía más de un metro ochenta y que daba los mejores besos que había experimentado jamás. ¿Por qué estábamos manteniendo esa conversación? ¿Por qué en esos momentos?

—Me refiero a cómo ha ido la boda para ti. Nos hemos ido pronto. ¿Ha empezado a llover antes de que terminase?

—¡Pues sí! Me alegro de que hayáis llegado a casa antes de que empezara. Ha comenzado a llover así de repente.

—Bueno, espero que tuvierais tiempo de iros antes de quedar totalmente calados. Te he visto bailando con un chico muy alto. ¿Quién es?

—Ah... —Miré hacia Daniel, que me daba la espalda; parecía que se estuviese recolocando la parte delantera de los pantalones. Pensar en qué había debajo de esos pantalones y en lo que había interrumpido esa maldita llamada de teléfono me provocó una oleada de calor, y era algo que no debía pasar por mi cabeza mientras hablaba con mi madre—. Era Daniel. —Se giró hacia mí cuando pronuncié su nombre, con los ojos como platos por la posibilidad de que fuera a pasarle el auricular. Sonreí al presenciar su incomodidad y agité una mano para tranquilizarlo. Respondió negando con la cabeza y recogiendo la toalla, olvidada en el suelo—. Es...

—«Está justo aquí. Estaba a punto de empotrarme contra la pared, así que si pudiésemos dejarlo aquí, mamá, sería estupendo, gracias».

—Bueno, no te molesto más. —Fue como si me hubiese leído la mente, y tuve que contenerme para no soltar un suspiro de alivio—. Es que te he oído llegar y quería asegurarme de que no te habías empapado.

—Uy, estoy muy mojada. —Y que lo digas. Puse una mueca ante las palabras que había elegido, pero seguí hablando—: Está lloviendo a cántaros. Pero estoy bien. Gracias, mamá. —Cuando colgué el teléfono, sin embargo, me di cuenta de que no llovía a cántaros. Ya no. La lluvia seguía cayendo y oscureciendo el cielo, pero no con tanta fuerza como antes. Vaya. No. Yo quería que volviese el mal tiempo. Quería que Daniel estuviera atrapado allí conmigo, sin otra alternativa que quedarse. No me podía creer que mi madre hubiese dejado nuestro ímpetu en punto muerto.

Me giré hacia Daniel con una sonrisa avergonzada.

—Lo siento. Mmm. Esa es la dura verdad.

—¿Qué dura verdad? —Arqueó las cejas.

—Que vivo con mis padres. —Abrí los brazos, derrotada—. Puedes salir huyendo aterrado si quieres.

Se tomó un tiempo para repasar mi piso con la mirada antes de dirigirse hacia la cocina.

—No los veo por aquí —dijo—. ¿Están en el cuarto de baño?

—No. —Puse los ojos en blanco.

—¿Debajo de tu cama? Creo que ahí estarán muy apretados.

—No —repetí, pero esa vez con una carcajada en la voz.

—Entonces no veo el problema. —Se encogió de hombros—. Vives cerca de tus padres. A su lado. Y eso yo ya lo sabía, ¿recuerdas? Estás muy unida a tus padres.

—Literalmente. —Pero fue un triste intento de broma, y en esos momentos me decepcioné a mí misma. Ahí estaba yo, con veintisiete años y viviendo a pocos metros de mi madre, que me llamaba para asegurarse de que había encontrado cobijo de la lluvia por mi cuenta. Menuda adulta estaba hecha.

Volví a encogerme de hombros y él levantó los ojos hacia las claraboyas. Imité su gesto y medí el estado del tiempo. ¿Estaba buscando Daniel una escapatoria? Me preparé para encajar su despedida. Pero en ese instante me miró y me quedé sin aliento. El calor seguía presente en sus ojos y me tendió una mano. No, me tendió la toalla.

—Ven aquí —me indicó—. Sigues teniendo el pelo empapado. —Hablaba con susurros, pero era evidente que no se estaba ofreciendo solamente a secarme el pelo. Pero le seguí el juego y me quité las horquillas del pelo mientras me acercaba, y las florecillas fueron cayendo al suelo a mi paso.

—¿No vas a salir huyendo aterrado, pues? —Me peiné el pelo con los dedos cuando cayó sobre mis hombros, y Daniel jadeó con la mirada oscurecida.

—Para nada. —La toalla se desplomó de nuevo al suelo cuando tendió los brazos hacia mí. Yo me abalancé sobre él y lo besé de camino a la cama, por debajo de las vigas, en tanto nos lo desabrochábamos y desabotonábamos todo—. Es necesario que te quitemos la ropa, está empapada. —Daniel me bajó el vestido hasta la cintura y yo me zafé del resto con un par de puntapiés—. Tu madre estaba muy preocupada por ti. Podrías morir de hipotermia, ¿sabes?

—Mmm, claro, claro. De hipotermia en julio. —Lancé su corbata al suelo y le arranqué la camisa de la cintura.

—Pero lo digo un poco en serio. —Me pasó una mano por el costado desde la cintura hasta mi pecho en un lento trayecto por mis curvas—. Tienes la piel helada.

—Pues caliéntame. —La invitación sonó un poco áspera, y, por la forma en que me estrechó y me besó más fuerte, era una invitación que estaba deseoso de aceptar. Terminé de desabrocharle la camisa y solté un chillido al pasarle las manos por el pecho—. Le dijo la sartén al cazo —protesté—. Tú también estás frío.

—Pues caliéntame. —Sus palabras eran un eco de las mías, y una sorprendida risotada emergió de mí. Se quitó la camisa y se afanó con mi sujetador mientras me guiaba hacia atrás rumbo a la cama.

—Estoy impresionada —dije cuando abrió uno a uno todos los cierres a un ritmo imparable—. A veces cuesta quitarlos.

—Seguro que es más fácil quitártelos que ponértelos. —El último cierre cedió y los dos suspiramos; yo con alivio cuando la prenda se despegó de mi cuerpo y él con algo que se asemejó un poco a veneración. Mi instinto me pedía cruzarme de brazos, ya que mi torso no era algo que exhibiese a menudo, y la primera vez que un hombre me veía desnuda siempre me ponía muy nerviosa. Pero no vi nada en los ojos de Daniel que indicara repulsa. Extendió una mano hacia mí, me rodeó la cintura y sus dedos trazaron una línea por mi piel desde la cadera hasta debajo de los pechos. Soltó un jadeo que era más producto de la preocupación que de la excitación—. ¿Te duele?

—¿El qué...? —Me pasé una mano por el torso y noté las marcas que me había dejado la estructura del sujetador. Ah—. Quizá un poco —contesté—. Nada de lo que preocuparse. Estoy acostumbrada. Sobre todo en esta época del año. En verano son muchas las horas que paso encorsetada.

Resopló una carcajada, que se transformó en un suspiro cuando le agarré la mano y la subí. Entendió el mensaje enseguida. Su áspera palma me rozó el costado de un pecho, y con el pulgar me dibujó rápidos círculos sobre el endurecido pezón. Sus caricias eran eléctricas, pero no bastaban. Yo necesitaba su boca, sus labios, su lengua sobre la piel. Lo quería todo de él. Aun así, me obligué a tomarme mi tiempo, a pasarle una mano por el terso vientre y hasta el pecho, deleitándome con el modo en que sus músculos se iban tensando. Subí y subí hasta llegar a su clavícula y a su cuello, y al poco le incliné la cabeza hacia delante para juntar su boca con la mía. Sus manos me apretaron el pecho y la cadera, y me tragué el gemido que salió de su garganta. Nos movimos juntos en una sincronía perfecta y nos tumbamos sobre la cama.

Que crujió bajo nuestro peso.

Bastante fuerte.

Lo ignoré y le puse las manos en la espalda. Su piel ya no estaba fría. Daniel colocó las manos a ambos lados de mi cabeza y movió la cintura hasta encajarla con la mía. Se meció contra mí con fuerza, y jadeé. Lo único que nos separaba eran sus pantalones y mi ropa interior, pero seguían siendo demasiadas prendas. Le pasé los dedos por la columna vertebral —se estremeció y me besó con mayor intensidad— y me esmeré a toda prisa con su cinturón y con el botón y la cremallera de sus pantalones. Él levantó las caderas cuando le metí una mano debajo de los calzoncillos.

—Dios, Stacey... —Su miembro era enorme, estaba duro y ardiendo, y no quise provocarlo, pero no pude evitar descubrir la longitud y el grosor con los dedos. No tenía suficiente de su calor y de sus dimensiones, así que no tardé demasiado en empezar a acariciarlo lentamente desde la base hasta la punta. Daniel empezó a respirar de forma entrecortada y a estremecerse, y no me quité la sonrisa del rostro mientras se mecía contra mí, embistiendo con suavidad contra mi mano en un ritmo constante. Era muy agradable. Una sensación agradable. Una sensación...

... estruendosa. ¿Desde cuándo mi maldita cama crujía tantísimo?

Daniel se detuvo y se apoyó en las manos para mirarme a los ojos.

—Mmm. Esto... —Y soltó la misma carcajada, esa débil y casi exhalada.

Levantó la vista hacia la pared detrás de mi cabeza, como si fuese a encontrar algo importante allí, y a continuación me clavó la mirada.

—No sé si deberíamos seguir. —Se apartó de mí, se alejó y eché de menos su peso de inmediato. Sin su piel sobre la mía, todo me pareció frío de repente.

—Vale... —Detesté lo pequeñita que sonaba mi voz. Y derrotada. Me había desvestido hacía un rato, pero era la primera vez que me sentí desnuda. La derrota no tardó demasiado en convertirse en rabia. En frustración, incluso—. ¿Se puede saber cuál es el problema? —Tiré de la sábana que dejaba plegada a los pies de la cama y me cubrí el pecho mientras me incorporaba para enfrentarme a Daniel, que estaba sentado en la otra punta de la cama, lo más lejos posible de mí.

—¿El problema? No... —Negó con la cabeza y tendió una mano hacia mí, pero me aparté.

—Entonces, ¿por qué has...? —La frustración se incrementó y me puse en pie, rodeándome con la sábana como si fuese una especie de toga. ¿Qué había malinterpretado exactamente? ¿Acaso no me había clavado contra el colchón?, ¿acaso no había gemido con impotencia cuando le había agarrado el miembro con la mano? Pero preguntarle por qué ya no me deseaba era humillante—. Has cambiado de opinión —deduje al fin.

—¿Qué? No, no es verdad.

—Sí que lo es. —Me crucé de brazos por encima del pecho, en parte por la irritación y en parte para mantener en su sitio mi sábana/toga—. Lo has parado —sacudí una mano para señalar el espacio que nos separaba— todo.

—Porque tus padres están al otro lado de la pared y tu cama no se calla, joder. —Asintió con la cabeza hacia la pared que se alzaba tras él—. ¿No deberíamos ser más... silenciosos?

Toda la rabia y el dolor que sentía se fundieron, sustituidos por... por algo que no sabía qué era. Quizá perduraba un poco de la rabia. Claramente, un poco de la frustración. Pero sobre todo había alivio.

—¿Lo dices en serio? —Levanté las manos—. Mi viejo dormitorio está al otro lado de la pared. Ahora lo único que hay allí es una cinta de correr, y nunca la utilizan, créeme.

—¿Estás segura? —Miró hacia atrás, como si mi madre fuese a materializarse y a atravesar la pared para preguntarle cuáles eran sus intenciones conmigo.

—Sí, estoy segura. —Puse los ojos en blanco.

—Vale, vale. —Las dudas se despejaron de su rostro y dieron paso a una sonrisa cuando se giró hacia mí—. Entonces, ¿qué haces ahí vestida con una sábana?

—A lo mejor es que me queda muy bien. —Pero agarré su mano y dejé que me llevase junto a él. Me sentó sobre sus separadas rodillas y echó la cabeza hacia atrás para mirarme a los ojos. Por el amor de Dios, ese cuello me provocaba ganas de mordisquearlo. Y lo hice.

—Dios, Stacey, eres... —Me sujetó una mano con la suya, mientras que la otra se dirigía a mi pelo enmarañado. Tragó saliva y noté el movimiento con los labios—. Eres mejor de lo que nunca imaginé.

—¿Me has imaginado? —Sonreí contra su cuello.

—Desde hace meses. Ya debes de saberlo. —Me apartó para capturar mi boca con la suya, y noté cómo su beso me bajaba hasta los pies. Me apreté contra él y me senté en su regazo mientras la sábana caía de mis hombros.

—Ojalá lo supiese. —Me moví contra él y la fricción de mis braguitas y sus pantalones entre ambos fue tan deliciosa como frustrante—. Ojalá hubiese sabido desde el principio que eras tú. —Era lo único que lamentaba de todo aquello. No tanto que me hubiese mentido (esa parte ya la habíamos pasado) como que yo no me había enterado de la verdad. Era una delgada línea, pero ahora que sabía que era él quien me mandaba los correos y los mensajes, deseé haberlo sabido. Y haber podido fantasear con él en todo momento. Porque el hombre que tenía entre los brazos era mejor de lo que nunca había sido Dex. Mejor que nadie a quien hubiera podido imaginar.

—Lo siento. —Me agarró la cara con las manos y apoyó la frente sobre la mía. Me sumergí en el océano de sus ojos verdes, que buscaban los míos—. Lo siento mucho. Debería haber...

—No, no pasa nada. —Enfaticé mis palabras con un nuevo beso—. Ya sé por qué no me lo dijiste.

—Ya, pero es que... —Suspiró, y su aliento me envolvió los labios—. Es una tontería. Todo. Pero... yo no soy mi primo. No sé cuáles son sus tácticas, pero está claro que sabe cómo tener éxito con las mujeres. Y no se me ocurrió cómo confesarte que yo no era...

—Chist. —Me tocaba a mí sujetarle el rostro con las manos. Le recorrí las mejillas con los pulgares e intenté calmar cualquier dolor que le hiciese sentir que no era lo bastante bueno.

—Sabía que te llevarías una decepción, y no dejé de decirme que debía sacarte del error. Es que no sabía cómo...

—Ya lo sé. —Le planté un beso en la mejilla, en los labios, en la barbilla. El pasado quedaba detrás de nosotros. Lo único que me apetecía era mirar hacia el futuro—. No me importa lo que haga tu primo. No está aquí. Eres el único al que deseo.

—¿Sí? —Me volvió a poner la mano en el pelo, mientras la otra se volvía firme en mi espalda y tiraba de mí con suavidad. Me recoloqué en su regazo y los dos soltamos un jadeo ante el roce—. Vuelve a hacer eso. —Gimió las palabras contra mis labios y levantó un poco las caderas en un lento movimiento. ¿Por qué seguíamos llevando tanta ropa, joder? Teníamos que hacer algo al respecto.

—Creo que ha llegado el momento de que me muestres cuáles son tus tácticas —dije.

—Conque eso crees, ¿eh? —Me agarró el pelo con fuerza y me sujetó la cabeza donde la quería para besarme con más profundidad. Su lengua se deslizó sobre la mía, se embebió de mí, y yo me entregué por completo. Le bajé las manos por el pecho para aprender los planos de su cuerpo, el vello rojizo oscuro que me rozaba las palmas y el calor de su cuerpo. Su otra mano me acarició la cintura antes de pasar por debajo de mis braguitas, sujetarme una nalga y ponerme con más firmeza sobre su regazo. Un regazo que estaba..., en fin, duro. Durísimo.

Al cabo de poco se tumbó en la cama y me tumbó con él. Mis senos se aplastaron contra su pecho, y yo me moría por que estuviésemos tan juntos en todas partes. Me estaba bajando la ropa interior por las caderas, y mis manos se metieron entre ambos para regresar a sus pantalones abiertos. Me apoyé en las rodillas, me senté a horcajadas encima de Daniel y me mecía encima de él mientras intentaba bajarle los pantalones. Por fin. Había llegado el momento de...

—En serio. —Interrumpió nuestro beso con otra débil carcajada—. ¿Qué le pasa a tu cama?

—¡Nada! —Pero tenía razón. Los muelles soltaban un chirrido de protesta cada vez que nos movíamos, y cuanto más nos emocionábamos, más... rítmicos se volvían los chirridos.

Levantó la vista y me miró con ojos divertidos mientras su mano seguía debajo de la parte trasera de mis braguitas.

—¿Nunca te habías dado cuenta de lo ruidosa que es tu cama?

—Pues no. —Seguía estando duro debajo de mí y me retorcí sobre él para dejarlo sin aliento—. Supongo que Benedick y yo no nos movemos tanto cuando dormimos.

—Bueno, pues tengo la intención de moverte bastante.

—Promesas y más promesas. ¿Quieres dejar de hablar de mi cama de una vez?

—Un momento. —Me rodeó la espalda con un brazo y me aferró la cadera con fuerza.

—¿Qué vas a...? ¡Ah!

Sin avisarme, se sentó, llevándome con él, y de ahí se puso de pie con mis piernas alrededor de su cintura. Enlacé los brazos en su cuello para mantenerme erguida sobre su cuerpo mientras me transportaba... ¿a dónde?

—¿Qué estás haciendo? —No pude dejar de reírme en ningún momento. Quise argüir que era demasiado pesada como para que me llevase en volandas, pero no pareció tener ningún tipo de problemas. La sábana seguía enmarañada entre los dos y nos acompañó como si fuese la cola de un vestido de novia.

—Alejarte de esa cama antes de que tu madre irrumpa en tu piso.

—¡Por el amor de Dios! —Mi risilla se convirtió en una carcajada con todas las de la ley. Le habría dado un golpe en el hombro, pero al mismo tiempo no quería que me soltase—. ¿Quieres dejar de preocuparte por mi madre? Mis padres no oyen nada de lo que pasa aquí.

No pareció convencido, aunque sus ojos bailaban divertidos.

—¿Me lo prometes? —Me bajó para dejarme sobre el sofá.

—Te lo prometo —dije. Pero no pude evitar añadir—: A no ser que pongas una lavadora o algo. Estamos justo encima del garaje.

—¿Y si decide poner una lavadora? —Me miró horrorizado.

—¿A estas horas de la noche? —Negué con la cabeza—. Calla, anda. — Le tendí los brazos y él se puso de rodillas delante del sofá. Pero no me besó, todavía no. Se limitó a empujar mis hombros con suavidad para recostarme sobre los cojines del sofá antes de quitarme las braguitas por las piernas. Apartó la sábana con gentileza como si estuviese desenvolviendo un regalo de Navidad.

—Déjame verte bien. Por favor.

Nerviosa, solté una exhalación, sumamente consciente de que no iba a verme en mi mejor ángulo. Estaba mejor tumbada del todo, no medio reclinada. Pero no pude decirle que no. No pude negar el brillo de sus ojos, el asombro de su mirada cuando sus dedos me recorrieron los muslos y les pidieron que se separasen. Ay, Dios, iba a tocarme. Por fin. Y también iba a devastarme. Cerré los ojos y me quedé sin aliento cuando sus dedos empezaron a explorar, a acariciar, a frotar.

—Joder. —Daniel hablaba con voz débil, poco más que un susurro. Me obligué a abrir los ojos y lo vi contemplándome—. Eres lo más bonito... —Me metió un dedo, luego dos, y los fue metiendo y sacando lentamente con movimientos deliberados y suaves. Se tomaba su tiempo. Lo saboreaba. Mientras tanto, yo no sabía si iba a sobrevivir a esa noche. Mis caderas se alzaron para encontrarse con él y noté el pecho hinchado, pesado. Quería sentir sus caricias por todas partes. Me tapé los senos con las manos, mis pezones duros contra las palmas, no tan maravilloso como sus manos sobre mí, pero era lo mejor a lo que podía aspirar por el momento, y Daniel gimió—. Dios, sí. Sigue haciendo eso. Tócate.

Su pulgar se incorporó y acarició mi punto más sensible, dispuesto a arrojarme por el precipicio, y me mordí el labio con fuerza para no ponerme a gritar. Dejando a un lado las bromas, chillar en pleno clímax en la que técnicamente seguía siendo la casa de mis padres no era algo que me apeteciese hacer. Pero Daniel me lo estaba poniendo muy complicado. Volvió a pasarme un brazo por la espalda para sentarme, para llevarme al extremo del sofá, mientras él seguía arrodillado ante mí con la mano ocupada entre mis piernas y los labios a un lado de mi cuello.

—Estás muy mojada. —Su voz era un grave gruñido en mi oído, y sus palabras me provocaron un estremecimiento que me hizo apretarme contra sus dedos—. Y muy cerrada... ¿Así es como te voy a sentir? Dios, te deseo locamente, pero no puedo parar.

—No pares —jadeé—. Ni se te ocurra parar. —Le puse los brazos sobre los hombros para sujetarlo, confiada, en tanto él movía la mano sin vergüenza alguna. Era demasiado. Se había adueñado de todos mis sentidos, pero no era suficiente. Yo quería más. Lo necesitaba. Bajé las manos y tiré de sus pantalones desabrochados, que se habían bajado por sus caderas, pero negó con la cabeza.

—Todavía no. Esto es para ti. Todo es para ti. —Sus dientes se hundieron con amabilidad en mi lóbulo y tiraron de él antes de que la lengua suavizara el mordisco—. He imaginado cómo serías, cómo te sentiría... Déjame verlo. Déjame verte. Déjame sentirte. Por favor.

La combinación de sus palabras, su voz y sus caricias fue demasiado. Demasiado intensa, y al poco me aferré a sus hombros, le clavé las uñas y gemí cuando mi cuerpo se sacudió entre sus brazos. Sus labios cubrieron los míos y se tragó mis gritos, los engulló. Tardé lo que pareció una eternidad en volver en mí y me desplomé sobre él con la cabeza en su hombro.

—¿Ahora? —le pregunté. Mi voz era un gimoteo quejumbroso, pero estaba demasiado satisfecha como para que me importase—. ¿Ahora te vas a quitar los pantalones?

—Uy, yo encantado. —Su carcajada fue una explosión de aliento en mi oído.

Esperé que se levantase o que me volviese a recostar sobre el sofá. En cambio, se movió hacia atrás, se sentó y se tumbó encima de la alfombra tirando de mí hacia delante. Me caí a su lado en un desorden de extremidades.

—¿Estás de broma? —Me apoyé en los codos y observé con lascivia cómo se levantaba y por fin, ¡por fin!, terminaba el trabajo que había empezado yo con sus pantalones casi un millón de años antes. Todo el aire abandonó mi cuerpo en un largo silbido cuando sus pantalones cayeron sobre el suelo, y lo único que se me ocurrió hacer fue seguir tomándole el pelo—. Tienes algo en contra de mi cama, ¿eh?

—¿Cómo? —Lanzó la cartera cerca de mi cabeza antes de arrodillarse junto a mí de nuevo—. Esta alfombra es estupenda. Siempre he querido hacer el amor en una alfombra sintética rosa con purpurina.

—Oye, que a mí me encanta esta alfombra. Me tomo un montón de fotos para Instagram en esta alfombra. —Aunque quizá no en el futuro inmediato después de lo que por lo visto iba a suceder encima de ella. Probablemente primero iba a tener que lavarla.

—De todas formas, tu cama es ridícula, y aquí estoy bien. —Me rodeó el cuerpo y me aprisionó entre los brazos para robarme un beso. Cuánto calor. Cuánta piel desnuda, suave y dura y ardiente contra la mía—. Siempre y cuando esté contigo, estaré bien en cualquier sitio. —Sus brazos me sujetaron y nos hicieron rodar. Estiró las larguísimas piernas debajo de mí antes de colocarme sobre su cuerpo—. Ven aquí —dijo—. Yo seré tu cama.

—Mmm. La mejor cama del mundo. —¿Cómo era posible que la piel de una persona resultase tan pero tan acogedora? Lo rodeé con las piernas y me deleité con la sensación de tener su cuerpo debajo del mío. Era alto, esbelto y duro donde yo era pequeña y blanda, pero al final encajábamos bien. Todo él encajaba conmigo.

Bueno, casi todo. Había algo que todavía no habíamos intentado comprobar si encajaba. Y yo no podía esperar más. Moví una mano entre ambos y volví a agarrarle el miembro, y Daniel se quedó sin aliento. Estaba más duro y ardía más que antes, y palpitaba mientras lo acariciaba; lancé una mirada hacia el cuarto de baño y hacia la caja de condones que sabía que tenía en el botiquín. Qué lejos estaba. No le había enseñado a Benedick a traerme cosas, y en esos instantes me resultó superinconveniente. ¿Dónde estaban los hechizos de Harry Potter cuando los necesitabas? ¡*Accio profiláctico*!

—Un momento. —Levantó una mano por encima de la cabeza hacia su cartera y hurgó unos segundos—. Espera, aquí tengo un... —Una ingente cantidad de tarjetas de visita cayó al suelo antes de que apareciera por fin un preservativo, que agarró con la mano.

—Graciasadiós. —Las palabras salieron entre mis labios en un solo suspiro, y no tardé nada en envainarlo. Vi sus ojos cuando me senté encima de él (eran oscuros, de un verde fuerte y profundo, y muy pero que muy llameantes) y los míos reaccionaron pestañeando a su entrada en mí. Me quedé sin aire y él me sujetó las manos para que no perdiese el equilibrio mientras lo acogía un poco cada vez. Lo notaba por todas partes, pero seguía sin ser suficiente. Yo quería más.

Debajo de mí, Daniel soltó un gemido amortiguado. Cerró los ojos al echar la cabeza hacia atrás, y se le marcaron las venas del cuello. Me vinieron ganas de probar ese cuello, y lo hice: me incliné hacia delante y le lamí la piel con la lengua mientras sus manos les pedían moverse a mis caderas, les pedían que lo cabalgase.

—Por favor. —Las palabras salieron despedidas de su pecho—. Por favor, tienes que...

Y se lo di. Estar encima no era mi fuerte —hablando de ángulos poco favorecedores—, pero me esforcé. Apoyé las manos en su pecho y me moví con un ritmo lento para provocarlo, y lo vi perder la cabeza ante mí. Qué imagen tan bonita. Quizá los ángulos poco favorecedores tenían sus ventajas, al fin y al cabo.

Daniel enseguida tomó las riendas, me afianzó con las manos sobre mis caderas y hundió la punta de sus dedos en mi piel. Movió mi cuerpo como deseaba, me embestía, y fue un tipo de dolor delicioso.

—Por favor —repitió. Al parecer, era lo único que podía decir. Le acaricié el pecho con una mano, lo arañé un poco con las uñas y lo oí jadear entre dientes. Abrió los ojos y me clavó la mirada, con el verde de los iris casi eclipsado por unas oscuras pupilas. Me apetecía zambullirme en él, en el modo en que me miraba—. Ahora. —Una mano se deslizó por mi cadera, justo en el punto en que nos uníamos, para acariciarme y estimularme—. Ahora. Dame...

No pude seguir oyéndolo. Ya apenas lo veía. Lo único que sabía era que el placer me embargaba en intensas oleadas. Demasiado intensas. Demasiado fuerte. Me estremecí encima de él y me inclinó para posar los labios sobre los míos, cerrarlos sobre los míos, y ya no hubo más que bocas y lenguas, acometidas y gemidos y estremecimientos y su piel contra la mía.

Una vez que hubimos terminado, nos quedamos tumbados sobre la alfombra sintética, y me envolvió con los brazos como si no pensara soltarme jamás. Pasaron largos minutos, durante los cuales tuve la cabeza apoyada en su hombro y suspiré de puro placer.

—Deberías quedarte. —Me restaba la energía justa para girar la cabeza y plantarle un beso en el cuello—. Afuera la tormenta sigue sonando muy fuerte. —La lluvia había amainado hacía rato; en las claraboyas ya no repiqueteaba nada y la luna incluso había hecho acto de presencia para iluminar mi segundo orgasmo.

—Mmm. —Convino conmigo con un murmullo—. Creo que no quiero conducir con este tiempo. Tienes razón.

Tarde o temprano, nos fuimos a la cama. Daniel no dijo nada más sobre el ruido de los muelles.

DIECIOCHO

Cuando me desperté, tenía la barriga caliente, lo cual no me sorprendió. Por lo general, Benedick se tumbaba a mi lado en la cama, recostado contra mi vientre; como yo dormía de lado, mi gato se colocaba de esa forma para hacer la cucharita conmigo.

Pero esa mañana fue distinta. Estaba caliente, pero no solo por el calor que desprendía el pelaje de Benedick. Cuando tendí una mano hacia mi gato para acariciarlo con movimientos todavía adormilados, un brazo se ciñó sobre mi cintura. Me desperté y me despejé por completo: Daniel estaba tumbado detrás de mí, abrazándome casi del mismo modo en que Benedick se aovillaba a mi lado. Hacía la cucharita conmigo y yo con mi gato, y me sentí segura y a salvo, envuelta de calor.

Qué lástima que tuviese ganas de hacer pis.

Después de liberarme, ganándome con ello un ronroneo reprobador de Benedick y una protesta medio dormida de Daniel, al regresar del cuarto de baño descubrí que Benedick había encontrado otro lugar en el que dormir: encima de la almohada de Daniel.

—Creo que le caigo bien. —Alargó el brazo para rascarle entre las orejas al gato, que cerró los ojos con placer. Daniel se lo quedó observando unos instantes antes de volver la atención hasta mí.

—No es el único. —Agarré la mano que tenía tendida y dejé que me llevase a la cama hasta rodearnos a ambos con la sábana. La luz de la mañana se colaba por la claraboya de la cocina, pero los dos, sin hablarlo, nos negamos a creer que fuese de día.

—¿Hoy tienes algún plan?

—Mmm. ¿Más allá de esto? —Sonreí cuando me apretó con los brazos. ¿Podíamos pasarnos el día así? De acuerdo, en algún punto habría que comer, pero para algo servían los restaurante de comida para llevar, ¿no?

—Espera —dijo Daniel—. Hoy es lunes. ¿No tienes que ir al trabajo?

—No. —Negué con la cabeza—. Durante la feria, me tomo los lunes libres.

—Bien pensado. Y ¿no les importa? —Me apartó un mechón de pelo del hombro y se quedó acariciándome la piel.

—No. —Era difícil concentrarse en responder a sus preguntas cuando sus labios sustituyeron sus dedos y trazaron el lento camino hacia el lugar donde se me unían el cuello y el hombro—. Yo acepto turnos de los demás en otras épocas... Como en Navidad y en... —Ay, ¿a quién no le traerían sin cuidado mis períodos de vacaciones cuando la boca de Daniel me recorría la piel? ¿Cómo podría conseguir que aquello durase para siempre?

Al cabo de una hora o así, seguía cavilando sobre aquella pregunta, después de que le hubiese prestado tanto mi ducha como un nuevo cepillo de dientes de mi botiquín. Estaba guapísimo con la ropa del día anterior, el pelo rojizo húmedo y peinado hacia atrás, sentado en mi mesita y bebiendo café de una de mis tazas rosas. Daba la sensación de que ese era su lugar. No me apetecía pensar en el fin de la feria y en que él debería irse al siguiente pueblo.

Daniel miró por la ventana hacia la calle, donde estaba aparcada su camioneta.

—¿Crees que tu madre pondrá una lavadora en breve?

Me reí. Para ser el adulto que era, se preocupaba demasiado por mi madre.

—Es probable que no. ¿Tanta vergüenza te da que te vean regresar a la camioneta después de pasar la noche aquí?

—En realidad, no. —Fue a rellenarse la taza de café, y luego se dirigió a la nevera a por la leche. No me había mentido: se ponía una absurda cantidad de leche en el café—. Vergüenza ninguna; además, es un camino muy corto. Unos diez metros o así, ¿no? —Pero vi preocupación en sus ojos cuando se giró hacia mí—. ¿Por qué? ¿Crees que debería darme vergüenza?

—Si te soy sincera, no creo que mi madre se haya dado cuenta siquiera de que has estado aquí. —Soplé sobre mi taza de café antes de beber un sorbo. Era mentira. Mi madre seguro que había visto la camioneta de Daniel al despertarse por la mañana. De hecho, me impresionaba que se contuviese tanto. Pensaba que a esa hora ya me habría llamado. Pero Daniel estaba tan preocupado por tener que enfrentarse a mis padres que no quise darle nuevos motivos de inquietud.

Se observó el reloj y gruñó.

—Debería irme.

—¿Estás seguro? —Hice un mohín teatral, al que él respondió con una sonrisa.

—Por desgracia, sí. Esta mañana tengo algo de papeleo que terminar. —Me agarró la mano y tiró de mí para que me sentara a su lado, y luego entrelazó los dedos con los míos—. De haber sabido que esta mañana estaría aquí, habría hecho otros planes.

—Bueno, ahora ya sabes dónde vivo. Puedes venir siempre que quieras. —Me encantaba tener a Daniel en mi piso. Era alto y ocupaba muchísimo espacio, pero también encajaba. Los dos encajábamos. Me encantaba.

Mi teléfono sonó unos treinta segundos después de que se hubiese esfumado el ruido de la camioneta de Daniel, y me imaginé a mi madre asomada a la ventana a la espera del momento preciso para atacar. Me alegré de que no hubiese atacado al pobre Daniel.

—¿Ya se ha ido tu amigo? Pensaba ir a preguntarte si queríais bajar los dos a desayunar.

—Mmm... —Se me aceleró el corazón, como si me hubiese sorprendido con las manos en la masa. «Tengo veintisiete años», me recordé. «Soy demasiado mayor para que mi madre me castigue». Pero en voz alta dije—: Sí, se ha ido. Lo siento. No se me ha ocurrido que te apetecería preparar tortitas. —En mi cabeza se encendió una imagen de la cara de Daniel si le hubiera ofrecido bajar a la casa de mis padres para desayunar, y tuve que tragar saliva y también la risita que me subió por la garganta.

—Ay, no digas tonterías, Stacey. No pensaba preparar tortitas.

—¿Y entonces? ¿Huevos? —Bebí un sorbo de café.

—Que sepas que esta mañana le he preparado a tu padre una *frittata*. Ha quedado estupenda, y como eres tan listilla, te vas a quedar sin. —Sonó tan remilgada que esa vez ya no pude seguir conteniendo la risa—. En fin. —Detecté una sonrisa en su voz—. ¿Qué vas a hacer hoy?

—No lo sé. En algún punto tengo que poner una colada, pero más allá de eso creo que me lo voy a tomar con calma. El día de ayer fue bastante largo con toda la boda y tal. —Y la visita de Daniel a mi casa y... Mi mente se llenó de pronto con el recuerdo de él, que me despertó en algún momento de la noche con la boca sobre mi piel, y con el del instante en que corrí a por los preservativos del botiquín; enseguida me había vuelto a tumbar a oscuras, con su cuerpo junto al mío, dentro del mío, con sigilo al recordarme que no podíamos hacer ruido, ningún ruido... Negué con la cabeza al rememorar que estaba hablando con mi madre, así que fingí un bostezo—. Estoy bastante cansada. —Y no era mentira. Estaba agotada en zonas que no sabía que podían agotarse.

—Bueno, pues si no vas a necesitar la lavadora en breve, quizá vaya a poner una esta mañana.

—Sí, mamá, claro. Después de todo, la lavadora es tuya. Ya la pondré yo después de cenar. —¿Por qué me pedía permiso si eran su casa y sus electrodomésticos? Un ligero fastidio nació en mi interior, una respuesta que no tenía ningún sentido.

La irritación permaneció conmigo después de que colgásemos el teléfono, y no supe a qué se debía ni cómo hacerla desaparecer, así que opté por pasarme el día poniendo orden en mi vida. Me fui con un Uber hasta la casa de April para recoger mi coche. Reordené mi piso, lo cual, teniendo en cuenta lo pequeño que era, me tomó una media hora. Eché un vistazo a las redes sociales con el móvil y subí algunas de las fotos que había hecho en la boda, pero hasta los corazoncitos de la atención recibida en las redes me dejaron nerviosa. Jugué con Benedick, pero a medida que la tarde fue volviéndose más cálida, nos abandonó al cordel con una pluma y a mí para echarse una cabezada en el sofá.

Quizá a mi gato se le había ocurrido la mejor idea. Me senté a su lado con una taza de té, unas cuantas de las galletas de chocolate que había preparado mi madre un par de días antes y nuestro libro del club de lectura divertido. La reunión se acercaba y, como yo estaría al mando porque Emily se habría ido de luna de miel, debería leérmelo. Me senté sobre las piernas y apoyé una mano en el cuerpo de Benedick, que ronroneó dormido mientras yo le frotaba las orejas. Ese habría sido un buen momento para la tormenta de la noche anterior, pero tuve que conformarme con una tarde tranquila y soleada, leyendo un buen libro con mi gato aovillado a mi lado.

Al cabo de unos cuantos capítulos, lancé un vistazo a mi móvil, puesto encima del reposabrazos del sofá, que se había iluminado con notificaciones. Lo desbloqueé y lo primero que vi fueron algunas imágenes en que me habían etiquetado y en las que bailaba con Daniel en la boda. La primera foto era de los dos de costado, yo riéndome por algo que me había dicho él y Daniel sonriéndome. La segunda era de mí desde detrás, y fruncí el ceño al verla. No era en absoluto un buen ángulo. Mi dedo sobrevoló por la imagen, a punto de desetiquetarme, pero vacilé. De acuerdo, el ángulo no era el mejor y mi cara ni siquiera se veía. Sin embargo, en el modo en que las grandes manos de Daniel me acariciaban la espalda y en el modo en que me miraba como si nunca hubiese deseado tanto en su vida había algo que me hizo querer apropiarme de ese instante y atesorarlo.

La noche anterior con él había sido perfecta en todos los sentidos. Me apetecía etiquetar todos y cada uno de esos segundos con nuestros nombres.

En cierta forma, era extraño que mi relación con Daniel se volviese tan intensa tan deprisa. Por lo general, no era de esas que se acuestan con un chico tan pronto —sin contar con Dex, pero seamos sinceros: mientras nos acostábamos, jamás pensé que con él tuviese una «relación»—, pero esos meses de correos y de mensajes de texto habían preparado muy bien el terreno. Ahora que nos habíamos acostumbrado a vernos en persona, podíamos ahorrarnos los detalles absurdos e ir directamente al grano y a..., bueno, a enamorarnos no. No utilizábamos esa palabra. Todavía no. Pero estábamos juntos, eso sí.

Daniel encajó en mi vida como una pieza de un puzle que yo no sabía que me había faltado. Había las mismas sesiones de mensajes de buenos días y de buenas noches, pero también había las flores que me mandó al trabajo un miércoles y la *pizza* que yo encargué para su habitación de hotel un martes por la noche que nos pasamos criticando malos programas de televisión.

La semana pasó volando y, antes de que me diera cuenta, había llegado el momento de volver a disfrazarse para el finde.

—Beatrice, ¿podemos hablar? —Simon me llamó por mi nombre de la feria cuando íbamos a salir del Vacío para subir la colina y empezar el nuevo sábado medieval.

Emily y yo nos giramos al verlo acercarse, pero para mi sorpresa parecía más interesado en mí que en su flamante esposa.

—Capitán —dije con acento de Beatrice y la cabeza inclinada—. ¿Qué se le ofrece? —Emily alzó las cejas a mi lado; a ella también le había entrado la curiosidad.

—Hoy la necesito.

—¡Capitán! —Mi sonrisa fue ancha y seductora, y se ensanchó más aún cuando vi que Simon estaba cada vez más incómodo—. Me halaga, señor, de veras que sí. Pero me cuentan fuentes fehacientes que acaba de contraer nupcias con esta buena muchacha. Por lo tanto, cualquier necesidad que tenga debería dirigirla hacia ella, ¿sí?

—Así es. —Emily se puso las manos en las caderas e intentó fingir estar ofendida, pero sus ojos irradiaban diversión—. ¿Ya te has cansado de mí, esposo mío?

—Eso no es... —Se quitó el sombrero, una monstruosidad de cuero negro con una enorme pluma roja que había formado parte de su disfraz desde las primeras ediciones, y se pasó una mano por el pelo antes de fulminarnos a ambas con la mirada—. No quería decir eso y lo sabéis. —Había dejado de impostar el acento, lo cual me sorprendió. No era propio de él.

—¿Ah, no? —La sonrisa de Emily se agrandó, y él respondió frunciendo el ceño y dando un paso adelante, prestándole ya toda la atención a ella.

—Se me ocurre llevarte a casa ahora mismo y enseñarte lo poco cansado que estoy de ti. —El acento había regresado y su voz era un gruñido. Vaya. Emily y él siempre habían coqueteado disfrazados, y luego siendo ellos mismos, pero aquello era un poco más... vehemente de lo que yo estaba acostumbrada a ver en él.

A Emily se le encendieron los ojos antes de echarse a reír y de apartarlo con una mano, que había colocado en el centro de su pecho.

—Aléjate —le soltó con su acento de la feria—. Hoy Beatrice y yo tenemos muchas cosas que hacer.

Simon había retrocedido un paso por el empujón de su mujer, pero acto seguido avanzó de nuevo hacia nosotras con el sombrero en la mano.

—De hecho, necesito hablar contigo un segundo, Stacey —dijo con voz de Simon, el organizador de la feria.

Ah. Era un asunto serio, no solo un fingido flirteo.

—Claro, Simon —dije—. ¿Qué pasa?

Se pasó el sombrero de una mano a la otra y se peinó el pelo de nuevo mientras miraba hacia atrás.

—¿Es posible que te convenza para que hoy cantes con las Azucenas?

Parpadeé. De todos los favores que me había imaginado, aquel era el menos probable.

—A ver, no he cantado desde..., no sé, ¿desde la universidad? —Al cumplir los veintiuno, rasgué el disfraz de Las Azucenas Doradas lo más rápido que pude e intercambié el vestido amarillo por el de una tabernera. Me había parecido un ritual de iniciación en el que por fin me convertía en una adulta. Ese verano, Sean, el hermano mayor de Simon, me había apodado Beatrice, el nombre que seguía utilizando en su honor.

—No es verdad —protestó—. Te has pasado mucho tiempo practicando con Caitlin durante los ensayos. Te he oído cantar con ella en casa de April.

—Vale, pero eso no cuenta. —Negué con la cabeza—. ¿Por qué me necesitas?

Simon no respondió; se limitó a mirarme y esperó a que yo me diese cuenta. Y me di cuenta al cabo de unos segundos.

—Ah. —Me puse las manos sobre las caderas—. Te lo dije.

—Sí. —Tuvo la decencia de aparentar un poco de vergüenza.

—Te lo dije. —Lo señalé con un dedo—. Te dije que Dahlia no era de fiar. —Dahlia Martin había sido la mejor cantante a la que le habíamos hecho la prueba, y, como era una estudiante de universidad, contaba con un pelín extra de madurez que significaba que podría liderar los ensayos de las Azucenas bajo una mínima supervisión. Pero fui a hablar con la señorita Howe, que seguía siendo profesora y la directora del coro del instituto de Willow Creek, acerca de la selección de Las Azucenas Doradas de ese año. Aunque había aprobado a las chicas a las que habíamos seleccionado, me había advertido que Dahlia en particular probablemente perdería el interés y dejaría de presentarse en la feria al cabo de un par de semanas.

Y en esas estábamos. Simon levantó una mano, a la defensiva.

—Llevas razón. Pero es muy buena cantante. Teníamos que darle una oportunidad.

—¿Qué ha pasado?

—Pues que esta mañana no ha aparecido. Me he imaginado que llegaría tarde, pero me ha escrito hace unos minutos para decirme que hoy no puede venir. Como si estuviese enferma y no pudiera ir a trabajar. Como si... —Simon apretó los dientes, y de nuevo le temblaba un músculo en la mejilla. Pobrecito. Por aquel entonces le echábamos una mano, pero había momentos puntuales como ese en que parecía que llevase todo el peso de la feria sobre los hombros.

Suspiré. De acuerdo.

—Pero ya no soy lo que se dice una adolescente. ¿No se supone que las Azucenas son un grupo de hermanas?

—Ay, ni caso a eso —dijo—. Te sabes las canciones, eso es lo importante. Puedes ser su...

—Cuidado. —Me puse las manos en las caderas y entorné los ojos.

—¿Su hermana mayor, que es muchísimo más guapa que ellas? —Su mirada se volvió suplicante, y tuve que echarme a reír. Se relajó un poco cuando me oyó y supo que yo estaba cediendo.

—¿Su madre muy pero que muy joven? —propuso Emily.

—¿Su tía divertida? —sugerí.

—Perfecto. —Simon se encogió de hombros—. Lo que tú quieras.

Miré hacia la carpa, donde las Azucenas que quedaban, cuatro jóvenes del instituto, merodeaban y jugueteaban con los lazos de la parte delantera de sus vestidos amarillos.

—Ya no tengo ese vestido —dije. Era probable que una de esas chicas llevase el vestido que me había puesto yo unos años antes. Reciclábamos muchísimo la ropa—. Y, aunque lo tuviese, no me daría tiempo a ir a casa y cambiarme. Las puertas se abren dentro de veinte minutos.

—Estás genial así. —Simon señaló con un gesto mi nuevo disfraz, el de ninfa de los bosques—. O sea, el naranja forma parte de la misma familia cromática, ¿no? Ya va bien.

—¿Ya va bien? —Abrí los ojos como platos. Jamás pensé que oiría a Simon decir que algo «ya iba bien» en lo que se refería a su preciosísima feria—. Vaya. El matrimonio te ha cambiado.

Emily se rio a mi lado y una lenta sonrisa se abrió paso en la cara de Simon.

—Quizá sí —dijo. ¿Una sonrisa podía llegar a ser tan reveladora? Me entraron ganas de irme de allí. Aunque solo fuese para alejarme de esos dos.

—Vale —accedí—. Seré una Azucena.

Simon soltó un suspiro de alivio y se recolocó el sombrero de pirata en la cabeza.

—Gracias.

No había terminado.

—Pero solo por hoy —puntualicé—. Ya encontrarás una solución para mañana y para la semana que viene. —Había hecho importantes planes de hacer lo más mínimo ese día y así poder ir a divertirme con Daniel por la feria, así que no me agradaba que esos planes tuvieran que esperar al día siguiente.

—Te lo prometo. —Simon levantó las manos—. Mañana por la mañana iré yo mismo a casa de Dahlia, le pondré el disfraz y la arrastraré de los pelos si es necesario.

—Me lo creo al cien por cien —bromeó Emily mientras yo me reía.

Daniel escogió ese momento para unirse a nosotros. Lo vi por encima del hombro de Simon, dirigiéndose hacia nuestro grupito. Algo debió de reflejar mi cara, porque Simon se giró justo cuando Daniel se nos acercó.

—Ey, buenos días. —Daniel inclinó la cabeza hacia Simon para saludarlo, pero llevaba expresión precavida. Me miró a los ojos y arqueó las cejas un milímetro. El mensaje era evidente: ¿dábamos a conocer nuestra relación? Bailar en una boda era una cosa, pero el día a día era otra muy distinta. Aquel era mi pueblo y aquella era mi gente. Él acataría mis decisiones.

Bueno, pues a la mierda con la gente. Di un paso adelante para colocarme a su lado y me puse de puntillas con una mano en su pecho para no perder el equilibrio. En esa postura, Daniel solo debía agacharse un poquito para besarme, y por suerte interpretó las señales y me rozó los labios con los suyos.

—Buenos días —dije con una sonrisa. Daríamos a conocer lo nuestro. Lo daríamos a conocer a diestro y siniestro, qué cojones.

—Buenos días, Daniel —tosió Simon—. ¿Todo bien con el grupo? —Emily le dio un codazo y él respondió con una mirada que significaba: «¿Qué pasa, qué he dicho?».

—No ha venido aquí por temas profesionales —terció Emily, y yo apreté los labios con fuerza para no echarme a reír.

Simon nos miró a Daniel y a mí, y acto seguido cerró la boca de golpe.

—Claro. Sí. —Negó con la cabeza—. Ya lo sabía.

—No pasa nada, capitán —dije—. Has estado un poco ocupado últimamente.

—Dirigiendo la feria, casándote... —Daniel me apoyó una mano en la parte baja de la espalda al hablar, consolidando así la naturaleza pública de nuestra relación—. Tienes muchas cosas entre manos. —Noté el calor de su piel a través de las capas de mi disfraz, e instintivamente me dejé caer sobre él y sobre su ardor. Su mano se curvó en mi espalda hasta descansar sobre mi cintura.

—Cierto. —Simon se ajustó el sombrero mientras Emily lo agarraba del brazo y lo arrastraba por la colina—. Hablando de lo cual, debo ir hasta las puertas. Beatrice. —Se tocó el sombrero con la punta de los dedos—. Gracias de nuevo.

—De nada. —Lo despedí con un gesto. Cuando se hubieron marchado, Daniel se giró hacia mí.

—Bueno. —Se inclinó para darme otro beso, uno mejor que el roce rápido que me había dado antes con los demás mirando. Sus manos exploraron las curvas que creaba el corpiño que llevaba yo—. ¿Estás preparada para el día de hoy? Creo que lo primero sería ir al puesto de lanzamiento de hachas. Por lo visto, se llena enseguida. En tu pueblo hay mucha gente sedienta de sangre.

—Creo que tendremos que dejarlo para mañana —suspiré. Le conté la situación de la Azucena que faltaba y cómo había cambiado mis planes para ese día.

—Un momento. ¿Tú cantas? —Una sonrisa se esbozó sobre sus labios—. No me lo habías contado.

—Cantaba. El día de hoy será interesante. Espera. —Se me cayó el alma a los pies al darme cuenta de una cosa—. Ni siquiera sé qué partes canta Dahlia. Ay, Dios, espero que no sea la soprano. —Me llevé las manos a la barriga aplanada por el corpiño, donde varias mariposas habían empezado a batir las alas.

—Lo harás genial. —Me rodeó con un brazo y me estrechó contra sí antes de darme un reconfortante beso en la frente—. No te preocupes, ¿vale? Irá muy bien. Me muero de ganas de oírte.

Una nerviosa risotada emergió de mí.

—Uy, no tienes por qué vernos actuar. De hecho, no lo hagas, por favor.

—No pienso perdérmelo por nada del mundo. —Negó con la cabeza y se rio al oír mi gemido de derrota—. Venga, márchate. Ve a reunir a tus tropas.

—Sí. —Cuadré los hombros. A fin de cuentas, las chicas estaban esperando. Un nuevo beso de Daniel y me fui con Las Azucenas Doradas. Seguían merodeando, un tanto aburridas y perdidas ahora que se había terminado la reunión de la mañana y todo el mundo se había dirigido a sus puestos para cuando se abriesen las puertas.

—Hola, Stacey —me saludó Caitlin cuando me acerqué—. Resulta que Dahlia no ha venido. Se lo he dicho al señor G. y me ha dicho que esperásemos aquí. —Frunció el ceño, confundida—. Pero las puertas se abrirán ya. Hay que hacer algo, ¿no?

—No pasa nada —la tranquilicé—. Dahlia le ha dicho a Simon que hoy no puede venir. —Me detuve en seco cuando me percaté de que Caitlin no era la única Azucena a la que conocía—. ¿Sydney?

—Hola, Stacey. —Me saludó y tiró del corpiño de su vestido—. Ahora me llamo Syd, en verdad.

—Ah. Claro. —La última vez que vi a Sydney Stojkovic, tenía cinco años y estaba sentada en la parte trasera de la camioneta. El señor Stojkovic nos recogía y nos llevaba a Candace y a mí de una competición de animadoras a otra. En esos momentos, Sydney ya iba al instituto. El tiempo pasaba volando, demasiado deprisa incluso—. Hola —dije, e intenté asimilar que Syd ya no necesitaba una sillita para el coche. Y a continuación fui al grano—. Como ya sabéis, es obvio que Dahlia no vendrá hoy.

—Dahlia tiene una nueva novia desde hace un par de semanas. —Syd puso los ojos en blanco—. Fijo que es eso.

—Es probable. —Le resté importancia—. La buena noticia es que yo antes cantaba, así que me uniré a vosotras. —No sabía cómo recibirían el cambio de planes, y me recordé que de joven fui muy popular. Había sido una animadora. Por aquel entonces, esas chicas habrían sido muy afortunadas de haber sido mis amigas. Seguro que soportaban un día con mi versión adulta sin poner los ojos en blanco.

Por suerte, Caitlin estaba de mi parte.

—Ah, ¡eso es genial! —Asintió con ganas antes de girarse hacia las demás—. Stacey me ha ayudado a aprenderme las canciones. Y es una contralto, igual que Dahlia.

Gracias a Dios. Intenté que no se notara demasiado el alivio que sentía.

Syd asintió, pero sus ojos se clavaron detrás de mí.

—¿Quién era el chico con el que estabas hasta hace poco?

—¿Mmm? —Me volví y vi que Daniel desaparecía colina arriba, y me tomé unos segundos para saborear qué bien le quedaban los vaqueros. Cómo se subestimaba el efecto que tenía en los hombres esa tela para resaltar sus... atributos.

—Es su novio —afirmó Caitlin con autoridad. Estaba disfrutando del hecho de conocerme mejor que las demás. Quizá después de todo sí que me veía interpretando el papel de una tía divertida.

—¿Ah, sí? —Syd me miró con las cejas levantadas—. Es mono.

—Sí. —Sonreí—. A mí también me lo parece.

Al final, Simon había estado en lo cierto. Sí que me sabía todas las canciones que cantaban Las Azucenas Doradas. Las sesiones de práctica que había tenido con Caitlin también me habían servido de práctica a mí. Pero sin saberlo. Actuar con las chicas fue como montar en bici, pero fue una experiencia surrealista. Como esos sueños en que de pronto regresas al instituto y es la semana de los exámenes finales, pero no has ido a clase en todo el año. Actuar no me era desconocido, pero no era del todo lo mismo. Cuando yo había sido una Azucena, no habíamos fijado horas de actuación; recorríamos las calles de la feria y cantábamos una o dos canciones por el camino, añadiéndole color al día. En cambio, en esa nueva feria éramos un número que actuaba por lo general en un pequeño escenario cerca de la entrada principal. Corrimos hacia allí antes de que abriesen las puertas, y cuando llegaron los primeros visitantes ya íbamos por la mitad del primer verso de «Mangas verdes», con nuestras voces en una armonía perfecta. Las chicas cantaban muy bien y me di cuenta, casi de inmediato, de cuánto había echado de menos ensamblar mi voz con las de otras. Sí, como montar en bici. Fue hasta divertido. Mi irritación por no pasar el día con Daniel se evaporó y me relajé disfrutando de la música.

Hicimos pequeños conciertos de cuatro o cinco canciones cada uno, que nos dejaban tiempo para recorrer las calles. Me adueñé del papel y pasé de ser Beatrice a ser la tutora improvisada de cuatro hermanas. Detenía a los visitantes conforme los veía y les preguntaba a los hombres si estaban solteros.

—¿No estarán interesados en contraer nupcias? Estoy desesperada por casar a estas jóvenes y mandarlas a..., es decir, que quiero asegurarles el futuro. ¡Eso es lo que quiero decir, por supuesto! ¿Están solteros ustedes?

—Seleccionaba a propósito a hombres casados, que se reían y se ocultaban detrás de sus esposas. De vez en cuando encontrábamos un pequeño claro o un escenario donde nadie estaba actuando y cantábamos una o dos canciones. Dondequiera que fuésemos se reunía una pequeña multitud y, aunque estuve atenta por si veía a un pelirrojo vestido de negro, por el momento Daniel no había asistido a ninguno de nuestros números. Me debatía entre estar aliviada o decepcionada.

A media tarde, nos encontrábamos cerca del escenario Marlowe, unos veinte minutos antes de que empezara el concierto de Duelo de Faldas. El grupo no estaba por ninguna parte y los bancos del público estaban casi vacíos, a excepción de unas cuantas personas que descansaban a la sombra. Perfecto. Podríamos cantar un par de canciones y marcharnos antes de que regresara la banda.

Guie a las chicas hacia el escenario.

—¿Ya hemos cantado «El marinero borracho»? —No recordaba si esa la había practicado o no con Caitlin, pero era muy famosa. Seguro que las chicas la conocían.

—Esa... esa no la solemos cantar. —Syd negó lentamente con la cabeza.

—Es verdad. —Caitlin asintió con énfasis y con los ojos como platos—. Va de beber alcohol. Somos demasiado jóvenes.

Me dio un vuelco el estómago. Ay, madre. ¿Estaba corrompiendo a la juventud? Simon iba a matarme.

Pero Janine, la Azucena más alta y nuestra soprano principal, alivió la tensión con una risita.

—Te están tomando el pelo. Esa canción la cantamos en unos cuantos ensayos.

—Sí, pero el señor G. dijo que no podíamos cantarla. —Caitlin puso los ojos en blanco—. Es demasiado adulta.

—Bueno, tampoco es que vayamos a actuar. —Señalé hacia el público, donde solo había tres personas y las dos últimas nos daban la espalda, en absoluto interesadas—. Y el señor G. no está por aquí para darnos órdenes, ¿vale? Es para divertirnos un poco.

Sin reparo alguno, empecé a entonar la canción:

Ese marinero está borracho.
(¿Qué se puede hacer con el muchacho?).
Ese marinero está borracho
desde que amanece.

El resto de las chicas se me unieron al llegar a la segunda estrofa, y empezamos a cantar todas juntas:

Hey, ho, levamos anclas.
Hey ho, el viento crece.
Hey, ho, y a toda vela
desde que amanece.

Cuando terminamos la canción, no estábamos solas. Un puñado de visitantes se habían agolpado al fondo y nos aplaudieron un poco. Mientras tanto, los integrantes de Duelo de Faldas, que habían aguardado a cierta distancia con Daniel y con una bebida en la mano, habían vuelto para reclamar su escenario, divertidos al verlo ocupado por un grupo de chicas.

—No paréis, tranquilas. —Dex llevaba la guitarra a la espalda, pero enseguida la agarró con las manos y se sumó a la melodía, asintiendo en nuestra dirección para que siguiésemos.

Y seguimos, y al poco Frederick y Todd también fueron a buscar sus instrumentos y nos acompañaron. Los versos de «El marinero borracho» eran difíciles porque la canción tenía cientos de años y seguramente un millón de versos. Pero empezamos con los más conocidos:

Déjale en un bote en medio de la tormenta.
(Déjale en un bote en medio de la tormenta).
Déjale en un bote en medio de la tormenta
desde que amanece.

Cuélgalo del mástil por las patas.

(«Au», exclamó Syd, y todas nos echamos a reír).

(Ponlo en la bodega con las ratas).
No se va a dejar si no lo atas
desde que amanece.

Durante una ronda de «Hey, ho, levamos anclas», salté del escenario hacia la segunda fila, donde estaba sentado Daniel con las piernas apoyadas en el banco que tenía ante sí.

—¿Qué es? —Le arrebaté el vasito de plástico de las manos y olí el líquido pálido que contenía—. ¿Hidromiel? —Puse una mueca y se lo devolví.

—Sí. Me lo han servido en tu taberna. —Bebió un trago—. ¿No te gusta el hidromiel? Debería gustarte. Es dulce, como el vino que sueles beber.

—Es demasiado espeso. —Negué con la cerveza—. Como la cerveza que tanto te gusta. —Se echó a reír y regresé al escenario con las chicas.

—Lo mejor de la canción —les dijo Dex a mis compañeras mientras seguía tocando la melodía— es que es tan vieja que la gente se inventa nuevos versos. Siempre y cuando encajen con la métrica, cuadran. Es genial para que el público participe, ¿sabéis? —Las chicas asintieron con los ojos bien abiertos, embelesadas en el atractivo que irradiaba Dex MacLean, como si diez minutos antes no me hubiesen dicho que no deberían cantar esa canción.

—¿Por... por ejemplo? —preguntó Janine.

—Veamos... —Dex tocó las últimas notas de la estrofa y empezó de nuevo. Frederick se le unió con una floritura del tambor.

—Por ejemplo... —Frederick señaló a Todd, que tocaba el violín—. «¡Acércalo y que baile claqué!».

Todos nos echamos a reír, pero Todd marcó el ritmo con las botas y las chicas se pusieron a cantar:

> *Acércalo y que baile claqué.*
> *Acércalo y que baile claqué.*
> *Acércalo y que baile claqué*
> *desde que amanece.*

Syd añadió un nuevo verso:

—«¡Ponle música de los ochenta!».

Ese fue mejor incluso y lo transformamos en una nueva estrofa:

> *Ponle música de los ochenta.*
> *Ponle música de los ochenta.*
> *Ponle música de los ochenta*
> *desde que amanece.*

Las chicas ya estaban partiéndose de risa, y todos dábamos palmas al son de la música. Nuestras voces se ensamblaron con las del grupo de Dex y casi me dio lástima cuando llegamos a la última ronda de «Hey, ho, levamos anclas» de la canción. Los chicos sonreían, las chicas se desternillaban y el público que se había reunido para asistir al nuevo concierto de Duelo de Faldas nos aplaudió con entusiasmo. Estupendo. Nos habíamos convertido en las teloneras. Con suerte, Simon no se enteraría de lo ocurrido.

Daniel se levantó del asiento que ocupaba en la segunda fila y apuró el vaso de hidromiel.

—Siento ser un aguafiestas, chicos, pero tenemos que prepararnos para el espectáculo. —Por la cara que puso, odiaba de verdad ser la voz de la razón, pero había llegado el momento de que el grupo tocara sus canciones. Y eso significaba que nosotras deberíamos regresar a nuestro pequeño escenario junto a la entrada para cumplir con nuestro papel.

Nos despedimos de los chicos y yo reuní a mis chicas como si fuese una mamá gallina con sus pollitos. Les indiqué que bajaran del escenario y que fueran hacia el pasillo central. Cuando llegué al borde de la tarima, me encontré con Daniel, que me ofreció una mano para bajar del escenario. Sin embargo, no me soltó una vez que hube aterrizado en suelo firme. Se limitó a apretarme la mano con la suya y a tirar de mí hacia delante.

—Te veo luego, ¿no?

—Pues claro. —Lo miré con una sonrisa—. Desde que amanece. —Pronuncié la frase con la entonación propia de la canción.

Él negó con la cabeza. Un amago de sonrisa traviesa le torció los labios y sus ojos despidieron un destello de calor.

—No voy a esperar tanto, ni hablar. —Se inclinó para rozarme la boca con la suya allí mismo, delante de todo el mundo, y sí, era evidente que nuestra relación ya era de dominio público.

Esa vez el sabor del hidromiel no me resultó tan desagradable.

DIECINUEVE

Había querido encontrarme con Daniel en el coro del bar, pero cuando Las Azucenas Doradas hubieron terminado el último número del día, me vi obligada a quedarme con las chicas mientras se quitaban el disfraz en el Vacío. Caitlin esperó conmigo porque Emily iba a llevarla hasta casa, y cuando regresamos a la entrada, la feria ya había acabado por el día. El coro del bar había finalizado y los visitantes iban saliendo por las puertas principales. Me acerqué al escenario Marlowe, pero también estaba vacío. Ni rastro de ningún MacLean. Cuando llegué al coche y encendí el móvil, vi que tampoco había recibido ningún mensaje suyo. Pero, claro, Daniel sabía que yo no llevaba el móvil durante el día, así que intenté no darle mayor importancia. Y sabía dónde vivía, probablemente se pasaría más tarde por mi casa.

Pero después de darme una ducha larga y caliente, y de ponerme unos cómodos pantalones de yoga, reparé en que en realidad no me había dicho que iría a verme. Yo había asumido que se pasaría, pero «desde que amanece» no era un plan demasiado concreto. Eché un vistazo al móvil para confirmar que no me había llamado mientras me duchaba. Nada. Mmm. Me recogí el pelo con una toalla y puse un poco de agua al fuego para prepararme pasta para cenar.

—¿Nos está ignorando, Benedick? —No parecía probable, pero también era extraño que no me hubiese dicho nada. Mi gato no contestó y optó por limpiarse el culo. Genial. Muy útil.

En cuanto el agua empezó a hervir en la cocina, alguien llamó a mi puerta. Fue un ruido potente que retumbó por mi piso silencioso e hizo añicos los pensamientos que habían empezado a desmadrarse en mi cabeza. Corrí a abrir la puerta.

—Aquí estás. —Me apoyé en el marco de la puerta e intenté aparentar calma, como si no hubiese comprobado cada quince segundos si había recibido un mensaje suyo.

—Aquí estoy. —Se inclinó para besarme, un beso real esa vez, uno que no debía ser educado ni de labios cerrados delante de testigos, y cualquier fastidio residual que me quedase salió volando de mi cabeza—. Iba a escribirte como suelo hacer —dijo cuando se detuvo para tomar aire—, pero he pensado: ¿por qué escribir si puedo venir a verte? —Daniel se fijó en mi conjunto de pantalones de yoga y moño improvisado, y sonrió—. Iba a proponerte si querías ir a cenar por ahí, pero veo que ya te has instalado... —Abrió los ojos como platos al percibir el olor—. Por no hablar de que lo que estés preparando huele que alimenta.

Abrí la puerta y lo guie al interior.

—Son solo espaguetis. Esta mañana he metido salsa y albóndigas en la olla de cocción lenta, y hay muchísima cantidad. Ven, te invito a cenar.

—Sí, por favor. —Me siguió hasta la cocina, donde eché algo de sal en el agua hirviendo, seguida de la pasta. Saqué otro plato para Daniel y la cena fue bastante íntima, no tanto por el ambiente romántico como porque mi mesa era pequeñísima. Pero apenas nos dimos cuenta mientras devorábamos una cena de pasta abarrotada de carbohidratos y cuatro vasos de agua fría. La feria deshidrataba a cualquiera.

Daniel nos rellenó los vasos y añadió otra rodaja de limón al suyo antes de dejarse caer sobre la silla con un suspiro de felicidad.

—No puedo decirte cuándo fue la última vez que comí algo casero. Seguramente las Navidades pasadas.

Bufé, aunque no pude evitar sonreír al oír las alabanzas.

—No ha sido tan casero, la verdad. Albóndigas congeladas y salsa...

—Sigue siendo mejor que la comida para llevar. —Alzó el vaso de plástico hacia mí y brindamos.

—Ven siempre que quieras. —Lo dije en serio. Daniel podía mudarse conmigo, yo encantada. A pesar de la cama ruidosa y tal.

Acababa de darle un sorbo a su vaso cuando le sonó el teléfono móvil, una musiquilla que sonaba a violines celtas. Gruñó y se lo sacó del bolsillo trasero.

—Es Dex.

Mi corazón se aceleró al oír el nombre, pero le resté importancia.

—¿Debes responder?

—Sí. Seguro que ha olvidado..., no sé, cómo pedir una *pizza* por su cuenta o algo. Vuelvo enseguida. —Descolgó de camino a la puerta—. Hola, Dex. ¿Qué necesitas? No, he salido... No sé cuándo regresaré... —Puso los ojos en blanco de forma exagerada en mi dirección antes de abrir la puerta. No lo culpé por que se marchase; mi piso era básicamente una habitación grande, así que no había ningún sitio al que acudir en busca de intimidad a no ser que quisieras esconderte en el cuarto de baño. Las escaleras eran la mejor opción.

Metí los platos en el lavavajillas y guardé las sobras en la nevera, y luego fui a buscar mi móvil. Emily había creado un álbum de Facebook llamado «Primer día en la feria como la esposa del capitán Blackthorne», que era tan ridículamente mono como sonaba, incluido un selfi de Simon el pirata y de Emily su esposa, tomado a primera hora de la mañana antes de que empezase la feria. En el anillo de oro del dedo del pirata había algo que lo completaba.

Acababa de terminar de pasar las fotos y de dejar comentarios cargados de emojis cuando me llegó un mensaje de Daniel. Me había mandado unos cuantos emojis también: tres caritas con los ojos en blanco. Me reí y, antes de que le respondiese, me mandó otro: Vuelvo enseguida que pueda, en serio. Sonreí al teclear la respuesta: Ya sabes dónde estaré. Con el móvil todavía en la mano, me encaminé hacia la cama bajo las vigas, encendí las guirnaldas y me recosté en mi montón de almohadas, mientras por la puerta delantera me llegaban los susurros de la voz de Daniel. Había algo en el hecho de tenerlo a él allí, en mi espacio, que era demasiado reconfortante. Era algo a lo que podría acostumbrarme.

Mientras tanto, de vuelta a mi perfil de Facebook, el bebé de Candace, mi mejor amiga del instituto, ¡ya caminaba! «¡Albricias!», dije entre dientes. Casi tenía un año ya, ¿debería dejar de decir que era un bebé? Ya gateaba y caminaba, ¿no le daba eso el estatus de niña sin más? No tenía ni idea, pero aun así dejé un emoticono con ojos de corazones en el vídeo en que la pequeña se tambaleaba por el salón y casi se desplomaba sobre el perro, porque aunque solo fuésemos amigas de Facebook ya, por lo menos iba a ser una buena amiga de Facebook. Has pasado el día con tu hermana pequeña, añadí como comentario. ¡¿Cómo es posible que ya vaya al instituto?! ¡Nos hacemos mayores!

El clic de una cámara me sobresaltó. Al levantar la mirada, vi que Daniel estaba en el centro de mi salón apuntándome con el móvil, mientras yo estaba en la cama con mi gato y el teléfono.

—Es una imagen que he visualizado durante muchísimos meses. —Su expresión se suavizó cuando contempló la foto que acababa de echar—. ¿Así era como estabas todas las veces que nos mandábamos mensajes?

No se me había ocurrido hasta ese momento.

—Era lo más habitual —admití—. A veces estaba en el sofá con el ordenador portátil, pero las noches en que nos mandábamos mensajes antes de acostarnos solía estar en la cama con el móvil. —Le di un golpecito al colchón—. Justo aquí.

—Mmm. Conque justo aquí, ¿eh? —Dejó el teléfono en un lado de la cama y entró en mi diminuta habitación—. Debo decir que se me dio muy bien imaginarte... —Se tumbó sobre la cama y encima de mí al mismo tiempo, bloqueé el móvil y lo puse al lado del suyo con una sonrisa—. Pero la vida real es mejor que las imágenes. Igual que esto... —agachó la cabeza para besarme cerca de la boca— es mucho, muchísimo, mejor que los mensajes de texto.

—Mmm. ¿Tú crees? —Sonreí contra sus labios y respondió con un mordisquito con que me tiró del labio inferior.

—Uy, ya lo creo. —Sus manos me recorrieron los costados y me levantaron la camiseta, y esa vez no se quejó en absoluto de los ruidosos muelles de mi cama.

Más tarde, agarré su móvil y busqué en su galería hasta dar con la foto que me había hecho antes.

—Vale, lo retiro —dije incorporándome y frunciendo el ceño ante la pantalla—. Por lo general estoy más guapa. O eso espero. Voy a borrarla.

—Ni se te ocurra. —Me arrebató el teléfono de las manos—. Necesito esa foto. Necesito más fotos. De hecho, voy a comprar espacio en la nube para guardar todas las fotos posibles que pueda echarte con mi móvil.

—Pues échame una en la que salga mejor. —Aparté las sábanas.

—¿A dónde vas? —Me rodeó el brazo con una mano para detenerme.

—A ponerme un poco de maquillaje —dije—. Quizá incluso me peino y todo. Si quieres fotos mías, no quiero parecer la niña de la curva.

—No. —Tiró de mí y me devolvió a la cama y a sus brazos—. Así estás perfecta. Tienes el pelo revuelto y enmarañado... —Me pasó los dedos por el cabello, que ya hacía rato que se había escapado del moño improvisado que me había hecho—. Tienes las mejillas rosadas y la sonrisa más bonita que he visto nunca. Es una expresión que te provoco yo y quiero documentarla. —Me apuntó de nuevo con el móvil y, aunque intenté taparme la cara y apartar el teléfono, me brillaba el corazón por sus palabras. ¿Cómo iba a negarme si me decía esas cosas? Al final contraataqué con mi propio móvil haciéndole fotos a él también, mientras se reía y fingía protestar. Estaba supercómodo, superbién, allí en mi cama, enredado en mis sábanas. Como si siempre hubiese estado allí. Y en cierta manera quizá sí que había estado.

Cuando al fin cayó la noche y mi pisito se quedó iluminado solo por la luz de la luna que se colaba por la claraboya y por las guirnaldas de encima de mi cama, me recosté encima de Daniel y él jugueteó con un largo mechón de mi pelo entre los dedos.

—No sé si podré volver —murmuró, un callado susurro de un secreto compartido.

—Pues no vuelvas. —Bostecé con alegría y recorrí la línea de su clavícula con un lento dedo—. Quédate. Seguro que mañana los chicos encuentran el camino hacia la feria.

—Ah, eso ya lo sé. Pero no me refería a eso. —Se removió bajo las sábanas y me recolocó mejor junto a él antes de mover la cabeza para rozarme la sien con los labios—. Digo más adelante. Cuando haya terminado esta feria y me vaya a la siguiente. Cuando lo único que tenga de ti sean los correos y los mensajes. Quizá podríamos liarnos la manta a la cabeza y llamarnos o hacer videollamadas. Pero ya sé que no bastarán. ¿Cómo voy a volver a lo de antes después de lo que hemos vivido? —Su mano me recorrió el brazo y me calentó la piel.

—Ya lo sé. —En mi pecho brotó cierto malestar. Hasta el momento había dejado a un lado lo que ocurriría cuando acabase la feria y había elegido concentrarme en las cosas buenas. En Daniel, en lo perfecto que era estar con él. ¿Por qué mancillarlo con la realidad de que aquello era algo temporal, con la certeza de que él debería ir al siguiente pueblo al cabo de una semana? Pero ya no podía ignorarlo—. Podrías quedarte aquí.

—Lo dije a la ligera, una broma que retirar de inmediato. Sin embargo, el corazón me martilleó en las sienes al imaginarlo. Al imaginar que Daniel se quedaba en Willow Creek. Conmigo.

—Lo haría sin pensármelo. —Su brazo me estrechó más fuerte—. Me encanta el ambiente de pueblecito de este sitio.

—Al final acaba cansando. —No pude dejar de sonreír al decirlo—. ¿Qué ibas a hacer en un pueblo como este? Aquí no hay demasiados grupos a los que representar.

—Tengo otras habilidades, ¿sabes? Podría... —Se quedó callado, y yo esperé—. Vale, quizá no tengo otras habilidades.

—Yo no lo tengo tan claro. —Añadí cierto tono seductor y ronroneante a mi voz, y él se rio.

—Habilidades comerciales, quiero decir. Alguna destreza que me permitiera ganarme la vida aquí. —Los dos guardamos silencio durante un rato—. Pero, bueno, tú podrías... —Su voz se apagó de repente, como si censurase su pensamiento antes siquiera de verbalizarlo.

—¿Qué?

—Ah, no. Nada. —Pero su corazón latía más deprisa debajo de mi palma, y el ascenso y descenso de su pecho se aceleró un poco—. Es que... iba a decirte que... O sea, que podrías venir conmigo. Con nosotros. —Había empleado el mismo tono de voz bromista que había usado yo antes. Ese tono que bien podría ser serio o jocoso, en función de cómo se interpretasen las palabras.

—¿A la feria medieval de Maryland? —Reflexioné un poco—. Vale, sí. No está tan lejos, ¿no? Podría ir el viernes después de trabajar y pasar allí el fin de semana. Sería divertido.

—No. A ver, sí, tienes razón. Sería divertido. Pero... —Se removió un poco y me apretó un poco más el pelo entre los dedos—. Estaba pensando más bien... a largo plazo.

—¿A largo plazo? —Ladeé la cabeza para mirarlo a la cara.

—Sí. —No me devolvió la mirada; sus ojos se clavaron en las luces que titilaban encima de mi cama. Parpadeó deprisa—. No sé. Es una idea que se me ha ocurrido. Sé que no te encanta tu trabajo y que te frustra quedarte en este pueblecito. ¿Por qué no te vas, pues? Ven conmigo. Ven con nosotros. Viaja. Creo que te gustaría la vida entre ferias.

Las palabras flotaban en el aire entre ambos, y Daniel siguió observando el techo, no a mí.

—Yo... —Me dio un vuelco el corazón con una reacción afirmativa inmediata, pero mi cerebro se paralizó y no pude pronunciarlo. Sí, claro que quería irme de Willow Creek. Pero ¿podría irme? La última vez que lo intenté, mi madre terminó en el hospital. Había estado a punto de morir. Mi cerebro repetía constantemente esa imagen: su rostro pálido, su brazo inerte con una vía, los tubos y las máquinas. No importaba que hubieran pasado varios años. No importaba que mi madre se encontrase bien. Había una parte irracional de mí que estaba convencida de que las dos cosas estaban unidas. Si planeaba volver a irme, mi madre volvería a tener otro ataque al corazón. Y yo terminaría quedándome en el pueblo. De nuevo. Quizá para siempre.

Con esos pensamientos revoloteando por mi cabeza, pasaron varios minutos, y el silencio entre Daniel y yo se hizo más espeso, y sus palabras se desintegraron y se esfumaron en el aire. Me soltó el pelo y me pasó el brazo por la cintura.

—Era solo una idea. No tienes que...

—No, no es que...

—Chist. —Me rodeó fuerte con los brazos y me dio un beso en la frente—. No pasa nada. No te preocupes.

Decir «no te preocupes» tuvo el efecto contrario en mí. Y en él. Sonaba tranquilo, pero su corazón seguía palpitando deprisa bajo mi mano. No supe qué decir ni cómo mejorar la situación. Bromas aparte, no podía pedirle que se quedase. Su vida iba de feria en feria. Y mi vida estaba allí. Lo único que podía hacer era abrazarlo con fuerza y fingir que nunca tendría que soltarlo.

Después de aquella conversación del sábado por la noche, entre Daniel y yo no cambió nada. Dahlia Martin regresó a la feria el domingo, así que mi época como una Azucena Dorada crecidita había terminado. Daniel y yo aprovechamos el día: lo asusté con mi falta de destreza con el lanzamiento de hachas y asistimos a los espectáculos que por lo general no teníamos tiempo de disfrutar. Fue un día caluroso en que pasamos más calor aún al sentarnos en las gradas durante el torneo de justas, pero al poco nos cobijamos en el relativo frescor de la taberna y bebimos con Emily y Simon, que también interpretaban a sus respectivos personajes. El mío era tan ambiguo a esas alturas que no era más que un nombre, un vestido y un acento. Pero, de todos modos, Beatrice consiguió encajar en la feria sin problemas.

Daniel durmió conmigo la noche del domingo después de la feria, y, aunque pasamos el lunes separados, el martes me escribió cuando salí del trabajo para invitarme a ir a su habitación de hotel. No se comportó de forma distinta después de la truncada conversación del sábado por la noche y yo no supe cómo preguntarle si de verdad me había propuesto que me fuera con él. No volvió a pedírmelo y no se me ocurrió una forma espontánea de sacarlo a colación, así que fue como si aquella conversación no hubiese tenido lugar. Como si nunca me hubiese pedido que me fuese de feria en feria con él. Pero cuanto más lo pensaba, más me gustaba la idea. Los vendedores, los artistas..., todos tenían su propia cultura, su propio lenguaje incluso, y ¿cuántas veces había deseado formar parte de aquello más que unas cuantas semanas al año? Pero tenía el mal presentimiento de que había esperado demasiado para decir que sí.

Decidí ignorarlo, igual que ignoraba las otras cosas en las que no me gustaba pensar. Como el hecho de que se avecinaba el último fin de semana de la feria y que, si Daniel y yo queríamos seguir juntos, nos tocaría embarcarnos en otros once meses de comunicación cibernética. No era lo ideal, pero era mejor que no estar con él.

¿Verdad?

A pesar de los grandes esfuerzos que hice por ignorarlo, cuando llegó el jueves una especie de miedo se había acumulado en mi pecho, aunque externamente todo pareciese normal y corriente. Después de trabajar, fui a la habitación de Daniel con comida china para llevar y vimos programas de reformas y sorbimos *lo mein* y Coca-Colas del minibar como si el último fin de semana de la feria no se cerniese sobre nuestras cabezas. Pero yo le sujetaba la mano demasiado fuerte y su beso cuando llegué fue demasiado desesperado. Los dos sabíamos que se nos acababa el tiempo.

Después de ver un par de programas, saltó de la cama para servirse otra copa, y al final optó por la botella de ron que había comprado un par de semanas antes. Aunque frunció el ceño al ver la cubitera de hielo.

—¿Ya nos hemos quedado sin hielo?

—Es que esos chismes son demasiado pequeños. Iré a buscar hielo. —Me levanté y estiré la espalda. Me había quedado agarrotada después de haberme pasado casi una hora aovillada junto a Daniel.

—No te preocupes, ya voy yo. —Agarró la cubitera y salió de la habitación cerrando de golpe la puerta tras de sí. Hice *zapping* durante varios minutos antes de apurar mi propia bebida, y al abrir la mininevera vi que solo quedaba una lata de Coca-Cola. Supe que debería haber comprado más. Busqué unos cuantos dólares en el bolso. Cerca de la máquina de hielo había una máquina expendedora; podría alcanzar a Daniel y comprar un par de refrescos.

Oí murmullos de voces en el pasillo por la puerta entreabierta, pero no fue hasta que la abrí del todo cuando me di cuenta de que se trataba de Dex y de Daniel, que estaban a varios metros.

—¿... Te ha hecho eso con la lengua? Se le da muy bien.

—Déjalo. —Daniel hablaba en susurros, pero era tajante—. No es así.

Un hormigueo me atravesó el cuerpo de la cabeza a los pies al percatarme de que estaban hablando de mí.

—¿Cómo que no es así? Te estás acostando con ella, ¿no? Os vi la semana pasada en la feria. —Dex miró hacia atrás, hacia la habitación de Daniel (hacia mí), y yo me escondí con el corazón acelerado al mover la puerta y dejarla entreabierta de nuevo. No debería estar escuchando esa conversación. Nada bueno saldría de escuchar esa conversación. Debería cerrar la puerta, pero me había quedado paralizada. Mis pies se habían clavado en el suelo y apretaba los billetes de dólar con el puño mientras los MacLean hablaban de..., en fin, de mí.

—No... —Daniel suspiró, una larga y atormentada exhalación que yo ya había empezado a conocer muy bien. Lo hacía mucho cuando hablaba sobre sus primos. Cuando hablaba con sus primos—. No es así —repitió con voz casi suplicante—. Es una chica especial.

Dex se echó a reír, y me encogí al oírlo.

—No te odio, tranquilo. Creo que es estupendo. Es que... No sé, me sorprende. Me podrías haber informado de que ibas a solucionarlo de esa forma.

Me quedé sin aliento y abrí un poco más la puerta para verlos. ¿Solucionar el qué?

En el pasillo, Daniel levantó las manos, más enfadado de lo que nunca lo había visto. No era de los que se enfadaban.

—¿A ti qué cojones te importa? Me pediste que me encargase de tu problema y lo he hecho. Como me he encargado de todo por ti estos últimos doce años.

—Eh. A mí me va bien. —Dex alzó los brazos—. De hecho, me has impresionado. Te aplaudo y todo por cómo lo has conseguido. Me la has quitado de encima. Y es estupendo que por el camino te hayas llevado algo. De hecho...

No pude soportarlo más. Abrí la puerta y salí al pasillo. Los dos me vieron de inmediato. Dex bajó las manos y arqueó las cejas, pero yo solo veía a Daniel. Tenía los ojos abiertos y expresión afectada. Sabía que lo había oído todo. Debía de ser obvio por la cara que puse.

—Yo era... —Me falló la voz, así que tuve que aclararme la garganta y volver a intentarlo—. ¿Yo era un problema? —Solté un tembloroso suspiro y miré a Dex—. ¿Necesitabas que alguien me quitara de encima de ti?

Daniel abrió la boca y la cerró. Para mi sorpresa, fue Dex quien intervino; de pronto era la voz de la razón en esa conversación.

—No, Stace. Eras genial. En serio. Nos lo pasamos bien, ¿no? —Asintió con énfasis para responder a mi débil asentimiento—. Pero luego el año pasado te volviste un poco pesada mandando mensajes y tal. Y eres una chica fantástica, así que no quería enviarte a la mierda sin más. Por eso le pedí a Daniel que se encargase.

—Un momento. ¿Tú se lo pediste? —Era nueva información para mí. Regresé al pasado, a un año atrás. A aquel primer mensaje ebrio, provocado por demasiado vino y demasiada soledad. ¿Cuán diferente habría sido todo si Daniel hubiese hecho lo que le habían pedido? Si me hubiese rechazado con educación, si le hubiera puesto fin a todo. ¿Me habría dolido tanto como me dolía en esos momentos?

Pero había algo que no terminaba de cuadrar. Algo que lo empeoraba todo más aún. Miré hacia Daniel.

—Me dijiste que fue un error. Me dijiste que no sabías que el mensaje era para Dex.

—¿Eso te dijo? —Dex se echó a reír. Fue prácticamente una carcajada, un ser vivo que revoloteaba entre Daniel y yo, y rebotaba en las paredes del pasillo mientras nos mirábamos a los ojos—. Bueno, pues es un puto mentiroso. Me enseñó el mensaje y me preguntó qué quería que hiciese. Le dije que lo solucionase él.

—Sí. Eso ya lo has dicho. Que lo solucionase. —Asentí lentamente—. Que se encargase de mí.

—Bueno, sí. Para suavizar el golpe. A él se le dan mejor las palabras que a mí... —Fue bajando la voz y, por primera vez en la conversación, Dex parecía incómodo. Se frotó la nuca mientras miraba de mí a Daniel y a mí de nuevo—. Es lo que hizo, ¿no? ¿No te dijo que no me gustabas tanto? Me dijo que lo haría...

—Sí —lo interrumpí. No me apetecía seguir escuchando. Ni a él. Ni a Daniel, que en ningún momento había abierto la boca. Seguía mirándome con ojos suplicantes, como si su castillo de naipes se estuviese derrumbando—. Sí —repetí—. Supo qué debía decirme. —Me giré y regresé a la habitación de Daniel. Mi mochila seguía en la silla, no la había abierto siquiera, así que no tuve que recoger mis cosas. La última lata de Coca-Cola era toda suya. Agarré el móvil de la mesita de noche y lo arrojé en mi bolso. Lista. Me iba.

Pero cuando me giré Daniel estaba en la puerta con la cubitera en las manos.

—Stacey...

—Me dijiste que no habría más mentiras. —Negué fuerte con la cabeza. Me apetecía atacarlo, hacerle el mismo daño que me había hecho él a mí, pero las dos cosas requerían aire y yo era incapaz de aspirar por culpa de la piedra que me atascaba el pecho. Una tormenta de lágrimas ascendía por mi interior; necesitaba llegar al coche, mejor aún a mi piso, antes de que la tormenta arreciase—. Me lo prometiste.

—Ya lo sé. Te lo prometí. —Estaba tan desolado como me sentía yo, pero no me importaba. No podía importarme.

—¿Todo este tiempo he sido una broma? Todo lo que me has dicho, todos estos meses... ¿Solo estabas solucionando un problema de tu primo?

—No. —Cerró los ojos con una mueca dolorosa en la cara—. A ver, sí, vale, al principio sí. Tu mensaje era tan... No quería hacerte daño.

Tuve que reírme, pero fue un sonido áspero, un grito de dolor.

—Genial, lo has hecho genial. —Me colgué la mochila en el hombro—. Lo has hecho superbién.

Suspiró, una profunda exhalación que parecía proceder de los dedos de su pie.

—Ya lo sé. La he cagado. Otra vez. Stacey, lo siento. Por favor...

—No. —Busqué las llaves y me las clavé en la palma—. No, ya me he cansado de hablar. Ya me he cansado de oírte. —Me temblaba el aire en los pulmones. La tormenta de lágrimas se acercaba, y yo debía marcharme de allí—. Ya era una mierda cuando pensaba que había sido un error de verdad...

—Sí que fue un error de verdad, te lo dije...

—Lo comprendí. —No lo dejé terminar—. O eso creía. Pero ahora... ahora no es lo mismo. Estabas al corriente. Dex estaba al corriente. Me convertisteis en una especie de broma familiar, y no puedo... —Se me quebró la voz y las primeras lágrimas empezaron a caer de mis ojos—. No puedo —repetí—. Cuando creía que eras Cyrano, te perdoné. Pero luego...

—¿Qué? —Arrugó el ceño—. ¿Cyrano? ¿De qué estás hablando?

—Luego en la boda —seguí hablando como si él no hubiese dicho nada—, en mi piso, pensé... pensé que por fin había encontrado el amor. Pensé... —Me aclaré la garganta con fuerza. No importaba lo que pensara, ¿verdad que no?—. Pero me has engañado. Tú y Dex. Los dos me habéis engañado. —Lo empujé para salir por la puerta.

—¿Te vas? —Su voz sonó tan incrédula como derrotada. Fue la derrota la que me golpeó, y me di la vuelta.

—Dame un motivo para quedarme. —Me dolían los ojos; me ardían con lágrimas que no me permitía verter. Todavía no. Me obligué a mirarlo a la cara y esperé a que me dijera que me quedase. Que luchase por eso. Por nosotros.

Pero no lo hizo. Igual que la primera noche en el bar, se quedó callado. Solté un suspiro y, para mi humillación, fue un sollozo.

—Vete al próximo pueblo —dije al fin—. A lo mejor Dex y tú encontráis otro corazón que romper los dos juntos.

—Stacey. —Me llamó con voz rota, pero no me importó lo más mínimo. Esa vez, cuando me giré para marcharme, me soltó.

Por suerte, Dex había tenido el suficiente sentido común como para abandonar el pasillo, así que nadie presenció la tormenta cuando arreció. Nadie tuvo que verme secarme lágrimas de rabia y de vergüenza de la cara al dirigirme al coche y conducir hasta casa, donde pude llorar en paz. Me hice un ovillo en la cama y me permití sollozar, y al poco Benedick estaba tumbado junto a mi barriga y yo puse una mano sobre su suave pelaje, cuya calidez me reconfortaba.

Se nos había acabado el tiempo. Aunque un poco antes, y de forma un tanto más definitiva, de lo que había anticipado.

VEINTE

A la mañana siguiente, me sonó el despertador y lo detuve de un golpe. El arrepentimiento se instaló en mi interior como el peor tipo de resaca. Gemí y me tapé la cara con las manos conforme me embargaba el recuerdo de la noche anterior. ¿Había exagerado con mi reacción? Pero la voz de Dex se repetía en mi cabeza, me llamaba «pesada» y decía que le había pedido a Daniel que «solucionara» ese problemilla. Uf. No. No había exagerado en absoluto.

En un gesto de optimismo, encendí el móvil por si tenía un mensaje de texto de Daniel, pero no había recibido nada. Me di una ducha e intenté formar un texto en mi mente. Primero quise disculparme, pero en cuanto hube urdido la disculpa perfecta, herví de rabia y mentalmente la eliminé. Allí la damnificada era yo. Debería ser él quien me pidiera disculpas, joder.

Escribí y borré tres mensajes distintos antes de salir de casa hacia el trabajo. En cuanto llegué, me guardé el móvil e intenté concentrarme en otras cosas. Fue tan bien como había esperado: para la hora de comer, mis nervios estaban en pie de guerra y fui a buscar el bolso antes siquiera de fichar.

Nada. Ni una sola notificación, ni siquiera de mis redes sociales. Pero esa semana había estado tan ocupada pasando las horas con Daniel que no había publicado gran cosa, así que no había demasiado a lo que pudiesen reaccionar los demás. Nunca había sentido tanta desesperación al mirar la pantalla de mi móvil. ¿No pensaba disculparse?

—Qué imbécil —me dije mientras esperaba mi turno en el autoservicio. Solo un capricho me ayudaría superar aquel día—. ¿En serio me va a ignorar? ¿A mí? Es él quien la ha cagado. —Respiré hondo varias veces y esbocé una sonrisa para no asustar a la pobre chica del autoservicio cuando me entregó la hamburguesa con queso.

Fue a media tarde cuando se me ocurrió. Daniel estaba organizando algo romántico para hacerme saber cuánto lamentaba haber traicionado mi confianza. Quizá al llegar a mi piso me lo encontraba lleno de flores y a él en el centro suplicando mi perdón. Imaginé sus palabras, las cosas bonitas que me diría para demostrar que comprendía hasta qué punto se había equivocado. Que por supuesto que iba a luchar por mí, que yo merecía la pena y que haría cualquier cosa para recuperar mi confianza. Mi corazón dio un brinco ante esa idea, tanto que me trajo sin cuidado que en mi móvil siguiese sin haber ni una sola notificación a última hora de la tarde. Conduje hasta casa con una creciente emoción; ya apenas estaba enfadada con él. Me moría de ganas de verlo, de dejar atrás lo sucedido y pasar página.

Y por eso fue tan devastador regresar y encontrar mi piso tal y como lo había dejado. Con una taza de café medio llena en la encimera de la cocina y mi gato cabeceando en el mismo sitio del sofá. Mi piso nunca había estado tan vacío. Solté el bolso sobre la mesa de centro y me desplomé en el sofá al lado de Benedick, que me parpadeó adormilado.

Vale. Ya estaba harta. Saqué el móvil. **Qué cojones te pasa…** No. Lo borré y volví a empezar. **De verdad no me vas a hablar después…** No. Me quedé mirando durante largos segundos el icono de la llamada y lo revoloteé con el pulgar. Pero luego arrojé el móvil. Ya habíamos dejado atrás los mensajes. Ya habíamos dejado atrás la comunicación cibernética. Si de verdad iba a ser una relación real, deberíamos ser capaces de hablar de nuestros sentimientos, no solo de escribirlos. No quería que nada me separase de Daniel, ni siquiera un teléfono móvil. Necesitábamos hablar como adultos y pasar página. Y debíamos hacerlo cara a cara.

Benedick rodó hasta tumbarse de costado para estirarse bien y bostezar cuando yo me levanté de nuevo del sofá y agarré el bolso y las llaves. Ni siquiera me cambié la bata del trabajo; me limité a conducir hasta el hotel antes de perder las agallas, a dirigirme a la puerta de Daniel y a llamar.

No respondió.

Volví a llamar, más fuerte.

Nada.

Fruncí el ceño. Quizá estaba en la ducha o algo. Debía de ser eso. Hurgué en mi bolso para encontrar la tarjeta que me había dado. No me la habría dado si yo no tuviese derecho a utilizarla, ¿no?

Metí la tarjeta en la ranura, pero la lucecita roja no pasó a ser verde. Mmm. Lo intenté nuevamente, esa vez más lento. Seguía sin funcionar. Gruñí, irritada, después del tercer intento, y a continuación me dirigí hacia la recepción. Gracias a Dios que esa noche trabajaba Julian.

—Hola, Julian. —Deslicé la tarjeta por encima del mostrador—. Ha dejado de funcionar. ¿Puedes reconfigurarla, porfa?

—Claro. —Pulsó un par de teclas del ordenador—. No sabía que te alojaras aquí. —Frunció el ceño observando la pantalla—. Mmm, Stace... Por lo que pone aquí, no te alojas en el hotel.

—Ah, no, no. Yo... A ver. —Cierto calor empezó a subirme por la nuca—. Un amigo me ha dado esta copia.

—Un amigo —repitió—. Ajá. —Sus cejas se unieron, y torció los labios en una pícara sonrisa. Sabía exactamente a qué clase de amigo me refería—. ¿Quién?

Bufé. ¿Cómo era posible que todavía no lo supiese? En el pueblo los cotilleos solían correr como la pólvora.

—La habitación 212. Daniel MacLean.

—Ah. —Frunció el ceño al lanzarme una curiosa mirada—. Pero... —Volvió a teclear en el ordenador y escrutó la pantalla. Se aclaró la garganta, un poco nervioso—. No está aquí, Stace.

—Ah. —Miré atrás hacia las puertas del vestíbulo, como si pudiera ver su camioneta en el aparcamiento. No me había fijado al llegar, pero tampoco la había buscado activamente—. ¿Ha ido a algún sitio? Puedo esperar un poco si necesitas su visto bueno para reconfigurar la tarjeta.

—No. Me refiero a que ya no se aloja aquí. Ha dejado la habitación esta mañana.

—Ha... —Tragué saliva e intenté aparentar tranquilidad. Normalidad. No como si mi mundo hubiese empezado a desmoronarse por los confines—. ¿Se ha ido?

—Sí. Me ha parecido un poco raro. Porque la feria no acaba hasta el domingo y tal. Pero ha dicho que ya no tenía nada aquí y que había llegado el momento de irse. —Julian se encogió de hombros—. ¿No te lo ha comentado?

—¿Qué? No. Él... —Dios, qué patética sonaba, ¿verdad? Saqué el móvil del bolso y fingí comprobar los mensajes nuevos—. ¡Madre mía! No, sí que me lo ha dicho, mira. —Le mostré la pantalla, pero muy deprisa para que no viese que allí no había nada—. Culpa mía. Debería haber consultado el móvil antes de venir. Qué tonta soy a veces. —Mi carcajada retumbó en los azulejos del suelo del vestíbulo, vacía y falsa.

Pero Julian me conocía desde la escuela y sabía que había sucedido algo. Su expresión se suavizó.

—Stacey...

—Bueno, pues me voy. —Retrocedí un par de pasos con una sonrisa absurdamente radiante—. Quédate la tarjeta, claro —añadí con otra risilla—. Ya no la necesito. —La última frase era demasiado certera, pero conseguí no perder los estribos hasta que atravesé las puertas de cristal y salí a la cálida noche de verano. Las lágrimas me mojaban las ardientes mejillas y me aferré al móvil mientras intentaba recordar cómo se respiraba.

No iba a recibir ninguna disculpa. No iba a presenciar ningún gran gesto romántico. Daniel... se había ido.

Al día siguiente, en la feria Emily y yo fuimos un par de taberneras espantosas.

Pero en realidad ya no éramos taberneras, claro: éramos la esposa de un pirata y... quienquiera que fuese yo. Pero seguíamos recorriendo el bosque, entrando en cada una de las tabernas en distintos momentos del día para asegurarnos de que los camareros no se escabullían del trabajo. Era el cuarto fin de semana de la feria —el último de la temporada— y había mucho movimiento. Bueno, tanto movimiento como permitía el calor de mediados de agosto.

Pero no fue el calor lo que nos volvió tan desastrosas en nuestro papel. Estábamos acostumbradas a las altas temperaturas, bebíamos tanta agua como podíamos y ondeábamos las faldas para que corriese algo de aire. Pero la mente de recién casada de Emily estaba en la luna de miel, que empezaba en cuanto terminase la feria el domingo por la noche, así que su sonrisa era un poco más nerviosa que de costumbre y su atención, más bien nula. En cuanto a mí... Estaba triste. Y furiosa. Y triste de nuevo. Cada vez que nos acercábamos a las proximidades del escenario Marlowe, se me desbocaba el corazón, que luego me daba un vuelco porque Daniel se había marchado sin ni siquiera despedirse. Una parte de mí quería irrumpir en el escenario y preguntarle a Dex qué cojones había sucedido. Pero Dex ya se había entrometido bastante entre Daniel y yo, y estaba tan harta que no me parecía adecuado preguntarle a él por la vida sentimental de su primo, aunque esa vida sentimental me incluyera a mí.

—Ey. —Emily me dio un golpecito con el hombro cuando vimos el final del numerito en el barro—. ¿Estás bien? Te veo... distraída.

No estaba bien. En absoluto. Pero al cabo de veinticuatro horas Emily empezaría la luna de miel. No tenía por qué preocuparse por mí y por mis dramas. ¿Qué clase de amiga sería yo si la avasallara con mis problemas en esos instantes? Una amiga pésima. Opté por recuperar la sonrisa y hablar con voz liviana y acento perfecto.

—¡Por supuesto, Emma! Todo va como la seda.

—Mmm. —Miró hacia atrás y se volvió hacia mí—. No he visto a Daniel hoy. ¿Está por aquí?

—No lo creo. —La puta sonrisa me empezaba a doler, pero pensaba lucirla de todos modos—. Creo que ha tenido que irse pronto.

—Mmm —murmuró una vez más—. ¿Seguro que estás bien? Porque el chico sexi del barro ha estado a punto de quedarse sin pantalones y no has dicho ni pío.

Mi carcajada fue demasiado estentórea, pero bien podía deberse a que representaba a mi personaje.

—Quizá estos días intento tener un poco más de clase, Emma, querida. —Le di un golpe con el codo y le lancé una sonrisa. Apaciguada, me la devolvió, una de verdad que me confirmó que la había engañado. Para ella mi corazón no estaba hecho trizas.

Fue agotador fingir ser una persona sin problemas durante todo el día, pero después de lo que parecieron cien años por fin nos subimos al escenario principal para aplaudir durante el último número del coro del bar, y luego Simon, disfrazado de pirata, les dio las gracias a los visitantes por acudir y el día terminó al fin. Mi nuevo corpiño se ataba por delante, así que liberé las cintas de camino al coche, estacionado en el aparcamiento de los voluntarios. En cuanto llegué a casa y respiré sin dificultad, saqué el móvil de mi mochila de cuero azul. Si pedía una *pizza*, llegaría cuando ya me hubiese duchado y me hubiera puesto ropa cómoda. En efecto, acababa de enfundarme unos pantalones de chándal y de recogerme el pelo húmedo cuando llegó la *pizza* de peperoni y champiñones acompañada de pan de ajo. El golpe en la puerta coincidió con un pitido de mi móvil, y durante medio segundo me quedé paralizada sin saber qué responder primero. Pero la comida ganó la partida y, en cuanto saqué de la nevera un refresco para beber con la *pizza*, agarré el móvil. Era una notificación de correo electrónico, y la previsualización bastó para casi hacerme soltar la lata.

Daniel MacLean: Seguro que recibir un correo mío es lo último que…

Dejé la bebida con cuidado y, a continuación, el móvil, ya que ver su nombre me había provocado temblores en las manos. No me gustó que las lágrimas me anegaran los ojos al ver su nombre, así que respiré hondo un par de veces antes de ir a buscar el ordenador portátil. Necesitaba una pantalla más grande para leerlo.

No había nada en el asunto del correo.

Seguro que recibir un correo mío es lo último que quieres ahora mismo. Quién sabe, quizá incluso hayas bloqueado mi dirección de correo, como también mi número de móvil. No te culparía lo más mínimo si lo hicieses. Pero vamos allá.

No tenía ninguna intención de engañarte. Puede que suene ridículo ahora, pero es la verdad. Debes saber que yo no suelo quedarme por las ferias en las que actuamos. Por lo general me presento antes de tiempo, me aseguro de que todo está listo y ayudo a la banda a prepararse. Y luego, después del primer fin de semana, si todo va bien, me mantengo alejado, y de ninguna de las maneras tengo por costumbre pasarme el día entero en la feria. Solo lo hago cuando venimos a Willow Creek. Es casi cómica la cantidad de cosas que hago para estar ocupado en tu pueblo —paseo por las paradas, asisto a los conciertos desde la última fila para saber que mis chicos saben lo que hacen—. Pero lo hago porque, cuanto más tiempo paso en Willow Creek, más tiempo puedo verte a ti.

Yo no soy Dex. Créeme, me lo han repetido hasta la saciedad. Primero nuestra familia, que me convenció para que fuera el mánager de mis primos cuando formaron una banda, ya que yo no tenía ningún talento. Luego las chicas, que fingían interesarse por mí para acercarse a él. Ninguna se da cuenta de mi presencia, tú incluida. Tú y yo siempre nos hemos tratado con cordialidad, pero fue él quien te llamó la atención. Por eso nunca intenté que nuestra amistad fuese algo más. Me he dicho verano tras verano que ser tu amigo era suficiente.

Cuando llegó ese primer mensaje en la página de Facebook del grupo, pensé que te habías fijado en mí. Por fin. Por eso te contesté siendo yo. Sincera y completamente. Y luego me escribiste y me llamaste Dex, y supe que no habías pensado en mí en ningún momento. No te diré cómo me sentí. Pero fue entonces cuando le enseñé tu primer mensaje a mi primo, puesto que era lo adecuado, aunque me doliese una barbaridad. Y Dex… En fin, ya te ha contado cómo reaccionó. Quiso que yo lo «solucionase». Que te dejase, básicamente, en su nombre.

Y yo no podía hacerte daño de esa forma. Y fue cuando se me ocurrió que, entre el físico de Dex y mis palabras, juntos éramos la clase de hombre que mereces.

Suspiré en ese momento y agarré el vaso. Ojalá no fuese un refresco, sino una copa de vino.

—Maldita sea —masculló. Simon tenía razón. Había sido una absurdez al estilo de *Cyrano de Bergerac*.

Pero seguí leyendo.

Sabía que en algún momento habría que aclarar las cosas. Cada vez que te mandaba un correo o un mensaje de texto, me decía que en el próximo te contaría la verdad. Que era lo que había que hacer. Pero no lo hice. Porque sabía que contarte la verdad significaba perder lo que teníamos, y no estaba preparado para eso.

Me pediste que te diese un motivo para quedarte. Ojalá tuviese uno. Llevo desde los diecinueve años de un lado a otro, siendo el mánager de la banda. Es quien soy. Es lo único que tengo. No tengo nada más que ofrecerte que una vida de nómada. Y me dejaste muy claro que no era lo que deseabas. Claro que no lo es, y fue inadecuado que te lo preguntase siquiera. Mereces muchísimo más que una vida como la mía.

Me diste una segunda oportunidad el primer día de la feria y la he mandado a la mierda. Sería absurdo pedir una tercera. Veré el dolor en tus ojos el resto de mi vida y me odiaré por habértelo provocado.

De todo lo que te he dicho y no te he dicho durante estos meses, siendo yo o fingiendo ser mi primo, las palabras más importantes que debería haberte dicho son «te quiero». Te mentí sobre mi identidad. Te mentí incluso sobre por qué te mentí. Pero en ningún momento te mentí sobre mis sentimientos hacia ti.

No soy mi primo. No soy Cyrano. Soy solo yo. Quizá no sea la persona que estabas esperando. Pero tú, Anastasia, siempre serás la persona a la que he estado buscando. Todavía lo eres. Siempre lo serás.

No espero que me contestes a esto. Ni siquiera estoy seguro de que vayas a leerlo. Pero espero que tengas la vida que mereces, llena de amor con alguien en quien puedas confiar. Siento mucho más de lo imaginas que ese alguien no pudiera ser yo.

Tuyo para siempre,
Daniel MacLean

Era la primera vez que firmaba un correo que me mandaba, y con su nombre completo. Enseguida reparé en la importancia que tenía. Estaba despidiéndose de mí.

Me enjugué las lágrimas de las mejillas y partí un pan de ajo semifrío. Ya me había dicho lo que quería, y se lo iba a respetar. Buena parte de mi rabia se disolvió con la última oleada de lágrimas dejando tristeza tras de sí. Podría mandarle un correo enseguida, pero ¿qué cambiaría? Iba a marcharse al siguiente pueblo. Se marcharía como mi mejor amiga del instituto, desaparecería como mi trabajo en Nueva York. Y yo seguiría en Willow Creek. La vida seguía y yo me quedaba allí.

Nunca me había sentido tan sola. Agarré el móvil y quise escribirle un mensaje a Emily con todas mis fuerzas. Necesitaba a mi mejor amiga. Pero mi mejor amiga necesitaba ser feliz. No necesitaba preocuparse por mí mientras estuviese de luna de miel. No podía acudir a ella para llorar en su hombro.

Repasé mi lista de contactos y me detuve al ver el nombre de April. Éramos amigas, sí. Amigas de club de lectura. Amigas que bebían chupitos juntas en Nochevieja. Amigas que reían siendo las dos damas de honor. Pero no tenía claro que fuésemos amigas de «préstame un hombro para llorar porque he perdido al amor de mi vida». Todavía no. Además, April era la definición de una mujer fuerte e independiente, hasta el punto de resultar casi intimidante. Conociéndola, seguro que pondría los ojos en blanco al enterarse de mi tristeza.

Las redes sociales tampoco eran el mejor lugar al que recurrir en mi estado. No, solo servían para los momentos felices: las alegrías que querías compartir con tus amigos y, asumámoslo, quizá causarles un poco de envidia por tu buena suerte. No apetecía documentar los malos recuerdos. No podía publicar nada esa noche. No cuando me habían roto el corazón.

No. Estaba sola, y lo único que podía hacer era quedarme sentada con mi gato, a solas.

Como siempre.

VEINTIUNO

El último día de feria transcurrió en un borrón de sol, música, risas de los demás y retumbo de cascos. Emily me arrastró hasta el torneo de justas de primera hora, y al final regresé una y otra vez para asistir a ese número durante el resto del día. Había algo en el poder de los caballos, y en el modo en que los caballeros disfrazados cargaban unos contra otros, que reproducía los acelerados latidos de mi corazón y la intensa emoción que apenas sabía nombrar, y mucho menos expresar.

Estaba tan ensimismada en esa nebulosa que, cuando pasé por delante del escenario Marlowe, Dex tuvo que llamarme tres veces para que lo oyera. Y en cuanto lo oí se me ocurrió ignorarlo y pasar de largo, pero yo no era así. Me limité a esbozar lo que quedaba de mi sonrisa y girarme hacia él.

—Hola. —Se detuvo y miró alrededor, como si aquella palabra fuera lo único que hubiese planeado decir.

—Hola —respondí con indecisión. No estaba de humor para enfrentarme a un MacLean y no tenía ganas de ponerle fácil aquella conversación. Al cabo de unos segundos de incomodidad, se aclaró la garganta.

—Oye, solo quería saber que estabas guay.

—¿Que estoy cómo?

—Bueno, que estás bien. La otra noche te vi bastante afectada. En el hotel, digo.

Torcí los labios ante aquella pregunta. Como si me hubiese olvidado de lo ocurrido el jueves por la noche.

—Porque lo estaba. —Y estaba peor que bastante afectada, joder. ¿A dónde quería llegar él con eso?

—Ya. —Se frotó la nuca. Obviamente, Dex no era de los que pedían disculpas, y estaba perdido por completo.

Pero echarle una mano no era tarea mía.

—¿Necesitas algo más? —Señalé hacia la calle. Ardía en deseos de marcharme de allí.

—Sí. No. Yo... —Soltó un suspiro, exasperado—. Solo quería asegurarme de que estás bien.

—Que estoy bien —repetí con voz plana. Estaba lo contrario a bien. ¿Algún día volvería a estar bien?

—Que estás bien —insistió—. Como te dije la otra noche, creo que eres una chica estupenda, de verdad. Y si he dicho o hecho algo que te haya molestado... —Se encogió de hombros—. Bueno, pues que no era mi intención. —Sus ojos se clavaron en los míos y me dio un vuelco el estómago. Los suyos eran marrones, como los míos, no verdes brillantes como los de Daniel. Sin embargo, había algo en la forma que tenían y en su expresión que me recordó que sí, que estaban emparentados.

Y lo estaba intentando de verdad. Si soy sincera, era probablemente la conversación más larga que hubiésemos mantenido Dex y yo, incluso durante los veranos en que estuvimos..., bueno, no creo que pudiese utilizar la palabra «juntos» para describir nuestra relación. No después de haber estado con Daniel y haber descubierto lo que significaba estar con alguien de verdad.

Por lo tanto, en lugar de decirle dónde podía meterse su inapropiada casidisculpa, decidí tomármelo al pie de la letra.

—Gracias —dije—. Ahora mismo no estoy para tirar cohetes, pero creo que estaré bien. —De acuerdo, lo último era mentira, pero Dex no tenía por qué saberlo.

Su expresión se despejó como un cachorro al que le dan un poco de atención.

—Genial. —Me dio un suave puñetazo en el hombro, que seguramente era debido al espíritu de camaradería, pero que en realidad me demostró que Dex no tenía ni idea de tratar a una mujer a la que no pretendiese llevar a la cama—. Me tengo que ir. —Se llevó un pulgar al hombro—. Actuamos dentro de nada. Pero ha estado bien hablar, ¿no?

Parpadeé varias veces mientras él se alejaba.

—Sí —le aseguré a gritos—. Ha estado bien. —Eché a caminar por la calle, lo más lejos del escenario Marlowe que me podían llevar los pies. Necesitaba dar por finalizado el último día de esa edición de la feria tan caótica; al año siguiente empezaría de cero. Mientras andaba, jugueteé con el colgante de la libélula. Las libélulas implicaban cambios, me había dicho Daniel el verano anterior. Quizá me había enfrentado a demasiados cambios.

Al mismo tiempo, no había cambiado absolutamente nada. El martes volví al trabajo. A finales de semana tenía el club de lectura. Me quedé despierta hasta tarde un par de noches para terminar el libro, ya que se suponía que yo iba a llevar las riendas del debate, lo cual me dejó cansada e irritada. El poco sueño que conseguí disfrutar estuvo fragmentado y atestado de imágenes sacadas del argumento del libro que acababa de leer —una mujer que se encontraba a sí misma y que pasaba página después de una ruptura—. ¿O acaso los sueños hablaban de mí? Estaba demasiado agotada como para intentar adivinarlo.

Cuando esa noche llegué al club de lectura, había bebido tres cafés y había tenido un mal día en el trabajo. Lo último que me apetecía era hablar sobre los problemas de una mujer de ficción. Pero ignoré mis sentimientos de todos modos y ayudé a Nicole, la hija de Chris, a disponer las sillas formando un círculo y a preparar el vino y el picoteo como solíamos hacer Emily y yo.

—Bueno, ¿qué nos ha parecido? —La radiante sonrisa de mi rostro contrastaba con mi caos interno al formular las preguntas del club de lectura que nos había proporcionado la editorial—. Cuando Molly decide dejar su antigua vida para renovar la granja en el centro norte del país, ¿qué simboliza? ¿Alguien tiene alguna opinión al respecto?

A mi derecha, April se encogió de hombros.

—No soy de las que ven simbolismos por todos lados. ¿No puede ser una granja tan solo una granja?

Chris se rio y se metió otro dado de queso en la boca.

—No sé, creo que a mí me suenan bien las dos opciones. Creo que sé hacia dónde iba la autora con el simbolismo. Al arrancar el papel de pintura, nos muestra cómo Molly arranca la piel de su vieja vida.

—Sí. —Mi madre se inclinó hacia delante, claramente interesada en ese debate—. Dice que la casa será vulnerable hasta que reciba la nueva capa de pintura. ¿Quizá sea como se siente Molly al estar entre relaciones? Desnuda, como si una capa de sí misma se hubiese descascarillado. Y cuando empieza una nueva relación con el chico que la ayuda a poner la nueva capa de pintura en la casa, vuelve a sentirse fuerte.

—Pero ¿por qué? —April chasqueó con la lengua—. ¿Por qué tiene que ser un chico, o una relación, lo que te haga sentirte fuerte? No me gusta ese mensaje: que una mujer solo es fuerte si está con alguien. ¿Por qué no podía pintar Molly la casa ella solita?

—Estoy de acuerdo —tercié—. ¿Qué tipo de mensaje es ese, de que no eres nada sin un hombre? Es una mierda. No hay ningún problema en estar soltera. De hecho, puede ser liberador. No dependes de nadie que te haga feliz y te limitas a... vivir la vida. ¿Verdad? —Me giré hacia April, que parecía un tanto divertida por mi vehemencia pero al mismo tiempo asentía con entusiasmo.

—Bien dicho. —Levantó una mano y choqué los cinco con ella.

—También está la cuestión de empezar de cero —dijo Nicole—. Hablando de liberarse. Molly se va a esa nueva zona del país donde nadie la conoce y es capaz de empezar de cero, de reinventarse como reinventa la granja. Por ejemplo, cuando yo me inscribí en la universidad, me fui a otro estado por esa razón, ¿sabéis? Quería una facultad en la que no fuese a clase con la misma gente a la que conocía del instituto. Quería saber si yo era la misma persona cuando no estaba rodeada de la misma gente.

Era un pensamiento muy inteligente, y en cualquier otro momento me habría sumado a su interesante teoría, habría ahondado en esa idea, que era lo que en teoría había que hacer en un club de lectura. Sin embargo, estaba llena de cansancio y de cafeína y de tristeza, así que me agarré al pensamiento equivocado.

—Debe de ser bonito. —Ay, ay. Mi voz estaba teñida de amargura y no había nada que pudiese hacer al respecto—. Debe de ser bonito... irse del pueblo. Empezar de cero. Ser capaz de perseguir tus sueños e ir en busca de la vida que deseas, en lugar de quedarte atrapada donde todo el mundo sigue adelante y consigue sus objetivos... —Dejé de hablar porque, para mi humillación, me di cuenta de que estaba llorando. Las asistentes al club de lectura me miraron con distintos grados de confusión, lástima y «qué cojones le pasa».

—Vale. —April me arrebató el papel con las preguntas del debate de las manos—. Pasemos a la siguiente pregunta. El tiempo. ¿Qué representa la atípica nevada del mes de septiembre? —Barrió el círculo con la mirada mientras yo me iba a la trastienda a recomponerme—. Más allá del cambio climático y de que estamos todos jodidos, claro.

Mi madre guardó silencio en el trayecto en coche hasta casa. No fue hasta que giré en el camino de entrada cuando tomó la palabra.

—¿Quieres que hablemos, cariño?

—¿De qué? —En ese momento, yo había recuperado mi habitual sonrisa, pero esa vez mi falsa alegría no la engañó. Seguramente ya no engañaba a nadie.

—¿Es ese muchacho? —Se desabrochó el cinturón, y tuve que sonreír al pensar en Daniel como en «ese muchacho». ¿Mi madre no se daba cuenta de que yo estaba cerca de los treinta y de que él los sobrepasaba? Tal vez para ella su hija siempre tendría diecisiete años—. ¿Es él...? ¿Fue él...? —Su voz se apagó. Mi madre no sabía cómo preguntar si había sido algo más que un rollo de verano.

—Solo vino aquí por la feria, mamá. —Mi coche pitó cuando lo cerré, y la seguí hacia la casa. Estaba demasiado cansada como para enfrentarme a las escaleras que subían a mi piso.

—Mmm —murmuró, impávida, mientras llenaba el hervidor eléctrico—. Para ser alguien que solo venía a la feria, estas dos últimas semanas ha pasado bastante tiempo por aquí. Que no te juzgo —se apresuró a añadir—. Al contrario. Ya iba siendo hora de que trajeras a alguien. Tenía pensado regalarte un vibrador por tu cumpleaños.

—¡Mamá! —Una carcajada sorprendida y un tanto escandalizada salió de mí. Quizá para ella no seguía teniendo diecisiete años, no. Bajé un par de tazas y se las pasé—. Deja que te informe de que estoy bien surtida en ese tipo de aparatos —dije con la mayor de las delicadezas—. Aunque las pilas ocupan muchísimo espacio, eso sí.

—Lo tendré presente. —Sus ojos brillaron, divertidos. Añadió unas bolsitas de té en las tazas antes de echar el agua caliente—. Toma. —Me alcanzó una de las tazas—. Manzanilla. Te ayudará a relajarte.

—Estoy relajada —dije, con un poco de más de soberbia. Vale, quizá no le faltaba razón. Agarré la taza y me la quedé mirando.

—¿Seguro que estás bien? —me preguntó mientras el té seguía soltando humo—. ¿Ha sido algo... a corto plazo?

Asentí, pero al final las palabras emergieron antes de que pudiera evitarlo.

—Quería que me fuese con él, mamá. —Quise taparme la boca con una mano y retirar lo que había dicho. ¿De qué iba a servir contárselo? Esa decisión ya estaba tomada.

—Ah. —Se sentó a la mesa de la cocina con la taza delante de ella—. ¿Te refieres a irte por las ferias con él? ¿Y hacer lo que hace él? —Entornó los ojos—. ¿Qué es lo que hace exactamente?

—Sus primos tienen un grupo de música. Él es el mánager. Y sí. —Suspiré sobre el té—. Me pidió que me fuese por las ferias con él.

—Y tú no quieres irte. —Asintió.

—No, no quiero... —Pero era mentira—. Es decir, no puedo. —Suspiré y bebí un sorbo con cuidado; el té seguía hirviendo—. Que rompiéramos ha sido lo mejor. En serio. Su vida está en otro lugar, ¿sabes? —Pasé la punta de un dedo por el asa de la taza—. Y la mía está aquí. Él no querría asentarse en Willow Creek. —Y yo tampoco. En realidad, no. Pero las cosas eran así, y de ninguna de las maneras pensaba decírselo a mi madre.

—Bueno, tú tampoco.

—¿Cómo? —Mis ojos se clavaron en los suyos. ¿Se me había escapado y lo había dicho en voz alta? ¿O mi madre me había leído la mente?

—Ya me has oído. —Sopló sobre la taza para enfriar el té—. Escúchame. Ya sé por qué te quedaste la primera vez. Y te agradezco que lo hicieras, de verdad. Tu padre tiene buena intención, pero sin ti habría sido un infierno ese primer año o así, cuando la situación se puso tan fea. —Me miró por encima de la taza al darle un sorbo—. Pero es importante que sepas cuánto detesté que te quedaras, cariño. Renunciaste a una gran oportunidad, a una carrera y a una vida, para quedarte en casa, en este pueblecito, y acompañarme a citas con el médico.

—No pasa nada, mamá. —Le resté importancia.

—Sí, sí que pasa. —Dejó la taza en la mesa con un golpe seco, y me erguí en la silla. Nunca la había visto tan decidida. Tan enfadada. Tan... arrepentida—. Te pedimos que te quedases, pero no eternamente. —Suspiró al mirar hacia mí, y me removí en la silla, un tanto incómoda—. De pequeña eras muy feliz.

—Sigo siendo feliz, mamá. —La respuesta fue automática, un acto reflejo para asegurarle a mi madre que todo iba bien.

—No, no lo eres. Soy tu madre, Stacey. Te conozco mejor que nadie. Sé cuándo tu sonrisa es auténtica y cuándo es una mera fachada. Pero ese muchacho...

—Daniel —la corregí.

—Daniel. —Asintió—. Estas últimas semanas, te ha devuelto la sonrisa auténtica. Y ahora que se ha ido... —Negó con la cabeza—. Durante los últimos dos años, te he visto desvanecerte. Pensaba que necesitabas que te expulsara del nido de una patada, pero no sabía cómo hacerlo. Sobre todo porque yo fui la razón por la que te quedaste. —Tendió un brazo por la mesa para agarrarme una mano—. Pero no permitas que me entrometa en tu camino de nuevo, cariño. Si tienes algo o a alguien que merece que te vayas de casa, no dejes escapar esa segunda oportunidad.

El apretón que me dio era fuerte. La visualicé nuevamente muy débil en la cama del hospital, y por primera vez asimilé cuánto tiempo había transcurrido desde entonces. Mi madre no estaba débil. Ya no, y seguramente no lo había estado durante mucho tiempo. Me había quedado en Willow Creek para ayudar con sus cuidados, para estar allí para ella, pero ya no me necesitaba. Hacía tiempo que no me necesitaba.

En algún punto del camino, la salud de mi madre dejó de ser una razón y se convirtió en una excusa. Rememoré la noche en que, los dos envueltos en mis sábanas, Daniel me pidió que me fuese con él. Debería haberle dicho que sí. ¿Por qué no le había dicho que sí?

Mi madre no fue la única que se dio cuenta de mi agitación interna.

El sábado por la noche, alguien llamó a mi puerta. Yo estaba hecha un desastre, cotilleando Instagram con el móvil, con unos *leggins* y una camiseta, pero abrí sin pensármelo porque creía que se trataría de mi madre. Hay que admitir que April no dijo nada sobre mi aspecto desaliñado. Tan solo miró tras de mí hacia mi piso.

—Un piso muy bonito.

—Gracias. —La miré con los ojos entreabiertos. April era una de esas personas cuyo sarcasmo era tan seco que era imposible saber si hablaba en serio o no. Pero le concedí el beneficio de la duda y la invité a pasar.

—No, lo digo de verdad. —Trazó un círculo por el comedor y, cuando se giró hacia mí, su sonrisa era verdadera, si acaso algo tímida—. Es precisamente el tipo de piso que siempre he querido. Cuando era más joven, ¿sabes? Me imaginaba viviendo en una gran ciudad, en Nueva York o en Chicago, en un pisito mono como este.

—Pero contigo y con Caitlin estaría abarrotado.

Se rio.

—Bueno, tuve que renunciar a ese sueño cuando fui madre. —Se encogió de hombros—. A cambio recibí a Caitlin, así que creo que he salido ganando.

—Yo también lo creo. —Y lo decía en serio. Aunque los hijos nunca habían ocupado uno de los primeros puestos de mi lista de prioridades, Caitlin me caía bien. Era buena chica y contaba con un sólido sistema de apoyo gracias a su madre y a su tía. Cualquiera que afirmase que un hijo necesita a un padre y a una madre para crecer bien se las tendría que ver conmigo.

—En fin. —April me miró de arriba abajo, escrutadora—. Venga. Ponte unos pantalones.

—Los *leggins* son pantalones. —Me repasé el atuendo.

—No. —Se inclinó para rascar a Benedick debajo de la barbilla y mi gato cerró los ojos, extasiado—. Me refiero a pantalones de verdad. Vamos a salir.

—¿Ah, sí? —¿Habíamos pasado a una amistad de las que comparten la resaca? No me había dado cuenta.

Pero April asintió, así que por lo visto sí.

—Es sábado por la noche y estás mirando Instagram en pijama, por el amor de Dios.

—Esto no es un pijama. —Era una defensa débil, y yo era consciente. Y ella también.

—A ver, no sé qué ha pasado entre Daniel y tú, pero es obvio que algo gordo, y te estás regodeando en la tristeza. —Se cruzó de brazos—. Emily tenía la sensación de que había ocurrido algo y me ha pedido que te echase un ojo mientras estaba fuera.

—¿Ah, sí? —Ese comentario me provocó escozor de lágrimas en los ojos. Me había esmerado por no decir nada, pero Emily se había percatado de todos modos.

—Sí. Pero, si te soy sincera, después del club de lectura creo que me habría pasado a verte igualmente. Necesitas una distracción que no sea una novela sobre una mujer y unos pésimos simbolismos de ficción. —April miró hacia el techo, luego hacia el suelo, y se removió. No era de las que mostraban interés en los demás, era evidente, y eso hizo que su visita fuese aún más significativa—. Así que venga. Nos vamos a Jackson's, comemos unas *pizzas* y vemos cómo Mitch liga con chicas. Es una manera de pasarlo bien.

—Y que lo digas. —Sonreí.

Mi pelo estaba hecho un desastre, por lo que me hice una coleta antes de cambiarme los *leggins* y la camiseta por unos vaqueros y una sudadera. A mi maquillaje le iría muy bien unos retoques, pero no sabía cuánto estaba dispuesta a esperar April, y esa noche no pensaba coquetear con nadie. Me puse un poco de brillo en los labios y ya.

En Jackson's nos sentamos en uno de los reservados del fondo, pedimos una *pizza* absurdamente grande y nos dispusimos a observar a la gente. Lo bueno de Jackson's era que, aun siendo un restaurante local, estaba tan cerca de la autopista que de tanto en tanto aparecían caras nuevas.

—Bueno. —April fue a por la segunda porción de *pizza*—. ¿Quieres hablar?

—No hay nada de lo que hablar. Eres tú la que decía que la piña no pinta nada en una *pizza*, y no creo que haya nada que pueda decirte para que veas la luz.

—Es que no pinta nada. Es un ingrediente absurdo en una *pizza* y de ahí no me vas a sacar. —Le pegó un mordisco y masticó—. Pero no me refería a eso, y lo sabes. Emily me ha puesto al día... Bueno, me ha contado lo que sabía, pero es evidente que ha habido novedades en tu relación con Daniel.

—Sí. —Suspiré—. Y no. No quiero hablar de eso. —¿Qué quedaba por decir? Él la había cagado, pero después de su correo creía haberlo perdonado. Pero yo también la había cagado y era demasiado tarde ya. No, no quedaba nada por decir, pero abrí el último correo electrónico de Daniel y deslicé el móvil por encima de la mesa. April lo agarró y observó la pantalla con ojos entornados. Durante unos insoportables minutos, guardamos silencio. Barrí el local con la mirada y vi cómo a Mitch le daba calabazas una mujer que obviamente no era lo bastante buena para él, mientras que April devoraba la segunda porción de *pizza* y leía los detalles de mi corazón roto.

Una tos de April devolvió mi atención hasta ella.

—Jesús. —Parpadeó deprisa y empujó mi móvil por la mesa en mi dirección—. Y ¿no le has contestado?

—No... —En cuanto esa palabra salió de mi boca, Mitch se sentó a mi lado en nuestro reservado.

—¿Qué cojones hacéis tan atrás? Aquí nadie se va a fijar en vosotras.

—Esa es la idea. —April entrecerró los ojos cuando Mitch agarró un trozo de nuestra *pizza*—. Adelante, ¿eh? Sírvete.

—Gracias, mamá.

—¿Mamá? —April se recostó en el respaldo y se cruzó de brazos—. Vaya. Qué apodo tan sexi. Muchas gracias.

—¿Quieres que te ponga un apodo sexi? —Mitch arqueó una ceja poco a poco.

Durante unos segundos, se miraron a los ojos, y durante unos instantes me distrajo de mi drama el posible nuevo drama que se desarrollaba ante mí. Al final, April parpadeó.

—No —dijo—. No, no quiero.

—Vale. —Él dio un buen mordisco a la *pizza* y su mirada se desplazó hasta mi teléfono—. ¿Y esto? ¿Ha vuelto a darte plantón el mismo chico, Stacey? Te juro que le voy a... —Miró la pantalla y luego me observó con el ceño fruncido—. ¿Daniel MacLean?

Hasta oír su nombre resultaba doloroso.

—Sí. —Mi voz sonó áspera, así que me aclaré la garganta y bebí otro sorbo de mi vaso de agua.

—No. —Mitch negó con la cabeza—. Te refieres a Dex. Te acostabas con Dex MacLean, ¿no?

—¿Qué? —dijo April justo cuando yo exclamé: «No», y Mitch nos contempló alternativamente sin saber a quién responder primero.

—Sí, era con él. —Resopló—. El verano pasado. Y el verano anterior también, creo.

—¿Cómo lo sabes? —April se cruzó de brazos. Sonaba incómoda.

—Si quieres enterarte de los chismes de la feria medieval, tienes que participar en la feria medieval. —Mitch se encogió de hombros. Ella respondió con un bufido, pero yo quise volver al tema que nos ocupaba.

—No creía que lo supieses —comenté—. Fuimos bastante discretos.

—Por favor —rezongó. Pero no añadió nada más. Volvió a mirar hacia el móvil—. ¿Qué pasa con Daniel? A ver, te vi bailar con él en la boda, pero no sabía que había algo... —Hizo un gesto con la mano que no supe cómo interpretar—. Ya me entiendes. Que teníais algo.

—Bueno, ahora no tenemos nada. —Suspiré. Me había vuelto el mal humor—. Hemos roto. Y ha sido lo mejor. Él viaja demasiado y no quiere quedarse a vivir en Willow Creek. —Esgrimí el mismo argumento que había utilizado con mi madre.

—Vale... —Mitch arrastró la palabra hasta formar cuatro sílabas mientras se adueñaba de otra porción de *pizza*, y le dio un bocado antes de dejarla en mi plato—. A ver, tiene sentido. Tú tienes muchas cosas aquí. Como tu carrera.

—¿Mi carrera? —Mis cejas saltaron por mi frente—. Trabajo en una clínica de dentistas. No es exactamente mi sueño.

—Mmm. —Masticó pensativo—. Entonces no es eso. ¿Es tu casa? Una hipoteca te ata muchísimo. —Chasqueó los dedos—. No, espera. Vives encima del garaje de tus padres.

—Sí. —Lo miré con los ojos entornados—. Ya lo sabes.

—Sí —se sumó April—. En ese pisito diminuto, prácticamente tienes una vida minimalista. Es probable que todas tus cosas cupieran en el maletero de tu coche.

—O en la parte trasera de una camioneta —asintió Mitch con un férreo asentimiento—. ¿Qué coche dices que tiene Daniel? —Dirigió la pregunta hacia April, quien se encogió de hombros con una sonrisa.

—Es que no me gusta tener muchas cosas. No veo qué problema hay con eso. —¿Por qué me estaba poniendo tanto a la defensiva?—. Lo de animarme de momento no se os está dando demasiado bien.

—Y hoy por hoy tu madre está bien... —Mitch seguía hablando, despreocupado, mientras agarraba la cerveza.

—Sí que está bien —confirmó April, hablando más con él que conmigo—. La veo una vez al mes en el club de lectura de Emily. Ha tenido problemas de salud, ¿verdad? Pero ahora creo que está muy bien.

—Sí. —Recordé la conversación que había mantenido con ella la noche anterior—. Está muy bien.

—Vale. —Mitch volvió a concentrarse en mi móvil—. Daniel. ¿Lo amas?

Me quedé sin aliento cuando las lágrimas se acumularon en las comisuras de mis ojos.

—En serio. Deberíais mejorar mucho vuestra técnica para animarme.

—¿Lo amas o no? —Puso los ojos en blanco.

—¡Sí! —Levanté las manos—. Sí. Lo amo. Pero es demasiado tarde. Se ha ido, ¿recuerdas?

—No lo creo. —Señaló hacia el móvil—. Según esto, no. ¿Qué es lo que te retiene aquí? No es tu trabajo. No es tu madre. ¿Por qué no te has ido ya con él?

—No puedo irme. —Pero era una negativa automática, y aun al pronunciarla me nació una emoción en el pecho. ¿Y si Mitch tenía razón? ¿Y si mi madre tenía razón? ¿Y si metiese todo lo que me importaba en unas cuantas bolsas y... me fuera?

—¿Él te hace feliz? —April vio que empecé a dudar.

—Sí. —No tuve ni que pensar la respuesta.

—¿Te gustaría viajar con él? ¿Adoptar esa vida nómada?

Me tomé un tiempo para meditarlo. Para pensar en vivir en vehículos. En viajar de feria en feria. En adoptar esa vida, hablar su lenguaje.

Estar con Daniel.

Sonaba perfecto. Era la vida que siempre había querido, incluso cuando no lo sabía.

Y le había dicho que no porque era demasiado cobarde. Lo había rechazado y lo había dejado marcharse.

Gruñó y me tapé la cara con las manos.

—Dios. La he jodido de verdad, ¿eh?

April soltó un silbido.

—¿Desde cuándo utilizas palabrotas? —Pero cuando la miré vi que sonreía. ¿Por qué sonreía?

—Eso no cambia el hecho de que sea demasiado tarde. —Agarré el móvil. Seguía mostrando el mensaje de despedida de Daniel, y recorrí su nombre con el dedo.

—Nah. —Mitch apuró el resto de su cerveza—. Se dirigen a la feria medieval de Maryland, ¿no? Está a una hora de aquí, quizá dos. No van a alejarse en una temporada.

—No, pero Daniel sí. —April abrió los ojos como platos al mirar hacia mí, y supe con exactitud a qué se refería.

—¡Ay, no! —Me metí el móvil en el bolso—. ¡Me tengo que ir! —Empecé a deslizarme por el reservado, pero Mitch bloqueaba mi avance como si fuese una pared de ladrillos.

—¿Ir a dónde? —Mitch pasó la vista de April a mí, confundido, sin entender nada.

—Apártate. —Lo pellizqué en el brazo—. ¡Necesito salir de aquí!

—¡Oye, cálmate! ¿A qué viene tanta prisa? —Me observaba como si se me hubiese ido la cabeza. Y quizá sí. Me daba igual.

—Tengo que ir a Maryland. Él se irá y no sé a dónde. —¿Me había llegado a decir cuál era la siguiente parada de la gira de Duelo de Faldas? Mi mente estaba en blanco por el miedo.

—Pero ¿qué...? —Mitch se levantó para que yo pudiese salir del asiento—. Acabo de decir que estarán allí una temporada.

—Pero Daniel no —le explicó April—. Solo se quedará el primer fin de semana. Es lo que decía en el correo. —Se volvió hacia mí—. Podrías mandarle un correo, ¿no? Quizá para decirle que vas a ir a Maryland.

—Vale. Sí. Tienes razón. —Encontré el teléfono en el bolso antes de recordarlo—. Durante los fines de semana de feria, no mira el móvil. —Eché la cabeza hacia atrás con un gruñido—. Solo lo miraba porque yo le escribía, y...

—... Y no cree que vayas a volver a escribirle. —April terminó la frase con un suspiro—. Pues mándale un mensaje. ¿Tienes su número de móvil?

Mi única respuesta fue otro gruñido. Estaba harta del teléfono. Estaba harta de todo: de los correos, de las redes sociales, de los mensajes. De leer palabras en pantallas. Deseaba una realidad tangible. Deseaba la sonrisa de Daniel, que me calentaba de dentro afuera. Deseaba sentir su piel contra la mía. El modo en que entrelazábamos los dedos cuando me agarraba la mano. Lo necesitaba a él. Lo anhelaba.

Algo debió de reflejarse en mi rostro, porque April asintió.

—Vale. —Miró alrededor—. ¿Dónde cojones está nuestra camarera? Tenemos que pagar y marcharnos ya.

Salió del reservado para ir a buscar a la chica, pero Mitch seguía contemplándome.

—El primer fin de semana... —En su cara quedó claro que acababa de entenderlo—. Es ahora mismo.

—Y ya ha pasado el sábado, así que ¡solo dispongo de mañana! —El miedo volvió a ascender por mi garganta mientras buscaba las llaves. Ya había hecho eso. La última vez que renuncié a mi futuro por mi madre, lo perdí todo. No podría soportar repetirlo. No cuando sabía qué vida quería y no podía perder ni un solo minuto para que esa vida diera comienzo.

—Vale. —La mano enorme de Mitch se cerró sobre la mía, y los dos nos quedamos sujetando mis llaves—. Escúchame. Respira hondo. No vas a ir hasta allí esta noche. No sabes dónde se aloja, ¿verdad? —Al verme negar con la cabeza, asintió—. Podría haber acampado o estar en un hotel. No lo encontrarás nunca si conduces hasta Maryland en plena noche. Vete a casa. Mándale un mensaje, dile que vamos hacia allí. Duerme un poco, y por la mañana nos marchamos.

—¿Nos?

—Sí. —Volvió a barrer con la mirada el local y la pista de baile cuando April regresó con la cuenta en una mano—. Total, esta noche no hay nada interesante por aquí.

—Qué altruista por tu parte —ironizó April—. Renuncias a un ligue de una noche para ayudar a una amiga.

—Soy muy generoso, qué quieres. —Extendió el brazo y tiró de las dos para que echásemos a caminar delante de él—. Además, creo que ya me he acostado con la mitad de este local. —Negó con la cabeza—. Necesito otro bar al que ir.

VEINTIDÓS

No le escribí.

Lo intenté. Más de una vez. Pero no se me ocurrían las palabras adecuadas, y no había faltado a la verdad al decir que estaba harta de las pantallas, sobre todo en lo que se refería a Daniel. No había luchado por mí ni había hecho nada romántico para recuperarme porque creía que no era lo bastante bueno. Que no tenía lo que yo quería. Me di cuenta de que no necesitaba un gesto romántico de gran envergadura. Daniel sí. De ahí que apagase el móvil durante la noche y me dijese a mí misma que, si al día siguiente no lo encontrábamos en la feria medieval de Maryland, le escribiría. Le llamaría. Haría lo imposible para estar con él. Pero era algo que necesitaba hacer en persona. Cara a cara.

A la mañana siguiente, Mitch me recogió en su camioneta gigantesca, una monstruosidad roja que era casi del mismo tamaño que mi piso, y nos detuvimos en casa de April antes de ponernos en marcha.

—Muchas gracias por acompañarme —dije desde el asiento trasero de la cabina cuando April abrió la puerta del copiloto—. Mitch es un tipo estupendo y tal...

—Me alegro de oírlo. —La voz de Mitch era tan árida como el Sáhara mientras se recolocaba el retrovisor.

—No hay de qué —dijo April—. He pensado que te iría bien un poco de apoyo moral femenino... —Su voz se fue apagando en cuanto se sentó en el asiento y cerró la puerta—. Debes de estar de broma.

—¿Qué? —Mitch encendió el motor y salió del camino de entrada de la casa de April.

Mi amiga no respondió durante unos segundos, se quedó recostada en el asiento y negó con la cabeza.

—Tenías que ponerte la falda. —No era una pregunta.

—Es una feria medieval. —Pronunció las palabras poco a poco, como si ella tuviese algún problema de comprensión oral—. Pues claro que me he puesto la falda. La pregunta es... —Alzó la voz y miró por el retrovisor hacia mí para lanzar el interrogante en mi dirección—. ¿Por qué vas vestida con ropa normal y corriente?

Nerviosa, me alisé con las manos la falda del vestido veraniego que me había puesto. Seguía siendo el mes de agosto; hacía demasiado calor como para pasar el día con vaqueros. Además, ese vestido me quedaba bien. Era del mismo color que mi vestido de dama de honor, y a Daniel le había gustado verme con ese tono. El rosa claro me calentaba la piel y la parte de arriba casi tenía la forma de un corpiño. Era un vestido que sugería ser de época sin llegar a serlo de verdad—. Porque mi disfraz está en la tintorería. No pensé que fuera a necesitarlo antes del verano que viene.

—No mencioné mi viejo disfraz, limpio y guardado en el fondo de mi maleta. Una Stacey distinta se lo había puesto, y yo ya no era la misma.

Mitch negó con la cabeza antes de dirigir su atención de vuelta a la carretera.

—Hoy juega bien tus cartas y te lo vas a poner muchísimo antes.

—Y con muchísima más regularidad —se animó April—. Vas a necesitar un par más de conjuntos. Si al final terminas yendo de feria en feria, quiero decir.

—No nos preocupemos por eso ahora mismo. —Bebí un sorbo de mi vaso de café para llevar y lo lamenté casi de inmediato. La noche anterior apenas había dormido, así que la cafeína era obligatoria, pero mi estómago ya daba brincos, y sumarle el café no hizo más que revolvérmelo. Estaba que echaba chispas. Era un manojo de nervios. ¿Cómo iba a sobrevivir al trayecto en coche hasta Annapolis?

Tardamos menos de dos horas en llegar, pero dio la impresión de que habían sido dos semanas. La camioneta de Mitch traqueteó al fin por la hierba del aparcamiento de la feria medieval de Maryland. Tres puertas se cerraron en un rápido *staccato* cuando descendimos del vehículo. Durante unos instantes, miramos a nuestro alrededor; el aparcamiento era un auténtico océano de coches. Los visitantes que aparcaban en la feria de Willow Creek veían la entrada al bajar del automóvil: la fachada de un castillo bidimensional que algunos voluntarios construyeron unos cinco años antes. Pero allí no. Era probable que toda nuestra feria cupiese en ese aparcamiento, y lo único que veíamos eran hileras y más hileras de coches. Era como estacionar en Disney World, pero sin los tranvías ni orejas de ratón.

—Madre mía. —April no formaba parte de nuestra feria, pero hasta ella parecía impresionada—. ¿Dónde está la entrada?

—Por allí. —No vi las puertas hacia las que señalaba, pero la fila de gente me dijo que apuntaba en la dirección correcta.

—Toca caminar un poco, pues. —April miró tras de sí, donde el terreno de hierba seguía llenándose lentamente de coches—. Madre mía —repitió—. Esto no es una feria. Es un pueblo.

—Sí. —Mitch ya la había visitado, igual que yo. Si crecías en nuestro pueblo, durante la infancia ibas por lo menos una vez a la feria medieval de Maryland; aun así, abrió los ojos un poco al ver la extensión del festival—. Este lugar es... es enorme. —Hizo una pausa—. Lo que ha dicho ella.

Yo estaba demasiado nerviosa para reírme, pero April le dio un codazo en las costillas, que fue suficiente.

—Vale. Entremos. —Se levantó el dobladillo de la camiseta, se la quitó y la lanzó a la parte trasera de la camioneta.

—Muy bien, Falditas. —April suspiró—. ¿Ya estás lo bastante desnudo?

—Mira la parte buena. —Arqueó las cejas en su dirección mientras se guardaba las llaves en el morral que llevaba atado a la falda—. En esta feria no voy a trabajar. Y eso significa que puedo llevar la falda como hay que llevarla.

Me eché a toser. No me apetecía pensar en lo que se había puesto o dejado de poner Mitch debajo de la falda. Y era una pena, porque pensar en Mitch con falda había sido una de mis aficiones favoritas. Ese hombre había nacido para ponerse esa falda escocesa verde, que justo le llegaba hasta las rodillas y mostraba sus muslos cuando caminaba. Llevaba botas sobre sus poderosas pantorrillas, y ahora que se había quitado la camiseta parecía el guerrero que era en la feria de Willow Creek. Durante años, ver a Mitch disfrazado había sido la mejor parte de la feria. En los últimos tiempos, mis prioridades habían cambiado mucho.

April tardó un segundo más que yo en repasar el atuendo de Mitch, pero vi el momento en que hizo clic en su cabeza. Puso los ojos en blanco, volvió a negar con la cabeza y se giró hacia mí.

—¿Estás preparada?

¿Por qué debía preguntármelo? Me dio un vuelco el estómago y las mariposas echaron a volar, avanzando por mi torrente sanguíneo hasta que me hormigueó el cuerpo entero. No estaba para nada preparada. De todos modos, respiré hondo y me sequé las palmas húmedas con la falda de mi vestido.

—Sí. —No soné convincente en absoluto—. Estoy preparada.

Comparar nuestra feria con la de Maryland era ridículo. Si la feria de Willow Creek era un pueblecito, la de Maryland era la ciudad de Nueva York. La Gran... ¿Manzana Medieval? En fin. Que las dos no se podían comparar, vaya.

Nos unimos a la marea de gente que se encaminaba hacia la taquilla y la entrada. En el aire sonaban melodías de gaitas y tambores, que se mezclaban con las voces que se alzaban a lo lejos. Una oleada de emoción me recorrió la sangre. No había visitado esa feria desde que iba al instituto, pero los sonidos eran tan reconfortantes y familiares como mis propios latidos.

En cuanto cruzamos las puertas, April se detuvo en seco con los ojos como platos.

—Joder —jadeó—. Esto es otro nivel.

—Pues sí. —Incluso Mitch pareció necesitar unos instantes para recuperarse de la impresión, y le toqué el brazo para no perder el equilibrio. Habíamos atravesado un portal que llevaba a otro mundo. No había escenarios ni tiendas gestionadas por voluntarios durante un par de fines de semana. Había edificios, estructuras reales y permanentes que parecían sacadas de un pueblo medieval. «¿Qué pasa en invierno?» fue mi primer pensamiento. Aunque en ese momento me rodeaba una gran multitud y aquel lugar bullía de vida, me pregunté qué aspecto tendría en pleno invierno, cubierto de nieve y vacío de visitantes. No terminaba de asimilar la idea de que esa decoración existiese durante todo el año, hubiese feria o no.

Al mismo tiempo, fue como estar en casa. Quizá no hubiera acudido recientemente, pero sabía cómo eran las ferias medievales. Reconocí los ruidos de la gente que me rodeaba, las voces de las vendedoras que ofrecían rosas y coronas de flores en unas carretas cerca de la entrada. Reconocí el aroma dulce de algo frito y el olor delicioso de toda clase de brochetas de carne, así como el sonido que hacían nuestros pies al avanzar por las calles. Las mariposas seguían aleteando por todo mi cuerpo, pero mi alma estaba en calma. Reconocía y adoraba ese lugar.

Solo me quedaba encontrar al hombre al que amaba, que estaba en algún sitio de aquella metrópolis medieval, y convencerlo para que me llevase con él. Debería ser sencillo.

A mi lado, April soltó un largo suspiro con las manos en las caderas.

—¿Cómo damos con él? Hay muchísima gente.

Mitch se encorvó y señaló el mapa que ella había aceptado en la entrada.

—Esto debería ayudarnos, ¿no crees?

April le dio un puñetazo en el brazo, que él ni siquiera notó, y abrió el mapa. Se lo quedó mirando, lo giró y se lo quedó mirando de nuevo.

—Es ridículo. Hay un millón de espectáculos y están desperdigados.

—No hay para tanto. —Le arrebaté el mapa—. Solo debemos encontrar dónde actuarán y dirigirnos hacia ese escenario. —Fruncí el ceño ante el mapa—. Mmm. Ahora te entiendo. —El mapa no hacía sino enfatizar lo grande que era esa feria, y era difícil identificar los distintos escenarios. Mis ojos se clavaron en el nombre de Duelo de Faldas, como si estuviese escrito con letras rojizas y con flechas que lo señalasen. «¡Tu hombre está aquí!».

Por lo menos, esperaba que siguiera siendo mi hombre. Y esperaba que estuviese allí. ¿Y si ya se había marchado? Quizá lo había dejado todo listo para el fin de semana y se había ido antes de tiempo. Quizá había salido ya del estado. Quizá...

Basta. Solo había una manera de descubrirlo.

Nos pusimos en marcha, dejamos atrás la tienda de *souvenirs* «oficial» que vendía camisetas y sombreros, también la parada en la que la gente podía hacer formas de sus manos con cera —para qué, me he preguntado siempre—, y lamenté casi de inmediato haberme puesto las sandalias. Sí, quedaban genial con el vestido, pero ¿cómo era posible que no lo hubiese meditado bien? Sabía lo irregular que era ese terreno y lo fácil que era que las piedrecitas y las ramitas se te metieran debajo de los dedos de los pies cuando llevabas calzado abierto. Pero apreté los dientes contra el fastidio y seguí adelante. El sol ya estaba alto en el cielo y daba la sensación de que sería un día caluroso. El vestido veraniego había sido una sabia decisión, aunque el algodón ya empezaba a pegarse a mi espalda de un modo que no era en absoluto sexi.

—Oooh. —April había recuperado el control del mapa conforme nos acercábamos al escenario en el que actuaría Duelo de Faldas—. ¡Hay una librería! Tengo que decírselo a Emily. Y fijaos, hay un laberinto. Cerca del torneo de justas. Deberíamos...

—No te distraigas, mamá. —Mitch le agarró el mapa de las manos.

—Vale. —Ella lo recuperó—. Su concierto empieza dentro de diez minutos. ¿Quieres que vayamos a buscarlo ahora?

—No —negué—. Se estarán preparando para el espectáculo. No quiero entrometerme.

—Tiene sentido. ¿Nos sentamos en el público y lo vemos?

—No, deberíamos esperar a que terminen —opinó Mitch—. Sería lo más profesional, ¿no? No queremos interrumpir su espectáculo.

—No —convine—. Tampoco habría que ir justo cuando acaben. El público se irá, los chicos venderán *merchandising*, quizá la gente les da propina... Tampoco habría que interrumpir eso.

—Vale. —April se puso las gafas de sol en lo alto de la cabeza y se apretó el puente de la nariz—. Así que no iremos antes ni después del espectáculo, y tampoco mientras dura. ¿Esperamos en las puertas a que termine el día?

—Sí. —Mi asentimiento fue inestable, como si fuese una muñeca de cabeza bamboleante—. Es una idea excelente.

—Buen intento. —La mano de Mitch aferró mi brazo cuando me di la vuelta para desandar el camino que habíamos hecho. Su agarre era fuerte como una tenaza; era imposible que pudiese zafarme de él. Me empujó hacia delante, lo cual fue positivo porque las piernas habían dejado de responderme.

—Vale, pero ahora en serio —dije mientras me arrastraba por la calle, con April detrás de nosotros por si se me ocurría echar a correr—, están a punto de empezar un concierto y no deberíamos interrumpirlos. —Vaya, mi voz se volvía muy aguda cuando balbuceaba.

—No pasa nada —me calmó Mitch—. Nos sentaremos al fondo. No nos verán.

Pero a esas alturas yo no atendía a razones ni a nada, en realidad.

—Están ocupados, ¿eh? Están trabajando. Ni siquiera sé dónde los encontraremos. No podemos...

—¿Mitch? ¡Hola, Mitch! —Los tres nos detuvimos y nos giramos. Mitch me soltó el brazo y sonrió.

—¡Dex! ¿Cómo va todo, hombre? —Chocó el puño con el músico y, a continuación, hicieron aquel complicado gesto que hacen los hombres en lugar de estrecharse la mano como gente normal. Era una sucesión de faldas y de tipos sexis, Dex con un moño y Mitch sin camiseta. Ambos con espaldas anchas y fuertes, y piernas poderosas, pero a mí no me interesaba ninguno de los dos.

—Todo bien, todo bien. ¿Qué haces aquí? Esta no es tu feria. —Dex se rio—. Este verano no paras, ¿eh?

—Ya me conoces. —La carcajada de Mitch fue un retumbo grave porque ¿qué podía preocuparle a ese chico?—. No, de hecho, hemos venido a... —Volvió la cabeza y me miró con las cejas arqueadas. El mensaje era evidente: «¿Se lo pregunto?».

Pero antes de que pudiese utilizar mis propias cejas para telegrafiar una respuesta —por ejemplo: «No, me he acobardado, marchémonos ahora mismo»—, Dex siguió la mirada de Mitch y me vio. Mierda.

—Hola, Stace. —Pronunció mi nombre con ligereza, como si una semana antes no me hubiese roto el corazón en el pasillo de un hotel de Willow Creek y un par de días después hubiera intentado disculparse.

—Hola. —La palabra salió como una exhalación, y eso que ni siquiera llevaba corsé. Volví a intentarlo y procuré sonar desenfadada—. Hola, Dex. Hola. ¿Qué tal...?

—¿Has visto a Daniel? —Mitch fue al grano. Gracias a Dios.

—Ah, sí. —Señaló hacia el escenario—. Está por allí. Por la derecha llegas a las bambalinas. Pero más vale que os marchéis. El concierto empieza dentro de unos pocos minutos. —Me sonrió—. Ya era hora de que te presentaras. Dijo que no volvería a verte, y es genial que hayas venido porque ahora me debe veinte pavos.

—Vamos. —Mitch me giró físicamente y me impulsó hacia el escenario con un empujoncito por la espalda. Me alejé justo cuando Dex se volvía hacia April con ojos brillantes.

—Hola. —Una palabra que era pura intención.

—Ni hablar. —Casi la oí poner los ojos en blanco.

Duelo de Faldas iba a subir al escenario al cabo de cuatro minutos según mi móvil y según el horario de nuestro mapa, y, aunque fuese el primer concierto del día, la mayoría de los bancos estaban llenos de visitantes, que se abanicaban con los mapas de papel mientras esperaban a que comenzase el espectáculo. Rodeé la tarima por el lado derecho del público y me dirigí a una cortina negra. Al atravesarla, me encontré en una zona de bambalinas que tenía más o menos el tamaño de un armario grande. La cortina ondeó tras de mí y me ocultó al público, y me quedé sin aire al verlo allí, inclinado sobre una caja de cartón con *merchandising* del grupo. Después de una ruptura, un correo de despedida y una ausencia de varios días, Daniel se encontraba a apenas cinco metros de mí. Era demasiado repentino. Era demasiado, sin más.

Debió de haber oído mi jadeo porque se volvió y se quedó paralizado, tan sorprendido como estaba yo. La montaña de camisetas que llevaba en los brazos cayó sobre la caja.

—Stacey —dijo. O quizá dijo. Su voz sonaba tan fuerte como la mía, lo cual significa que apenas se oía.

—Hola. —Esa vez hablé con más firmeza. Mejor de lo que había hablado con Dex, en cualquier caso. Debería haberlo imaginado: con Daniel todo era siempre mejor de lo que había sido nunca con Dex.

—¿Qué haces...? —Negó ligeramente con la cabeza y me miró de arriba abajo, embebiéndose de mí como si fuese..., no sé, un vaso de agua fría en un día tan caluroso como aquel—. ¿Cómo has llegado hasta aquí? —preguntó al final con la voz teñida de algo que parecía asombro. Tuve la sensación de que quería sonreír, pero que no sabía si podía hacerlo todavía.

Ahora que la sorpresa de verme había pasado, y ahora que yo sabía que no pensaba echarme de allí de inmediato, buena parte de mis nervios se esfumó. Me encogí de hombros, como si todos los días me diese por cruzar el estado en coche para encontrarme con el hombre al que amaba antes de que se alejase de mi vida para siempre.

—Me han traído en coche.

No me contestó, se limitó a mirarme como si fuese un espejismo que tal vez desaparecía, y recordé que tenía cosas que decirle. Tomé una bocanada de aire que fue más un temblor que una inhalación, pero debería bastarme.

—Te equivocabas en una cosa.

—¿Ah, sí? —Frunció el ceño y se puso en guardia. Prácticamente vi cómo tensaba los hombros al prepararse para el ataque que creía que iba a lanzarle.

—Sí. —Intenté sonreír, pero todavía no me salía—. Dijiste que no tenías nada que ofrecerme. Que yo no querría vivir de feria en feria contigo. Pero...

—¡Cuidado, que voy! —Dex corrió la cortina y me dio un empujón en la espalda que me hizo precipitarme contra Daniel. Sus manos se pusieron en mis caderas en un acto reflejo para sostenerme, y apenas me fijé en la sonrisa de Dex al pasar junto a nosotros rumbo al escenario—. Lo siento —dijo mirando hacia atrás—. Hay que empezar el concierto.

Vi cómo se marchaba y, por más que detestara alejarme de los brazos de Daniel, di un paso atrás y lo estiré del brazo.

—Vamos —dije, asintiendo hacia la cortina negra por la que acababa de llegar su primo—. ¿Podemos ir a algún sitio? A algún sitio tranquilo para que podamos...

—No. No podemos. —Tiró de mí hacia él y debo decir que no me resultó nada desagradable, a pesar de lo que había dicho—. El espectáculo está a punto de comenzar. El público nos verá si intentamos marcharnos. Tenemos que quedarnos aquí para no ser una distracción.

—¿Pensabas quedarte aquí durante todo el concierto? —Lo miré sin pestañear.

—No. He venido a por las camisetas para la parada de *merchandising* de después del concierto. No pensaba quedarme aquí durante todo el concierto. —Se encogió de hombros—. Me has tendido una emboscada.

—Ah. —Me mordí el labio inferior—. Lo siento.

—No me quejo. —Su mano se flexionó en mi espalda y una sonrisa bailó en las comisuras de sus labios. Mi corazón se elevó con aquella casi sonrisa. Era una prueba de lo mucho que lo quería: un amago de sonrisa era lo único que me hacía falta ver—. Pero me temo que te has quedado atrapada aquí hasta que termine el espectáculo.

—Ah —repetí—. Vale. —Miré hacia la cortina negra—. ¿Hay algún otro MacLean que pueda irrumpir aquí?

—No. —La carcajada de Daniel fue una cálida risa en mi oído, y me estremecí a pesar del calor que hacía ese día. Lo había echado muchísimo de menos—. Los demás están junto al escenario y suben de un salto desde allí.

Como si lo hubiesen oído, la melodía de un violín interrumpió el murmullo del público y lo acalló, y la voz de Dex sonó desde el escenario, a unos seis metros de donde nos encontrábamos, con el mismo discurso que yo oía todos los veranos siempre que Duelo de Faldas empezaba un concierto. Aquella breve perorata fue lo que me hizo sentir en casa. Era a lo que se dedicaban. No solo en nuestra feria, sino en todas partes. El mismo número por todo el país durante todo el año. Seguro que era repetitivo de cojones. Aun así, a mí me apetecía formar parte de ello.

—¿Qué ibas diciendo? —Habló con voz baja, ya que estábamos a unos pocos metros del público, y me incliné para oírlo porque al otro lado de la cortina también se encontraban unos instrumentos musicales muy estruendosos.

En fin. Seguí con lo mío.

—Dijiste que no tenías nada que ofrecerme. Nada que yo desease. Pero te equivocabas. Esto. —Señalé a nuestro alrededor para abarcar el escenario, la salita diminuta en la que nos hallábamos, toda la feria medieval que nos rodeaba—. Esto es lo que quiero. Esta vida. Todo esto. —Di un paso hacia él, con lo cual casi eliminé toda la distancia que nos separaba. Qué espacio tan abarrotado—. Contigo. —Le apoyé una mano en la cintura. Qué bien me sentaba volver a tocarlo.

—¿Lo dices en serio? —Se quedó sin aliento.

—Sí. —Asentí con certeza—. Así que dime.

—¿Que te diga el qué? —Arqueó las cejas.

—Dime —repetí—. En el correo decías que... —Mi voz dejó de oírse cuando la música del escenario terminó por colarse en mi conciencia. Tardé un par de versos en darme cuenta de cuál era la canción que estaba tocando la banda.

Hey, ho, levamos anclas.
Hey ho, el viento crece.
Hey, ho, y a toda vela
desde que amanece.

—Oh, escucha —dije—. Es nuestra canción. —Me gané una nueva risilla mientras Daniel me deslizaba la mano de la cadera a la espalda, y el calor que desprendía su piel por encima del algodón de mi vestido fue casi insoportable.

—No suelen empezar el concierto con esa. ¿Que te diga el qué? —preguntó de nuevo con voz grave y junto a mi oído, lo bastante alto como para que lo oyese por encima de la música que procedía del otro lado de la cortina negra.

En ese momento, mi sonrisa fue auténtica y no una mera máscara. Deberíamos encontrarnos en un lugar privado, pero allí, diciéndole cómo me sentía, en el calor y entre el polvo de una feria medieval, con sus primos tocando a unos pocos metros y un público fuera de nuestra vista, había algo que resultaba muy apropiado.

Me aparté de sus brazos, lo miré a la cara y me encantó ver la luz que había iluminado sus ojos verdes.

—No más mensajes —dije—. No más correos. Dímelo a la cara. Dime qué sientes. Y te diré lo contenta que estoy por que no seas tu primo.

Sus cejas de alzaron y la sonrisa que esbozó esa vez sí que era radiante. La alegría de su rostro era un amanecer.

—¿En serio?

—Sí —asentí—. Te confieso que siempre me han gustado los pelirrojos altos delgaditos.

—No me digas. —Habría sonado escéptico de no haber sonreído de esa manera.

—Pues sí —insistí—. Me gustan mucho pero mucho más que los chicos enormes, musculosos y brutos.

—Gracias a Dios —murmuró justo antes de inclinarse hacia mí. Su beso fue una auténtica vuelta a casa.

—O sea, ¿los abdominales? —dije contra sus labios—. Puaj. Quién los necesita.

—Vale, ya basta. —Pero noté su sonrisa sobre la boca, que no hizo sino provocarme ganas de besarlo con más vehemencia.

En el escenario, habían cantado un par de estrofas de «El marinero borracho», y Dex empezó una nueva:

Enciérralo atrás con una rubia.

—La madre que lo parió —masculló Daniel interrumpiendo nuestro beso. Miró hacia la cortina, y me eché a reír antes de estrecharlo con más fuerza.

Enciérralo atrás con una rubia.
Enciérralo atrás con una rubia
desde que amanece.

—Dímelo —insistí. Mi sonrisa era gigantesca y totalmente sincera.

—Ay, Stacey. —Su beso me dijo todo lo que necesitaba saber, pero mi corazón dio un vuelco cuando se apartó para susurrarme al oído—: Anastasia. Te quiero.

—Te quiero —susurré, pero las palabras se perdieron entre la música y su beso.

Así que sí, Daniel y yo nos declaramos el uno al otro mientras sus primos cantaban una canción marinera tradicional a unos ocho metros de nosotros, pero no me habría gustado que hubiese sucedido de ninguna otra forma.

EPÍLOGO

—Estás de broma, ¿verdad? —Emily se mostró escéptica.

Negué con la cabeza y me acomodé el teléfono en la mano. Que se me cayese en plena videollamada sería de mala educación.

—No, no estoy de broma.

—Vale, pero... ¿cómo que una valla?

—BAYA —la corregí con voz inexpresiva—. Es como se conoce la feria medieval de Bay Area. Es una de las más grandes de aquí, de Florida.

Emily se tapó la boca con la mano, y su carcajada fue tan potente que sus ojos casi desaparecieron de la pantalla.

—Es maravilloso. Me encanta. Es mucho mejor que nuestro acrónimo. FMWC parece una emisora de radio mala.

Sonreí.

—¿Cómo va todo por allí? ¿Mucho frío? —A mi izquierda, en la diminuta encimera, la cafetera había empezado a hacer su burbujeo moribundo, señal de que ya había terminado de preparar el café. Apoyé el móvil en el escurreplatos para seguir viendo a Emily mientras abría el armario superior en busca de una taza. En esa pequeña autocaravana, el espacio era muy reducido, así que solo había dos tazas. Pero solo necesitábamos dos.

—Mucho. —Emily se puso a temblar en broma—. Me das mucha envidia al estar en Florida en febrero.

—Es estupendo, no te voy a mentir. —No me refería solo al clima—. Y también es agradable volver a estar en movimiento. —Añadí leche a las tazas y vertí azúcar en la mía antes de servir el café. Las observé atentamente antes de echarle más leche a la de Daniel. Algún día acertaría con las proporciones en el primer intento.

—¿Sí? ¿Os salió urticaria al pasar demasiado tiempo en un solo lugar durante las navidades?

—No fue tan malo. —No era mentira. Acababa de terminar el tiempo libre del grupo, que Daniel y yo dividimos entre su familia y la mía. Me tomé una copa con el tío Morty en Nochevieja, y luego pasamos un par de semanas en mi piso de encima del garaje, que mis padres nos habían dejado libre para usarlo siempre que quisiésemos.

Pero yo no lo quería. No demasiado. La vida nómada iba conmigo, más de lo que jamás me imaginé. Aunque todas las ciudades eran diferentes, ir a una feria era como volver a casa cada vez, y me parecían hasta extraños los días en que no debía ponerme un corpiño y faldas largas. Al vestir un par de vaqueros para ir a Starbucks, me daba la sensación de que salía medio desnuda.

—¿Mi madre sigue bien? —Había estado genial cuando volví a casa, pero eso había sido unas semanas antes, y preocuparme por ella era mi estado natural. No podía evitarlo. Me alegré de que mi mejor amiga estuviese allí para echarle un ojo con la excusa del club de lectura.

—Ah, sí —asintió Emily—. Está estupendamente. Pero te echa de menos, creo. Este mes nos ha invitado a cenar un par de veces a Simon y a mí.

—Lo siento. —Puse una mueca—. ¿Quieres que le diga que os deje tranquilos?

—No, para nada. —Emily se encogió de hombros—. De hecho, es agradable.

La mosquitera de la autocaravana se abrió y Daniel cruzó la puerta.

—Ya he llenado el depósito, deberíamos... Uy, hola, Emily. —Saludó a su imagen en la pantalla, y ella le respondió.

—¡Buenos días, Daniel! ¿Estás cuidando bien de mi amiga?

—Lo mejor que sé. —Se colocó a mi lado y me pasó un brazo por la cintura antes de plantarme un beso en la cabeza—. Pero voy a tener que robártela. Ya va siendo hora.

—Acabo de preparar café —dije con un resoplido—. Por eso he llamado a Emily tan temprano. Dijimos que tomaríamos el café juntas. —Aunque Daniel tenía razón; mis intenciones habían sido buenas, pero ese día el tiempo no nos acompañaba.

—Pues sí. —Emily levantó la taza de café con una sonrisa—. Pero no pasa nada. Yo también me tengo que ir yendo. La librería no se abrirá sola.

—Por cierto, muchas gracias por ayudar con la página web —terció Daniel—. Ha quedado genial.

—¡Sí! —exclamé—. Gracias. ¿Has visto que la semana pasada la actualicé? —Tal vez fuese una experta en redes sociales, pero era una inútil con los códigos de las webs. Gracias a Dios que contábamos con Emily; durante el invierno había creado una página para Duelo de Faldas, para que así ya no tuviesen que depender únicamente de los perfiles de las redes sociales. Como consecuencia, el alcance del grupo había crecido una barbaridad, y Daniel había podido agendar más bolos para la banda entre feria y feria.

—¡Lo he visto! —asintió Emily—. Estoy muy orgullosa de ti. Me tenéis que mandar una de esas sudaderas.

—Ya está de camino. —Sonreí. Daniel me había dado vía libre, y me puse a reaprovechar todo lo que había aprendido de *merchandising* de moda en la universidad para gestionar esa parte comercial del grupo. Hasta el momento, no habían vendido más que unos cuantos CD y alguna que otra camiseta. No tardé demasiado en sumar sudaderas y tops, así como recuerdos como jarras de cerveza con el logo de la banda. Emily me ayudó a preparar la tienda *online* para que el *merchandising* se pudiese comprar por allí y no solo en los conciertos. En función del lugar en el que estuviésemos, cambiaban los artículos físicos que nos llevábamos. Por ejemplo, las sudaderas no tenían demasiada salida en Florida. La situación nos iba la mar de bien a todos. A Daniel nunca le había gustado encargarse de esa parte del negocio. Ahora podía concentrarse más en concertar más bolos para el grupo.

—Vale. Termina de apretarte las tetas y pásatelo bien. —Emily negó con la cabeza—. Mejor tú que yo.

Con una sonrisa, colgamos la videollamada, y acto seguido eché un rápido vistazo a la cuenta de correo profesional de la banda. Suspiré aliviada al ver la notificación de envío que me esperaba en la bandeja de entrada. No había pedido suficientes tops y era una temporada inusualmente cálida, incluso para ser Florida y en febrero. Pero por lo menos el fin de semana siguiente recibiríamos más prendas.

—¿Todo bien? —Daniel agarró su taza y sopló sin motivo alguno, ya que tanta leche la enfriaba casi hasta la temperatura de la habitación.

—Sí, todo bien —dije mientras él bebía el primer sorbo de café y cerraba los ojos con deleite. Era una de sus sonrisas que más me gustaba, la reacción que tenía cuando la cafeína entraba en su cuerpo. Era una sonrisa adormilada y pequeña, y era toda mía.

—Perfecto. —Suspiró y se apoyó en la encimera. Bebió media taza de un solo trago—. Cásate conmigo.

Me lo decía casi todas las mañanas al beber el café. Algún día iba a decirle que sí, pero por el momento le tendí la mano y entrelacé los dedos con los suyos. Un último instante de paz y tranquilidad antes del caos que nos aguardaba.

Levanté la vista hasta el reloj del microondas. Había llegado el momento de irse, sí.

—¿Preparado para arrear a los gatos?

Daniel asintió y apuró la taza de café antes de dejarla en el fregadero.

—Yo iré a por el bebé. —Pero se detuvo para darme un último beso de buenos días, con sabor a café, empotrándome en la encimera y haciéndome desear que no tuviésemos que estar en otra parte en todo el día.

Me terminé el café y fregué las tazas, que dejé fuera para que se secasen. Por la noche las guardaría en el armario, y al día siguiente repetiríamos el proceso. No me até el corpiño por completo y me rodeé la cintura con el ancho cinturón de cuero. Por el momento, todo holgado. Todavía debíamos ir hasta la ubicación de la feria, y no pensaba soportar el trayecto con un disfraz apretado. La voz de Daniel, un murmullo bajo y confuso, flotó por la zona del dormitorio, y me dio un vuelco el corazón. A veces me costaba creer que fuese mío. Que aquella vida fuese la mía.

Oí una cremallera y, al volverme, vi que Daniel se dirigía a la cabina de la autocaravana con un transportín de gatos en el hombro. Me incliné.

—¿Estás bien ahí dentro, Benedick?

Al oír su nombre, el gato gordo se desperezó y se estiró con un ronroneo.

—Creo que no se ha despertado nunca mientras lo meto en el transportín —se rio Daniel.

—Claro que no —dije—. Es un profesional.

A Benedick le encantaba nuestra vida nómada. Después de encontrar a Daniel en la feria medieval de Maryland, no tardé demasiado en regresar a mi pueblo, dejar el trabajo y recoger todas mis cosas para reunirme con él y comenzar una vida juntos. Me había llevado a Benedick en una especie de prueba, con la esperanza de que se adaptase pero también resignada a dejarlo con mis padres cuando empezase la gira de verdad. Para mi sorpresa, resultó ser un gato que había nacido para estar de viaje constante. Dormía casi todo el tiempo en tanto íbamos de un lado a otro, y la primera vez que le puse un arnés lo aceptó de inmediato. Y por eso nos acompañaba. En la siguiente feria, le compré un par de alas de dragón, y se convirtió en nuestra mascota, un gato-dragón atado. Se pasaba el día conmigo, persiguiendo gusanos y mariposas cuando no dormitaba feliz al sol, mientras yo atendía la parada de *merchandising*, y nuestro público lo adoraba. Yo ya había dibujado un par de bocetos de distintos logos con el dragoncillo Benedick en ellos para venderlos en el futuro junto al *merchandising* oficial de la banda.

Los tres nos subimos a la camioneta de Daniel. Coloqué el transportín entre los dos mientras Daniel llamaba a sus primos.

—Dime que estás despierto, anda.

—Ya estamos aquí. —Por los altavoces se oyó la risotada de Dex—. ¿Dónde estáis?

—De camino. —Me pasó el teléfono móvil antes de abrocharse el cinturón y arrancar la camioneta—. Y no olvides que el fin de semana que viene tendremos habitación de hotel.

—Ay, por fin. —Me eché hacia atrás y me apoyé en el reposacabezas con un gozo imaginado. Me encantaba la autocaravana, pero era indudable el atractivo que tenía darse una ducha larga y caliente en un cuarto de baño de verdad y hacer la estrella de mar en una cama extragrande.

—Sí, sí —dijo Dex—. Durante la semana haremos el cambio. Todavía tenemos que decidir quién debe renunciar a la habitación. Intentaré que sea Freddy. Ya sabes que quedarme en la autocaravana me deja sin demasiadas posibilidades de ligar. A las chicas no les gusta.

—No permita Dios que te quedes sin posibilidades —le espetó Daniel con sequedad. Dex era el que era, el mismo mujeriego de siempre. Pero él y yo habíamos llegado a una relación cordial, y a veces hasta se me olvidaba que había una vez en que nos acostábamos juntos. La que lo había hecho era una Stacey diferente.

—Oye —intervine—. A mí me gusta.

El resoplido de Dex fue alto y claro, a pesar de la conexión telefónica.

—Tú no cuentas.

Jadeé y me giré hacia Daniel con la boca abierta de par en par en una mueca de rabia fingida, pero él se echó a reír.

—Vale, cuelgo. Nos vemos enseguida. —Desconecté la llamada cuando la camioneta traqueteó en la zona donde aparcaban los artistas. Después de poner el freno de mano, Daniel rodeó el vehículo para abrirme la puerta y ayudarme a bajar. Ese tipo de camionetas no estaba hecho para la gente bajita como yo, y mi movilidad ya estaba un tanto limitada por el disfraz.

—¿Te importa que me adelante un poco?

—Te escribiré si te necesito. —Moví una mano, despreocupada. Le agarré la camiseta con el puño y tiré de él hacia mí para darle un último beso. Sonrió contra mi boca y me apresó el labio inferior con los dientes.

—Nos vemos luego. —Recorrió con los dedos las alas del colgante de libélula que yo llevaba en el cuello, y tras darme otro beso se marchó con grandes zancadas por el aparcamiento con esas piernas tan largas. Me apoyé en la camioneta y observé cómo se alejaba; deseé haberle arrancado un nuevo beso. Bueno, ya habría tiempo más tarde. Me puse a dejarlo todo listo: me abroché el corpiño, me ceñí el cinturón de cuero alrededor de la cintura y me recogí la falda con las hebillas que había comprado un par de ferias atrás. Mucho más verosímiles con la época que los alfileres que había usado durante todos los años anteriores en Willow Creek.

Eché un último vistazo a la riñonera de cuero y me sobresalté: me faltaba el móvil. Me lo había dejado en la encimera de la autocaravana después de haber hablado con Emily. Vaya. Sin embargo, no sentí el miedo que experimentaba meses atrás ante la idea de pasar unas cuantas horas sin mi teléfono.

En algún momento del mes de noviembre, me había dado cuenta de que ya no entraba tanto en las redes sociales. De acuerdo, seguía haciendo mi recuento de los Pumpkin Spice Lattes que me bebía, que se había vuelto más interesante por los numerosos Starbucks de las numerosas ciudades a las que viajábamos. (El recuento de ese año: diecisiete. Empezaba a ser ridículo. Pero no era mi culpa. Año tras año, la temporada de los PSL empezaba antes). Si bien el año anterior mi adicción a las redes había alcanzado una nueva cota, no había tenido nada que ver con las pantallas. Había tenido que ver con que buscaba una vida para mí, de la que por fin disfrutaba. Y había tenido que ver con el hombre que se encontraba al otro lado de esas pantallas. Y ya sabía exactamente dónde estaba.

Bien abrochada, agarré el transportín de Benedick y me marché en la dirección en la que se había alejado Daniel, hacia la feria y el escenario de Duelo de Faldas.

Todo lo que poseía cabía en dos maletas y en un transportín para gatos. A veces dormía en hoteles, a veces en una lata metálica gigantesca. A veces acampaba con mi novio, sus primos y unos cuantos voluntarios de la feria. Mi hogar estaba entre la autocaravana, la destartalada camioneta roja de Daniel, mi gato con un par de alas de dragón, la sonrisa de los ojos de Daniel cuando me miraba y sus brazos a mi alrededor cuando nos íbamos a dormir por la noche.

No se me ocurría un hogar mejor. Tampoco una vida mejor.

AGRADECIMIENTOS

Los libros, o por lo menos los míos, no se escriben sin la ayuda de algunas de las mejores personas a las que conozco.

Mi agente, mi pilar, Taylor Haggerty: de verdad que no sé qué haría sin ti. Gracias por bajarme de todas las cornisas en las que termino quedándome atrapada.

Estoy muy contenta de poder escribir estas historias con la ayuda y la guía de mi brillante editora, Kerry Donovan. Trabajar contigo es una verdadera colaboración con alguien que comprende de corazón a mis personajes. ¡Gracias por tus sabias opiniones y por tu disposición a hacer lluvias de ideas conmigo durante los fines de semana!

¡Todo mi agradecimiento hacia el equipo de Berkley Romance! No me imagino haciendo esto sin el gran apoyo de las dos Jessicas —Jessica Mangicaro y Jessica Brock—. ¡Gracias por todo lo que hacéis para facilitarme la vida! Gracias también a Colleen Reinhart por el maravilloso diseño de la cubierta; ¡soy muy afortunada!

Gracias, mil gracias, a mis amadas compañeras críticas, Vivien Jackson, Gwynne Jackson y Annette Christie, por animarme desde la primera y dolorosa página del primer borrador. Gracias por enfatizar todo lo bueno y guardaros las críticas reales para cuando mi corazón las pudiese aceptar.

Asimismo, y con la misma intensidad, quiero dar las gracias a ReLynn Vaughn, Jenny Howe, Cass Scotka, Trysh Thompson, Ian Barnes, Lindsay Landgraf Hess y Courtney Kaericher por opinar sobre los borradores en distintas etapas del proceso, a menudo más deprisa de lo que sería justo pediros. Me habéis ayudado a mejorar este libro y me quedo sin palabras para agradecéroslo.

Re, como siempre, eres mi gif-spiración.

Como Stacey, yo también he pensado en dejarlo todo e irme de feria en feria, pero, también como Stacey, no tenía ni idea de lo que supondría. Por suerte, Nicole Skelly (o The Gwendolyn Show, ¡no dejéis de verla actuar!) fue lo bastante amable como para informarme acerca de la realidad de adoptar la vida nómada entre ferias, y todo lo que sea incorrecto es culpa mía, no suya.

Siempre estaré agradecida por el amor y el apoyo que recibo de mis mejores amigas: Brighton Walsh, Ellis Leigh, Melissa Marino, Suzanne Baltsar, Anniston Jory, Elizabeth Leis Newman, Helen Hoang, Esher Hogan y Laura Elizabeth. No hay ningún otro grupo de chicas con el que me gustaría quedarme encerrada en un temporal de vórtice polar.

Por último, quiero daros las gracias a vosotros. A los lectores que le disteis una oportunidad a *Un nuevo comienzo* en la librería o en la biblioteca, y a aquellos que ahora os habéis unido a mí en un nuevo viaje por las ferias medievales. A los blogueros y a los *bookstagrammers* que han incluido mi libro en sus plataformas, a los libreros que han acogido mis firmas y a los lectores que se han presentado para conocerme. Gracias por vuestros correos y por vuestros mensajes privados. Es una sensación muy rara la de hablar con otra gente sobre los personajes que hasta hace muy poco solo vivían en mi cabeza, pero ha sido una de las mejores experiencias de mi vida. Gracias a todos por visitar la feria medieval conmigo; me muero de ganas de volver a transportaros hasta allí. ¡Albricias!

¿TE GUSTÓ ESTE LIBRO?

escríbenos y
cuéntanos tu opinión en

f /Sellotitania   **🐦** /@Titania_ed

📷 /titania.ed

#SíSoyRomántica